1ª edição - Janeiro de 2023

Coordenação editorial
Ronaldo A. Sperdutti

Capa
Juliana Mollinari

Imagem Capa
Shutterstock

Projeto gráfico e diagramação
Juliana Mollinari

Revisão
Alessandra Miranda de Sá
Ana Maria Rael Gambarini
Maria Clara Telles

Assistente editorial
Ana Maria Rael Gambarini

Impressão
Gráfica Loyola

Proibida a reprodução total ou parcial desta obra sem prévia autorização da editora.

© 2023 by Boa Nova Editora.

Av. Porto Ferreira, 1031 | Parque Iracema
CEP 15809-020 | Catanduva-SP
17 3531.4444

www.**lumeneditorial**.com.br
www.**boanova**.net

atendimento@lumeneditorial.com.br
boanova@boanova.net

Dados Internacionais de Catalogação na Publicação (CIP)
(Câmara Brasileira do Livro, SP, Brasil)

```
Ivo (Espírito)
    Entre o céu e o mar / pelo espírito irmão Ivo ;
[psicografia de] Sônia Tozzi. -- Catanduva, SP :
Lúmen Editorial, 2022.

    ISBN 978-85-7813-231-6

    1. Espiritismo 2. Psicografia 3. Romance espírita
I. Tozzi, Sônia. II. Título.
```

22-138232   CDD-133.93

Índices para catálogo sistemático:

1. Romance espírita psicografado   133.93

Inajara Pires de Souza - Bibliotecária - CRB PR-001652/O

Impresso no Brasil – Printed in Brazil
01-01-23-3.000

SÔNIA TOZZI
PELO ESPÍRITO IRMÃO IVO

ENTRE O CEÚ E O MAR

LÚMEN
EDITORIAL

SUMÁRIO

CAPÍTULO I

O sol escondia-se atrás do morro que compunha a majestosa paisagem da linda praia brasileira. Seus últimos raios emprestavam às águas do mar uma cor alaranjada e, embora derradeiros, ainda aqueciam aqueles que relutavam em deixar tão lindo cenário.

Jonas perdera a noção do tempo e permanecia sentado em cima de uma grande pedra com os olhos fixos nas ondas que batiam agressivamente nas rochas. Seu pensamento levava-o à ausência de si mesmo, deixando-o alheio à vida que pulsava à sua volta. Seu olhar se alternava entre a força das ondas e a singeleza do azul do céu. Todas as vezes que se punha a esse devaneio, sentia em seu peito a sensação estranha de saudade, mas não conseguia entender a razão desse sentimento e nem por que acontecia.

Após várias tentativas, Gracinha abanou as mãos e gritou com todas as suas forças, na esperança de que Jonas a ouvisse, apesar da grande distância que os separava. Após um tempo de expectativa de Gracinha, Jonas, assustado, olhou de um lado para o outro, até que viu sua esposa na areia gesticulando nervosamente os braços.

— O que foi, Gracinha? — perguntou, também nervoso.

Com esforço, Gracinha conseguiu escalar as pedras e chegar até onde ele estava. Ofegante, disse-lhe:

— Pelo amor de Deus, homem, o que está fazendo aqui? Há horas que o procuro!

Sem esconder seu mau humor, Jonas respondeu:

— E posso saber por que me procura? Sabe que gosto de ficar sozinho. Por que veio atrás de mim? Já lhe disse que não gosto de ser interrompido quando me entrego aos meus sonhos. Espero que tenha um bom motivo — e, com ar de enfado, perguntou: — Morreu alguém?

Impaciente e demonstrando mágoa com as palavras do marido, Gracinha respondeu:

— Ainda não morreu, mas se você demorar muito a levar Clarinha para o hospital, pode ser que ela nos deixe.

Assustado, Jonas quase gritou:

— O que está dizendo, mulher? O que tem Clarinha?

— O que ela tem não sei, somente o médico poderá dizer.

Tomado de profunda ansiedade e receio do que poderia estar acontecendo com a filha que adorava, Jonas levantou-se, desceu a encosta e, com passos rápidos, foi em direção à sua casa, não se importando com a dificuldade que a esposa sentia em acompanhá-lo. A ele, no momento, o que importava era Clarinha, a filha que amava.

Gracinha conhecera Jonas na praia, esta mesma praia que tanto o fascinava, a ponto de passar horas admirando as ondas que se quebravam nas rochas, esquecendo-se até mesmo da esposa, que o esperava com ansiedade e preocupação. Desde o primeiro momento em que se viram, sentiram que algo muito forte aconteceria, e realmente foi o que aconteceu, em poucos meses, uniam-se em matrimônio.

Gracinha nunca conseguira entender a razão do fascínio que Jonas sentia pelo mar e pelo azul do céu — algo que, na verdade, nem ele conseguia explicar.

Ao ser interrogado pela esposa, respondia:

— Não sei, Gracinha; na verdade, não consigo explicar nem a mim mesmo. Essas ondas me atraem, me confundem, só isso; às vezes vem a minha mente uma vontade forte de entrar nessas águas.

— Mas você nem sabe nadar, Jonas. Portanto, não faça isso, porque será morte na certa.

— Não precisa me dizer — respondia Jonas com mau humor. — Sei muito bem que não sei nadar, mas isso não me impede de sonhar.

Encerrava o assunto sem dar chance à esposa de fazer qualquer outro comentário.

— Não sei — pensava Gracinha nesses momentos. — Acho muito estranho tudo isso. Enfim, nada posso fazer, porque não tem o que fazer.

Jonas entrou ofegante em casa. Procurou por Clarinha e encontrou-a dormindo abraçada a uma boneca. Clarinha tinha apenas sete anos de idade e sentia pelo pai um amor tão grande que, sendo por ele também correspondido, deixava Gracinha, não raro, enciumada.

Nessas horas, com paciência, ele tentava minimizar o sentimento que machucava o coração da esposa.

— Ela é apenas uma criança — dizia-lhe Jonas. — Não se justifica seu ciúme. Geralmente as filhas se apegam mais aos pais, é normal; isso não quer dizer que não sinta também por você um grande amor filial.

— Então, o que você acha? — perguntou Gracinha, entrando no quarto da filha.

— É melhor levá-la ao médico; ela está com febre! — exclamou Jonas.

— Vamos então!

Jonas saiu apressado, levando a filha em seu colo. Esta, aconchegada nos braços do pai, continuava adormecida. Gracinha acompanhava o marido, sentindo o coração apertado em razão do receio de que algo mais grave pudesse acontecer com a filha. Aliviava a angústia de seu coração materno entregando-se à oração: "Pai de misericórdia, olhai por minha filhinha, que mal iniciou sua vida terrena e já passa por esta aflição. Que sua saúde seja restaurada, para que seu sorriso não se apague e seus olhinhos não se fechem; é o que Lhe suplico, Senhor".

ۙۙ

Enquanto aguardavam os resultados dos exames pedidos pelo médico logo após examinar Clara, Jonas e Gracinha conversavam, tentando desse modo amenizar a preocupação que sentiam com o estado da única filha.

— O que será que nossa filhinha tem, Jonas? — perguntava ao marido com a voz entrecortada pelo choro.

Não agindo diferente da esposa, e sem se importar com as lágrimas que também molhavam suas faces, Jonas respondeu:

— Gostaria de saber, Gracinha, mas não tenho respostas para lhe dar. Vamos confiar e pedir ajuda ao nosso Criador, que é o Senhor da vida; somente Ele possui todas as respostas.

Deram-se as mãos e se entregaram à oração. O tempo foi passando sem que nenhum dos dois se desse conta ou ouvisse a voz do médico, que delicadamente tentava trazê-los à realidade:

— Por favor, senhores, preciso falar-lhes — exclamou o profissional, sensibilizado com a atitude do casal.

Assustados, tanto Jonas quanto Gracinha levantaram-se apressados, pedindo desculpas ao médico.

— Por favor, desculpe-nos; estamos muito apreensivos com nossa menina. É nossa única filha, temos medo de perdê-la.

Com um leve sorriso em seus lábios, o médico respondeu:

— Pois podem se alegrar. Sua filha não tem nada de grave, apenas um forte resfriado; mas gostaria de conversar com os senhores. Podem ir até a minha sala?

— Algo grave, doutor? — perguntou Gracinha, aflita. — O que está escondendo de nós?

— Vou repetir, minha senhora: sua filha não tem nada de grave. Acalme-se; não estou escondendo nada e lhe digo que jamais faria isso. Por favor, venham comigo.

Jonas e Gracinha seguiram o médico com o coração mais aliviado. Sentaram-se em frente ao profissional e mal podiam esconder a ansiedade que invadia o coração de ambos. Com tranquilidade, o doutor iniciou:

— O que quero lhes dizer é que a filha de vocês nada tem de preocupante; como lhes disse não passa de um resfriado um pouco mais forte, mas sem nenhuma característica de algo mais sério. Mas...

Foi interrompido por Jonas:

— Mas... o que, doutor? Pelo amor de Deus, o que está querendo nos dizer?

— Achamos muito estranho que uma criança tão pequena ainda pudesse conversar com alguém que somente ela estaria vendo e principalmente falar coisas muito além da capacidade intelectual de uma criança de apenas sete anos. Já sabiam disso?

Diante da afirmativa de Jonas, o doutor perguntou:

— Não acham estranho este fato?

— Sim, doutor, achamos — respondeu Gracinha. — Mas o que devemos fazer?

— Procurar alguém, um profissional, por exemplo, que pudesse auxiliá-los a agir com o cuidado que a situação merece.

Jonas logo interveio:

— Faremos isso, doutor, e agradecemos muito ao senhor por nos alertar; agora, já que Clarinha nada tem de grave, podemos levá-la para casa?

— Claro! Passei uma receita simples; o importante é mantê-la bem hidratada.

— Agradecemos muito ao senhor pelo carinho com o qual cuidou de nossa filha.

— Apenas cumpri com o meu dever; vão em paz!

Saíram.

Jonas levava a filha no colo; seu silêncio nada mais era que o agradecimento que fluía de seu coração em direção ao Pai.

Gracinha, sem entender o que acontecia, o que de verdade teria querido dizer o doutor, perguntou ao marido:

— Graças a Deus, Jonas, que Clarinha não tem nenhuma doença grave. Tinha muito medo de que isso acontecesse; mas gostaria que me explicasse o que o doutor quis dizer quando sugeriu que a levássemos a um profissional... Ela tem alguma coisa na cabeça?

Jonas sorriu levemente.

— Não, Gracinha. Nossa filha não tem nenhuma doença grave, nem no corpo, nem na cabeça.

— Mas por que ela conversa com alguém que ninguém vê?

— Gracinha, vamos deixar essa conversa para depois. Neste momento, vamos pensar em nossa filha, está bem?

— Claro — respondeu Gracinha meio a contragosto.

Seguiram até a casa em silêncio.

Jonas se entregava a seus pensamentos. "Sempre desconfiei de que Clarinha possuísse uma energia diferente, mais sutil; sua percepção vai além do normal para uma criança. Vou verificar tudo isso com muita atenção."

Assim que entraram em casa, Gracinha cuidou de acomodar Clarinha e foi até a cozinha preparar o jantar. Seu pensamento em relação à filha deixava-a aflita. "O que será que tem essa menina, e por que Jonas reluta em explicar para mim o que, imagino, ele já saiba?", perguntava-se.

As horas passaram e, após notarem o sono tranquilo da filha, recolheram-se para o devido descanso. Sem conseguir adormecer, contudo, Gracinha novamente interrogou o marido:

— Jonas, exijo que me dê uma explicação, e não adianta fugir, porque não vou aceitar seu silêncio. — Sendo assim, perguntou de novo: — O que tem nossa filha?

Jonas segurou as mãos da esposa e respondeu:

— Fique tranquila, Gracinha, nossa filha não tem nada grave.

— Mas, pelo amor de Deus, diga-me a razão de o médico sugerir um profissional! Que profissional é esse?

— Gracinha, o que imagino que nossa filha possua chama-se mediunidade! — ele exclamou.

Assustada, a esposa falou:

— Mas o que é isso? Quem trata disso?

— Tenho lido alguns livros sobre esse assunto porque já desconfiava do que está acontecendo e aprendi que a mediunidade é uma faculdade natural, orgânica e espontânea, que permite o intercâmbio entre o plano espiritual e o material.

— Isso é grave?

Sorrindo, Jonas esclareceu:

— Não, Gracinha, não é grave; como disse, é natural e espontâneo.

— E quem cuida disso?

— A mediunidade está inserida na Doutrina Espírita.

— E o que vamos fazer? Tenho receio de espiritismo! Não gosto nem um pouco dessa doutrina de falar com os mortos. Isso é coisa de gente ignorante.

Com tranquilidade, Jonas respondeu à esposa:

— Calma! O que vamos e devemos fazer é procurar as pessoas certas, no lugar certo, e aprender a respeito disso para agirmos com prudência e equilíbrio, a fim de não prejudicar nossa filha, que ainda é uma criança.

— Estou assustada! — respondeu Gracinha, nervosa.

Jonas abraçou a esposa e lhe disse:

— Não precisa se assustar; vamos procurar a ajuda certa para sabermos como lidar corretamente com esta situação; pelo que sei, isso é mais comum do que imaginamos. Agora vamos dormir para descansarmos das nossas emoções.

Segura nos braços do marido, Gracinha adormeceu.

CAPÍTULO 2

É inconveniente desenvolver a mediunidade nas crianças; é muito perigoso; porque esses organismos frágeis e delicados seriam muito abalados e sua imaginação infantil, muito superexcitada. Assim, os pais prudentes as afastarão dessas ideias, ou pelo menos só lhes falarão a respeito no tocante às consequências morais.
(O Livro dos Médiuns – *Capítulo XVIII – Questão 221 – Item 6*)

Pouco depois das seis horas da manhã, Gracinha acordou. Fez uma rápida oração e dirigiu-se até a cozinha para preparar o desjejum de Jonas. Seu pensamento ia ao encontro das palavras do médico: "'Procurar alguém, um profissional, por exemplo, que pudesse auxiliá-los a agir com o cuidado que a situação merece', dissera o doutor"; mas, perguntava-se Gracinha, o que será que ele queria dizer e que profissional era aquele?

Balançou a cabeça, tentando com esse gesto fugir dos pensamentos. Pronto o café, foi em direção ao quarto chamar Jonas. Ao passar em frente à porta do quarto de Clarinha, ouviu vozes. Estranhando, porque Jonas ainda não se levantara, voltou e entrou devagar para ver com quem sua filha conversava. A surpresa foi grande. Clarinha, sentada em sua cama, conversava tranquila com "alguém" que Gracinha não conseguia enxergar.

No primeiro momento, pensou: "Será, meu Deus, que minha filha, tão pequena ainda, está ficando doente da cabeça?". Sem se fazer notar, deu meia-volta e dirigiu-se ao seu quarto. Vendo que Jonas ainda dormia, aproximou-se e, tocando levemente seu rosto com as mãos, disse-lhe:

— Acorde; venha ver o que está acontecendo com nossa filha.

Jonas, sobressaltado, sentou-se na cama e exclamou:

— Por Deus, Gracinha, o que está acontecendo para você me acordar dessa maneira?

— Venha ver com seus próprios olhos — respondeu sua esposa.

Jonas levantou-se, vestiu um roupão e correu para o quarto da filha, acompanhado de Gracinha, que ficava cada vez mais amedrontada.

Pararam em frente à porta e ficaram escutando Clarinha "conversar" com alguém que nem um nem outro podia perceber ou enxergar.

— Com quem ela está falando, Jonas? — perguntou Gracinha, cada vez mais nervosa.

— Não sei — respondeu Jonas de pronto.

— Como não sabe? Você diz que isso é normal e está inserido na Doutrina Espírita. Pelo meu raciocínio, ela está então conversando com alguém do além; alguém que já morreu, é isso?

— Provavelmente sim!

— E você diz assim com esta calma? Não percebe o perigo que ela está correndo?

— Penso que nossa filha não está correndo perigo algum; veja como está tranquila e sem nenhum receio. Isso me faz crer que deve ser um "ser" do bem!

— Ela nem percebeu nossa presença!

— Claro! Clarinha está envolvida com uma energia de amor e, pelo que vejo, está se sentindo muito bem.

— E o que vamos fazer?

— Por enquanto nada; apenas aguardar e nos manter em oração.

Assim fizeram.

Passado mais ou menos um quarto de hora, viram que Clarinha deitou, ajeitou suas cobertas e fechou os olhinhos para dormir, o que aconteceu em poucos minutos.

— E agora — perguntou Gracinha —, o que vamos fazer?

— Por enquanto nada — respondeu Jonas. — Vamos tomar nosso café e aguardar Clarinha acordar.

Enquanto tomavam o desjejum, permaneceram em silêncio, cada um com seus pensamentos. Enquanto Gracinha se entregava ao receio de ver sua filha, tão pequena ainda, ser alvo de energias as quais ela desconhecia, Jonas, ao contrário, não alimentava nenhum medo; entregava-se silenciosamente ao propósito de procurar alguém que pudesse ajudá-los naquele momento. "Preciso aprender a lidar com esta questão para não prejudicar Clarinha", pensava.

Com alegria, viram a filha tão querida chegar sorridente, feliz, sem demonstrar nenhum conflito. Gracinha, levantando-se, foi ao encontro da filha e perguntou:

— Dormiu bem, Clarinha? Está se sentindo bem?

— Claro, mãe, dormi muito bem e estou me sentindo ótima! Por quê? — respondeu a menina com a simplicidade de seus sete anos. — Pareço doente?

Jonas, sorrindo, respondeu:

— Não, filha. Sua mãe quer saber se você dormiu bem, só isso.

Animada, Clarinha disse.

— Em um momento acordei, não sei que horas eram, e encontrei com uma amiga muito querida que sempre vem falar comigo.

Assustada, Gracinha perguntou com ansiedade:

— E quem é essa amiga, filha? Como falou com ela se nem eu nem seu pai vimos ninguém entrar aqui?

— Sabe, mãe, acho que vocês não veem mesmo; ela não mora aqui e vem somente para falar comigo. Ela disse que só eu posso vê-la.

Jonas permanecia em silêncio enquanto sua esposa continuava interrogando:

— Por que será que ninguém consegue vê-la?

— Porque ela não mora mais aqui, mãe! — exclamou Clarinha com naturalidade.

— E onde ela mora, filha?

— Em uma colônia que se chama Luz da Vida.

Jonas e Gracinha trocaram olhares, tentando cada um se sustentar no outro. Não sabiam o que dizer. Foi Jonas quem inesperadamente perguntou:

— E o que vocês conversam, ou melhor, sobre o que essa sua amiga fala com você?

— Sobre muita coisa, pai, mas o principal é que eu devo ser obediente, seguir sempre as leis de Jesus, porque elas nos levam ao nosso Pai que está no céu!

— E você compreende essas leis, filha?

— Não, pai. Mas, como sou ainda muito nova, acho que ela fala para eu ir aprendendo devagar tudo o que Jesus ensinou. O senhor não acha?

— Claro! Acho sim, filha.

Jonas se surpreendia com a espontaneidade com que Clarinha falava e pensava como uma garotinha podia aceitar com tanta naturalidade algo que poucas pessoas acreditavam que pudesse ocorrer, por ser sobrenatural.

Gracinha, por sua vez, questionava a veracidade de tudo o que a filha falava. "Meu Deus", pensava, "tenho medo de que minha única filha esteja adoecendo mentalmente".

— Bem — voltou Jonas a dizer —, chega de conversa. Sente-se à mesa e tome seu café, Clarinha.

Com alegria, a menina sentou-se à mesa e pediu que a mãe lhe fizesse ovos mexidos com queijo.

Jonas e Gracinha observavam a filha, que, sem demonstrar nenhum problema, tomava seu café com tranquilidade. Enquanto Jonas analisava a situação com equilíbrio, sem maiores preocupações, Gracinha sentia uma angústia apertando-lhe o peito. Seus pensamentos eram contrários aos de Jonas; não entendendo absolutamente nada a respeito de tudo o que Jonas lhe explicara, não conseguia se acalmar. "Meu Deus, cuide da minha menina; ela é muito pequena ainda para viver coisas tão complicadas", pensava.

Assim que Clarinha terminou, Gracinha preparou sua lancheira e levou-a até a escola.

Quando a faculdade se manifesta espontânea numa criança, é que pertence à sua própria natureza e que a sua constituição é adequada. Não se dá o mesmo quando a mediunidade é provocada e excitada. A criança que tem visões geralmente pouco se impressiona com isso. As visões lhe parecem muito naturais, de maneira que ela lhes dá pouca atenção e quase sempre as esquece. Mais tarde, a lembrança lhe volta à memória e é facilmente explicada, se ela conhecer o Espiritismo.

(O Livro dos Médiuns – *Capítulo XVIII* – Questão 221 – Item 7)

CAPÍTULO 3

Os dias transcorriam sem novidades. Jonas, como sempre fazia todas as tardes ao chegar da sua lida na pescaria, dirigia-se para outro canto da praia, subia pelas pedras e, sentando-se na mais alta, desligava-se de tudo, dando atenção apenas para o fascínio que sentia ao olhar as ondas que batiam nas pedras em seu infinito ir e vir.

Seu pensamento divagava, querendo acompanhar o vai e vem das ondas. Nem ele próprio conseguia explicar a sensação que tomava conta do seu coração — sensação essa de parecer ter vivido em algum lugar distante, acima do mar, no infinito.

Pensava... "Meu Deus, o que será que existe entre a força poderosa do mar e a tranquilidade do azul do céu? Por que sinto em mim tão forte a saudade de um lugar que nem sei se existe, ou existiu?"

Olhava o céu e pensava: "Quem sou eu na verdade?"

Sem resposta, continuava em silêncio até que percebia os últimos raios do sol desaparecendo no horizonte, permitindo que a sombra do anoitecer cobrisse o céu e o mar. "Já se faz tarde", pensou. "Tenho que ir."

Com passos apressados, tomou a direção de sua casa. Seus olhos brilharam de alegria ao escutar a voz de Clarinha gritando:

— Mãe! Papai chegou! — e correu a abraçar o pai que tanto amava.

Gracinha, apressada, tratou de colocar a mesa para o jantar.

— Você demorou hoje, Jonas! — exclamou.

— Pode ser; distraí-me olhando o vai e vem das ondas.

Sem tecer nenhum comentário, Gracinha colocou a mesa, e o jantar foi servido.

Gracinha olhava para o marido e deixava que seus pensamentos voassem; não conseguia entender a fascinação de Jonas pelo mar a ponto de ficar horas a fio contemplando as ondas que, a seu ver, faziam sempre a mesma coisa. Ela não podia imaginar que, para Jonas, também era incompreensível tal atitude.

Desde criança, Jonas corria para a praia próxima à sua casa e se perdia na contemplação do que achava gigantesco para sua pouca idade. Embora sua mãe tentasse explicar que tudo era natural, que seguia a criação de Deus, Jonas, quando interrogado, respondia:

— Não sei por que, mãe, mas sinto saudade de um lugar que não sei onde é, mas imagino ser próximo ao mar, ao céu; enfim, não consigo explicar. Sinto atração, apenas isso, mãe, atração.

— Filho — dizia sua mãe com a simplicidade das pessoas que pouca instrução possuem, mas que trazem no coração a sabedoria daqueles que seguem as leis divinas e as praticam no seu cotidiano —, tudo na natureza faz parte da criação de nosso Pai que está no céu, e realmente muitas dessas criações nos impressionam bastante porque dentro de nossa pequenez, e perante a grandiosidade de Deus, não conseguimos entendê-las; é natural que isso aconteça. Mas devemos aceitá-las com gratidão por fazermos parte dessas magníficas criações de Deus.

Jonas, na sua inocência, respondia:

— Mãe, por que sinto saudade de alguma coisa que nem imagino o que seja?

— Isso não sei responder, Jonas, não tenho conhecimento para tanto; penso que deve ser fantasia da sua mente infantil.

Mesmo sem aceitar a explicação materna, Jonas dava por encerrada a conversa e corria alegremente pela areia.

Os dias passavam seguindo a rotina natural; nada de novo acontecia com Clarinha, até que em uma bela tarde Gracinha ouviu Clarinha novamente "conversando" com "alguém". Aproximou-se e ficou escutando o que a filha falava.

Não conseguiu ouvir as palavras proferidas por Clarinha, mas percebeu que ela balançava a cabecinha, concordando com o que escutava; a preocupação tomou conta do seu coração. "O que será que acontece, meu Deus? Por que minha filha tem esse comportamento que eu não consigo entender? Receio que tudo isso possa, com o tempo, interferir na sua serenidade, na sua maneira de se comportar, enfim, tenho muito medo", pensava.

Lembrou-se de que Jonas dissera que, quando isso acontecesse, era para ela entrar em oração, e foi o que ela fez. Passados alguns segundos, Clarinha levantou-se e, vendo sua mãe, disse-lhe sorrindo:

— Oi, mãe. Estava conversando com minha amiga; a senhora a viu?

Embaraçada, Gracinha respondeu:

— Não, filha, mamãe não a viu.

— Por quê? — interrogou a menina.

— Não sei, filha. Talvez porque ela gosta de conversar somente com você; ela é bonita?

Sorrindo, Clarinha respondeu:

— É sim, mãe, muito bonita; ela usa um vestido cor-de-rosa bem clarinho e é muito bonita. Está sempre sorrindo.

Aproveitando o momento, Gracinha perguntou.

— E o que ela fala para você? Posso saber?

— Claro, mãe! Ela fala que preciso ser obediente, educada e nunca me esquecer de conversar com Jesus.

Gracinha gostou do que ouviu.

— Só isso? — perguntou.

— Não, mãe, ela fala outras coisas.

— Que coisas?

— Que todos nós viemos com uma tarefa importante a ser realizada quando crescermos e que é por isso que não posso esquecer os seus ensinamentos.

Clarinha calou-se mas, depois de um tempo, voltou a dizer:

— Mãe, não sei que tarefa é essa!

Jonas, que chegara há um tempo e em silêncio ouvia o diálogo entre mãe e filha, comentou:

— Não se preocupe, minha filha. Como sua amiga disse, todos possuem uma tarefa a cumprir na vida; cada um está no lugar adequado a essa tarefa e, no momento certo, você vai saber. Só não se esqueça de seguir seus conselhos, ou seja, não se esqueça de trazer Jesus no coração, porque é Ele que ensina a nos tornarmos criaturas de Deus.

Clarinha correu a abraçar seu pai.

— Não vou esquecer, papai!

Gracinha, emocionada, deixou que pequenas lágrimas escorressem pelo seu rosto.

— Está chorando, mamãe? Está triste?

— Não, filha, não estou triste; ao contrário, estou muito feliz por ter uma filha linda como você.

— Qual a idade em que se pode, sem inconveniente, praticar a mediunidade?

— Não há limite preciso na idade. Depende inteiramente do desenvolvimento físico e mais particularmente do desenvolvimento psíquico. Há crianças de doze anos que seriam menos impressionadas que algumas pessoas já formadas; refiro-me à mediunidade em geral, pois a de efeitos físicos é mais fatigante para o corpo.

(O Livro dos Médiuns – Capítulo XVIII – Questão 221 – Item 8)

CAPÍTULO 4

Jonas, como sempre fazia, acordou cedo, com os primeiros raios de sol. Olhou para Gracinha, que ainda dormia serena, levantou-se e sem fazer ruído deixou o quarto, indo até a cozinha preparar, como de costume, o café.

Olhou pela janela, contemplando o belo espetáculo do amanhecer. "Obrigado, Senhor, por ter me dado olhos para ver, poder sentir e perceber quão grandiosa é a Vossa criação!", pensou.

Após alguns minutos, e satisfeito com o desjejum que preparara, trocou-se e se dirigiu ao seu trabalho. Jonas, assim como seu pai, já desencarnado, dedicava-se à pesca marítima para promover o sustento de sua família. Ia acompanhado de Maciel, seu companheiro que há vários anos enfrentava com ele a alegria de retornar com o barco cheio de peixes, mas que também amargava a aflição quando não conseguiam o que esperavam, pois sabiam que a venda seria fraca. Porém, a esperança nunca abandonou o coração dos dois amigos.

Atracaram o barco no lugar costumeiro e lançaram a rede. Enquanto Maciel ficava atento à rede, Jonas olhava para o céu e, como sempre acontecia, sentia uma sensação forte que chegava a apertar seu peito. Maciel, que já percebera o que acontecia com o amigo sempre que o via com o olhar fixo em um ponto, perguntou:

— E aí, amigo? De novo com a mesma sensação?

Jonas, apenas com um monossílabo, respondeu:

— Sim.

Mostrando preocupação, Maciel falou:

— Amigo, não seria o caso de você procurar ajuda?

— Sim, creio que sim. Mas tenho receio do que pensariam de mim; no mínimo, que sou louco.

— Não necessariamente, Jonas. Por que pensariam isso?

— Porque ninguém acreditaria que tenho uma sensação de saudade de um lugar ao qual nunca fui, simplesmente porque é o céu! Realmente, parece coisa de louco.

— Se você procurar o lugar e as pessoas certas, tenho certeza de que não pensariam assim.

— Explique-se melhor! — exclamou Jonas interessado.

— Ora, Jonas, você sabe tanto quanto eu que existe mais mistério entre o céu e a terra do que podemos imaginar; não é você mesmo que explica a mediunidade de sua filha tão criança ainda? Com você não será diferente.

— O que você está querendo dizer na verdade?

— Estou querendo dizer o que você sempre diz: procure ajuda para si mesmo do mesmo jeito que procura para Clarinha, simples assim. Sua filha possui uma mediunidade que precisa ser bem orientada, e não incentivada por você e Gracinha, visto ser ainda muito pequena. E você, adulto, também deveria procurar ajuda para resolver o que tanto o aflige, no lugar certo e com as pessoas certas; estou apenas repetindo o que sempre ouvi de você.

Jonas ficou pensativo.

— Pode ser que tenha razão, Maciel. Com você posso falar abertamente, o que não posso fazer com Gracinha, porque a levaria à excessiva preocupação.

— Claro, amigo, fale!

— Maciel, o que acontece comigo é muito estranho; perco-me observando determinado ponto do céu e sentindo algo que não entendo.

— Como assim?

— É como se eu tivesse estado em algum momento naquele lugar. Bate uma certeza de que existe um lugar entre o céu e o mar, o que sei ser impossível, mas que minha emoção me diz ser real. Não é coisa de louco?

Com cuidado, Maciel respondeu:

— É estranho, mas não necessariamente coisa de louco. Por isso, meu amigo, sugiro que procure ajuda.

Antes que Jonas respondesse, perceberam que precisariam puxar a rede, o que fizeram; e, quando esta surgiu repleta de peixes, os dois amigos gritaram de alegria. Após recolherem os peixes, colocando-os nos recipientes adequados, tomaram o rumo da praia, trazendo um sorriso nos lábios pelo sucesso da pesca.

— Todos os globos que circulam no espaço são habitados?

— Sim, e o homem terreno está bem longe de ser, como acredita, o primeiro em inteligência, bondade e perfeição. Há, entretanto, homens que se julgam espíritos fortes e imaginam que só este pequeno globo tem o privilégio de ser habitado por seres racionais. Orgulho e vaidade! Creem que Deus criou o Universo somente para eles.

(O Livro dos Espíritos – Livro I – Capítulo 3 – Questão 55 – Pluralidade dos Mundos)

Jonas e Maciel sorriam felizes ao verem Clarinha, acompanhada da mãe, correndo ao encontro do pai e gritando:

— Pai! Pai! Quero ver os peixes!

Jonas abriu os braços e aconchegou a filha que amava tanto em seu peito.

— Filha, que bom que veio encontrar com o papai! — exclamou, deixando transparecer toda a alegria que sentia.

Gracinha, aproximando-se, deu um beijo no marido, cumprimentou Maciel e disse-lhes:

— Que bênção! O barco veio cheio!

— E não é? Hoje foi um dia de muita sorte para nós — falou Maciel.

Depois de todos os procedimentos realizados, Jonas, com o braço passado nos ombros de Gracinha e levando Clarinha pela mão, retornou à sua casa com o coração agradecido pela pesca realizada.

Sentado à mesa para o jantar, disse à esposa:

— Gracinha, o que aconteceu hoje fazia dias não acontecia: voltar com o barco repleto de peixes. Foi muita sorte!

Clarinha, parecendo não prestar muita atenção à conversa dos pais, falou com simplicidade:

— Pai, o senhor e o tio Maciel tiveram a ajuda daquela moça bonita que os acompanhava; isso não é sorte, pai, é bênção de Jesus!

Gracinha, impetuosa, respondeu:

— Posso saber que moça é esta, Jonas? Você está levando moças com vocês?

Jonas, mais preocupado com o que sua filha acabara de dizer, apenas respondeu:

— Não seja boba, Gracinha, não levo moça nenhuma. Você não percebe a importância das palavras de nossa filha?

— Importância? Como assim?

Sem lhe dar maior atenção, Jonas dirigiu-se a Clarinha:

— Filha, o que você está querendo dizer? Explique com mais clareza.

— Papai, eu quero dizer que no seu barco estava uma moça muito bonita, que sorriu para mim e eu senti uma "coisa" gostosa aqui no meu coração. Não sei explicar, mas entendi que foi permitido que ela o ajudasse e também ao tio Maciel; por isso acho que não tiveram sorte, mas sim ajuda pelo esforço do senhor e do tio.

Ao ouvir as palavras de Clarinha, sua mãe, sentindo-se envergonhada por haver desconfiado de imediato do marido, disse-lhe:

— Perdoe-me, Jonas. Mais uma vez fui impulsiva e falei sem pensar, dando vazão ao meu ciúme.

— Isso acontece, Gracinha, porque você não consegue confiar em mim; está sempre procurando motivos para provar não sei o quê!

Voltando-se para a filha, ia continuar a conversa, mas percebeu que Clarinha já havia se levantado e, como qualquer criança, deliciava-se com as brincadeiras que sempre fazia com seu cachorrinho Tobi.

— Gracinha, será que você não consegue perceber as coisas importantes que nossa filha nos fala? É óbvio que ela viu algum espírito no barco; está claro isso.

— Eu tenho muito medo dessas coisas, Jonas. Já falei isso para você.

— Eu respeito, mas, se não podemos nem entendemos como lidar com essa situação, vamos procurar ajuda, como já havia falado.

— O que você vai fazer?

— Vou falar com um rapaz que sempre vejo na padaria conversando a esse respeito com o senhor João. Ele pode me dizer alguma coisa que nos direcione para o comportamento adequado, e depois...

— E depois o que, Jonas?

— Nunca lhe disse, Gracinha, mas acontecem certas coisas comigo que também acho muito estranhas. Conversando com Maciel, ele me orientou a procurar ajuda.

— Mas o que acontece com você, Jonas, e por que nunca me contou?

— Nunca disse a ninguém, a não ser nesta pescaria, em que conversei com o Maciel; na verdade, receava ser tachado de louco ou coisa parecida. Mas vejo que, principalmente para Clarinha, se faz necessário aprender mais sobre essas coisas — e completou: — Gostaria que você procurasse ficar mais calma sobre o que acontece com nossa filha; ela é uma criança, e as coisas acontecem com ela de maneira natural, portanto, não podemos assustá-la.

— Como assim?

— Você já percebeu que tudo o que ela fala não lhe causa medo? Fala tranquilamente, como se fosse absolutamente natural; cabe a nós prestar muita atenção e agir com sabedoria para não assustá-la.

— Será que isso passa, Jonas?

— Não sei. Aliás, não sei nada a respeito, mas imagino que seja algo bom, porque ela é uma criança saudável, carinhosa e feliz; isso não deve estar trazendo nenhum transtorno para sua saúde. Mas fique tranquila que vou procurar saber mais a respeito de tudo isso.

— Assim me sinto melhor!

A mediunidade real é uma faculdade preciosa que adquire tanto mais valor quanto mais é empregada para o bem, exercida religiosamente e com desinteresse completo, moral e material. (Mecanismos da Mediunidade, de André Luiz/Francisco Cândido Xavier, 4. ed., FEB)

CAPÍTULO 5

Os dias foram passando sem que nada de anormal ou importante acontecesse. Clarinha frequentava a escola, brincava com suas coleguinhas e vivia feliz, em acordo com sua idade.

Jonas parecia ter se esquecido de seus pensamentos que considerava estranhos e nada fez para procurar o entendimento das questões que o incomodavam. Gracinha, pensando que o assunto havia sido esquecido pelo marido e não querendo trazê-lo de volta, permanecia em silêncio, sem nada perguntar; mas, em seu íntimo, trazia a dúvida e o receio das coisas que Jonas lhe falara, sentindo o desejo de tocar no assunto para ver se, de uma forma ou de outra, ele poderia se esclarecer. Muitas vezes, lembrava-se das palavras ditas por sua amiga e vizinha Augusta:

— É preciso nos aproximarmos de Deus, Gracinha. Não importa qual via iremos percorrer; o que de verdade importa é chegarmos até Ele, porque quem está próximo de Deus O entende; quem está um pouco distante ouve as vozes, mas não consegue entendê-las; quem está muito distante, nada ouve.

Na ocasião, Gracinha questionara:

— O que fazer para ouvi-Lo?

— Para ouvi-Lo é mister aproximar-se Dele; mas isso não é fácil — e Augusta continuou: — Algumas pessoas mais santas conseguem-no sozinhas; para outras, empederni- das pelo mal, não adianta nem mesmo ajudar. Todavia, entre aquelas que naturalmente cultivam a virtude, e outras que não lograram se afastar dos vícios, a maioria pode se aproximar de Deus se for ajudada.

— Como assim?

— Veja, Gracinha, a Doutrina Espírita é a consolação; en- sina-nos os valores reais da vida, ou seja, o caráter, a digni- dade e o respeito pelo próximo e por si mesmo; esclarece-nos que Deus nos mostra, com Suas leis, o caminho seguro da elevação, mas não o percorre por nós, porque essa tarefa é nossa. Você me entende?

Gracinha lembrava-se de como se sentira atingida por essas palavras de Augusta.

Voltando à sua realidade, pensou: "Talvez Augusta tenha razão; preciso afastar esses pensamentos de medo e incertezas quanto à Doutrina Espírita e confiar na bondade de Jesus, que não nos desampara".

Sentindo-se mais confiante, voltou às suas tarefas diárias.

O tempo passava, dando curso à vida.

Jonas e Gracinha perceberam que o contato de Clarinha com os seres espirituais diminuiu e, em vista disso, Jonas deixara de lado sua preocupação e nada fizera para entender o que, na verdade, acontecia. Ao contrário de Clarinha, suas impressões, suas sensações aumentavam consideravelmente sempre que se dirigia ao local onde se dedicava aos seus devaneios, ao sentimento de saudade que não conseguia explicar. Lembrava-se das palavras sensatas de Maciel quanto a procurar explicação para esses sentimentos, para ele estranhos, mas perfeitamente explicáveis pela Doutrina Espírita.

No fundo, embora dissesse sempre para Gracinha que tudo era natural, guardava em si o receio de saber a verdade, até que um dia, em conversa com Maciel, este lhe dissera:

— Meu amigo, qual é a razão de seu medo diante desses fatos? Não é melhor saber o que acontece do que viver nesta dúvida em que vive, tentando, sem nenhum embasamento, dar soluções para algo que desconhece? — perguntava-lhe o amigo.

Nessas horas, Jonas concordava com o amigo.

— Sei que tem razão, Maciel, mas parece que algo me impede de ir em busca do aprendizado, da verdade; não sei explicar. Apesar de viver feliz com Gracinha e Clarinha, sinto uma insatisfação para a qual não encontro razão. É estranho, mas sinto que mereço mais do que possuo.

— Se quiser, poderemos ir juntos. Conheço um lugar de inteira credibilidade; acredito que lá poderá receber as explicações que deseja.

— Você tem razão, meu amigo, irei sim. Marque o dia.

— Vou ver o dia em que há a palestra e aviso.

— Ótimo, fico no aguardo — respondeu Jonas, e pensou: "Será que não irá confundir mais a minha cabeça?".

Em menos de 48 horas, Maciel deu a notícia ao amigo:

— Tudo certo, Jonas. Vamos amanhã às vinte horas.

Percebendo a mudança no rosto de Jonas, acrescentou:

— Meu amigo, não tenha receio; nada de extraordinário irá acontecer. Onde está aquela pessoa que encarava com naturalidade os fatos que aconteciam com sua filha, que acalmava Gracinha dizendo que iriam procurar ajuda e que tudo era natural?

— Você tem razão, amigo. Sempre encarei com naturalidade tudo o que acontecia com Clarinha, mas comigo acho diferente.

— Por que diferente? — perguntou Maciel.

— Com Clarinha parece uma coisa mais palpável, explicada; enfim, comigo penso não ter explicação sentir "saudade" de um lugar ao qual nunca fui e que nem deve existir; parece coisa de louco mesmo.

— Ora, Jonas, existem muitos mistérios que não temos ainda condições de entender, mas com certeza poderão ser explicados.

— Como assim?

— Jesus não disse: "Há muitas moradas na casa de meu Pai"?

— Sim! Mas daí a achar que estive lá vai uma grande diferença.

Maciel, que conhecia um pouco sobre a reencarnação, assunto aprendido nas poucas vezes em que comparecera às palestras da casa espírita aonde iria levar Jonas, respondeu:

— Meu amigo, parece estranho, concordo, mas morávamos em algum lugar antes de chegarmos aqui na Terra; isso quer dizer que podemos trazer lembranças desse lugar.

— Você acha mesmo que isso é possível? — perguntou Jonas curioso.

— Olha, amigo, conheço pouco ou quase nada desse assunto, mas tenho cá comigo que é bem possível, sim, que isso aconteça.

— Não sei não!

— Em todo caso, não custa irmos atrás dessas explicações, que, com certeza, devem existir. Somos muito ignorantes ainda das coisas de Deus, Jonas. Sabemos muito pouco da grandiosidade de Deus; de Suas leis imutáveis, que nos mostram o caminho a seguir. Enfim, na maioria dos casos, damos nossas definições sempre de acordo com nossa von-tade, nossa preguiça em mudar, em aprender a respeitar e a amar nosso semelhante. O acaso não existe nas obras da Criação Divina; as coisas se articulam sempre de acordo com as leis de Deus.

Um pouco espantado diante das palavras do amigo, Jonas disse:

— Estou impressionado com seus argumentos, Maciel. Não imaginava que tivesse esses conceitos, nunca me falou nada; mas acho que tem razão. Vamos sim. Posso levar Gracinha?

— Claro! E se quiser pode levar Clarinha também.

Jonas pensou: "Que estranho, achei natural tudo o que acontecia com Clarinha, orava e confiava; entretanto, comigo está sendo diferente. Vou sim com Maciel. Quem sabe terei as respostas que desejo".

Assim que chegou à casa, procurou a esposa e lhe disse:

— Gracinha, tive agora mesmo uma conversa com Maciel, e suas explicações me fizeram pensar em ir com ele a uma casa espírita. O que você acha?

— Não sei, Jonas, tenho um pouco de receio em me aprofundar nestas questões, mas, a bem da verdade, Augusta também andou falando umas coisas comigo que me fizeram pensar.

— O que, por exemplo?

— Disse-me que a Doutrina Espírita é a consolação que Deus nos enviou e que ela nos mostra o caminho a seguir se quisermos estar harmonizados com as leis de Deus. Achei bonito e verdadeiro o que ela disse e, assim como você, fiquei pensando nessa possibilidade.

— Como eles mesmos disseram — falou Jonas —, o acaso não existe; o que de verdade existe é a bênção de Deus presente na nossa vida.

— Tem razão, Jonas. Penso que devemos seguir seus conselhos, afinal, nada temos a perder; ao contrário, imagino que temos muito a ganhar, principalmente a esperança no futuro. Só não sei se devemos levar Clarinha. O que acha?

— Não vejo nenhum empecilho para ela não ir; penso até que será bom para ela. Lembro que em outra ocasião em que conversava com Maciel ele disse que em uma reunião Joanna de Ângelis disse: "Quando as circunstâncias conspiram contra as realizações, perturbando e afligindo, a esperança revigora o entusiasmo e insufla o ânimo necessário para que se prossiga até o fim".

— E quem é Joanna de Ângelis? — perguntou Gracinha interessada.

— Sei que é um espírito de muita luz e que dá comunicação através do médium Divaldo Franco. Não sei mais nada; também, tudo é muito novo para nós, Gracinha, não temos nenhuma condição de saber sobre esse assunto.

— Tem razão, Jonas, vamos aguardar! Temos uma vida tão corrida que não nos sobra tempo para mais nada, nem para aprender sobre nós mesmos.

Decididos, esperaram com ansiedade o dia de irem à reunião.

Os encarnados não têm tempo de perceber, em seu sentido verdadeiro, todas as manifestações naturais da presença divina em seu caminho. Entretanto, elas estão espalhadas à sua volta, tentando, como estrelas cadentes, iluminar o caminho e abrir os olhos cegos às belezas do Pai.

A natureza, em sua magnitude, brinda a todos com o nascer e o pôr do sol; os pontos brilhantes enfeitando o céu em noites de luar; ou a chuva generosa que cai, permitindo a germinação das plantas e trazendo a fartura — tudo com o equilíbrio que somente a sabedoria de Deus poderia construir. Se existem desequilíbrios na natureza, como enchentes, secas, terremotos e outros mais, foram os próprios homens que os provocaram na sua ânsia de devastar o universo.

A presença de Deus entre a humanidade é a própria vida; vejam aqueles que têm olhos de ver e ouçam aqueles que possuem ouvidos de ouvir: Deus é a própria existência do Ser.

A presença de Deus em nós dá-nos a certeza de que devemos primeiro crer... depois iremos ver.

A vida espiritual é muito sutil; a humanidade necessita aprender isto. Podemos alcançar essa sutileza através da vontade e do ato de amar a vida e os nossos semelhantes; quanto mais o homem se despojar das vaidades terrenas e ficar pronto para amar verdadeiramente, mais fácil será conseguir se sintonizar com este mundo maravilhoso de amor e fraternidade... por meio da presença de Deus em cada ser de Sua criação.

CAPÍTULO 6

O dia esperado finalmente chegou.

Com alegria, Jonas e Gracinha, levando Clarinha, que sorridente acompanhava os pais, chegaram à casa espírita junto com Maciel. Assim que se aproximaram do portão de entrada, encontraram-se com Augusta.

— Augusta! — exclamou Gracinha. — Que prazer ver você aqui!

— Prazer sinto eu, Gracinha, em vê-los aqui. Esperei muito que este dia chegasse, minha amiga, pelo bem de vocês. Espero que se sintam bem e que possam iniciar um novo caminho de conhecimento. Será importante para Clarinha entenderem o universo espiritual; poderão assim orientá-la de uma maneira equilibrada.

— Estamos entusiasmados, Augusta, com essa possibilidade de aprendizado.

Entraram e aguardaram com ansiedade o início da reunião, que não demorou a acontecer. Suave melodia levava todos a pensarem em Deus e na bênção de estar vivo.

Após singela prece da orientadora, em silêncio, dirigiram-se à sala onde era ministrado o passe. Em seguida, voltando à sala principal, acomodaram-se e esperaram em prece o início da palestra, que se iniciou assim que dona Cecília entrou na sala.

— Senhor, ilumine os nossos pensamentos, direcione-os para a eternidade e para a certeza da vida eterna, porque somente assim poderemos comandar de maneira sadia, íntegra e pura as nossas palavras.

"Se pensarmos na vida futura, se pressentirmos a verdade do amanhã na vida eterna, policiaremos nossas palavras para que elas jamais ofendam, machuquem ou humilhem o nosso próximo, mas, sim, para que fluam de dentro de nós com o único intuito de auxiliar, confortar, incentivar, levantar o ânimo de quem as escuta, levando-o a acreditar mais em si mesmo, na própria vida e principalmente em Deus.

"Um pensamento negativo destrói, corrói a alma e a matéria, levando-nos à doença física e espiritual, ao passo que o pensamento positivo nos eleva, melhorando nossa saúde por meio da energização que provém da própria positividade, e isso sem falar nos benefícios que podemos levar ao semelhante quando vivemos em paz com nossos pensamentos e sentimentos.

"Quando a fraqueza e o descrédito se abaterem sobre nós, oremos, pura e sinceramente, integrando-nos com o mundo espiritual, fazendo chegar até o mundo maior as nossas necessidades, e assim receberemos o remédio para os nossos males. Durante nosso crescimento, vamos desenvolvendo nossos sentidos, sem os quais deixamos de perceber muitas sensações importantes, mas é preciso perguntar a nós mesmos: Será que estou conseguindo realmente utilizar meus sentidos com todo o potencial que cada um possui?

"Quando olhamos alguém, o fazemos tão maquinalmente que sequer conseguimos sentir esse alguém na sua essência, no seu todo; acostumamo-nos a usar os olhos para olhar, e não para 'ver'. Quando conseguirmos nos aproximar da essência do nosso semelhante, teremos condições de entender sem julgamento e ajudar com desprendimento, porque veremos um espírito perdido nos próprios enganos, mas em busca da perfeição. É preciso aprender a olhar com olhos de amor e compreensão; ouvir com o coração; tocar com suavidade e carinho; dizer palavras de esclarecimento e incentivo para que possamos entrar no íntimo de quem nos ouve e levar confiança, esperança e fé à sua própria capacidade e, principalmente, a fé... em Deus."

Cecília silenciou. Deixando transparecer a emoção que lhe tocava o coração, orientou:

— Vamos orar, meus irmãos:

Senhor, use-me para o bem,
Use-me para espalhar compreensão e afeto para meus irmãos
Que eu saiba abrir meu coração e meus ouvidos
Para as vossas palavras de amor!
Que eu seja um mensageiro da vossa verdade e,
Principalmente, que eu viva... a vossa verdade
Porque quero ser coerente comigo mesmo,
Se eu não tiver... não poderei oferecer
E quero ter dentro de mim a certeza de que um dia
Me encontrarei convosco e, humildemente,
Beijando-Lhe os pés, O ouvirei chamar-me
... "Meu Filho"!

Cecília retirou-se da sala.

Aos poucos, todos foram saindo, não sem antes beber a água fluidificada colocada em copinhos sobre uma mesa próximo à saída.

— E então, Jonas — perguntou Maciel —, o que achou da nossa reunião?

Entusiasmado, Jonas respondeu:

— Gostei muito, Maciel, mas fiquei um pouco decepcionado! — exclamou.

Maciel estranhou.

— Decepcionado? Não consigo ver razão para esse sentimento. Pode explicar melhor?

Timidamente, Jonas falou:

— Sabe o que é, amigo? Eu esperava ouvir explicações, respostas para minhas perguntas, entretanto, dona Cecília não mencionou nada a respeito.

— Jonas, tudo acontece no tempo certo; não chegou o momento ainda para você. E vamos considerar que é a primeira vez que comparece, e já quer que tudo corra de acordo com sua vontade? Não é assim que funciona, meu amigo. Ouvimos o que todos nós precisávamos ouvir e o que necessitamos aprender; você prestou atenção na palestra?

— Claro! — respondeu Jonas.

— Então, meu amigo, por hoje é suficiente; você já tem no que pensar.

— Como assim?

— Jonas, como diz dona Cecília: é preciso ter olhos de ver, ouvidos de escutar e coração de sentir.

Enquanto os dois amigos conversavam, Gracinha prestava atenção nas palavras de Maciel e sentia uma sensação de bem-estar dominar seu coração. Jonas, ainda insatisfeito, perguntou ao amigo:

— Eu poderia conversar com dona Cecília? Ela ainda não saiu.

Maciel estranhou a pergunta do amigo.

— Sinceramente, não sei se é conveniente! — exclamou.

Gracinha interveio.

— Jonas, que imprudência é essa? Por que essa vontade em querer falar com dona Cecília?

— Não sei, Gracinha, mas gostaria muito.

Enquanto falavam, viram Cecília se aproximar e gentilmente perguntar:

— É a primeira vez que os vejo aqui; são amigos do nosso irmão Maciel?

Maciel, adiantando-se, respondeu:

— Sim, dona Cecília, são meus amigos.

— Sejam bem-vindos!

Jonas, querendo aproveitar a oportunidade, perguntou:

— Eu gostaria muito de me aconselhar com a senhora. Será que poderíamos conversar?

— Claro! — e rapidamente completou: — Mas não agora; já se faz tarde e preciso ir. Façamos o seguinte: na próxima reunião, venham um pouco mais cedo; terei prazer em conversar com o senhor. Pode ser?

— Evidente que sim — prontamente respondeu Maciel. — Viremos com certeza, não é, Jonas?

— Claro... Claro! Vou aguardar ansioso.

— Então boa noite — disse Cecília. — Tive muito prazer em conhecê-los.

— Para nós foi uma imensa alegria conhecer a senhora — falou Gracinha.

Despediram-se e tomaram cada um o rumo de casa.

Seguiam em silêncio, mas cada um alimentava em seu coração a reação que as palavras de Cecília haviam causado. Gracinha sentia-se agradecida por tudo o que ouvira e aprendera. Pensava: "Sou grata, Senhor, pelo aprendizado de hoje. Que eu saiba trazê-lo para o meu coração".

Maciel olhava para o amigo e pensava: "Sabe bem a teoria, mas não consegue colocar a prática em si mesmo. Aceitou com tranquilidade a mediunidade de sua filha, entretanto, assusta-se com a própria, com sua capacidade de percepção. No momento adequado, encontrará suas respostas", concluiu.

Diferente de Gracinha e Maciel, Jonas não aceitava o fato — que julgava importante — de não ter recebido o que viera buscar, ou seja, explicações para suas sensações, para sua impressão de haver estado em algum lugar distante; de sentir saudade de algo que não fazia a menor ideia do que poderia ser.

Maciel, que observava o amigo, disse-lhe:

— Jonas, o que está preocupando você que o deixa assim inquieto?

— Maciel, como não ficar inquieto se não consigo chegar a nenhuma conclusão quanto ao que sinto? Entendo o que acontece com Clarinha; sei que possui mediunidade, enfim, percebo que para ela existe uma explicação. Mas, quanto a mim, não vejo explicação nenhuma! — exclamou.

Com um leve sorriso nos lábios, Maciel respondeu:

— Amigo, assim como Clarinha, você também possui mediunidade. São diferentes, cada uma com sua característica, mas as duas são mediunidade. Existem vários tipos de mediunidade, todos importantes. O que é necessário é estudar para compreender esse fenômeno com que nosso Pai nos presenteia; através dele somos consolados e passamos a entender melhor a vida que se segue depois do túmulo.

— Gostaria mesmo de entender!

— Calma, amigo, tudo acontece na hora e no momento certos. Continue participando dessas reuniões; suas respostas chegarão.

Gracinha, que a tudo prestava atenção, falou:

— Maciel tem razão, Jonas. Você me acalmou quanto a Clarinha, agora acalme a si mesmo.

Maciel gostou do que ouviu.

— Sua esposa tem razão; nada nas leis de Deus possui dois pesos e duas medidas; necessário se faz orar, confiar e aguardar o momento certo para algumas respostas que podemos receber aqui nesta vida, porque todas as outras somente teremos no reino de Deus.

Seguiram em silêncio.

Deus não envia nada de graça, mas dá-nos a oportunidade, o esclarecimento e as condições para alcançarmos nosso ideal, que devemos buscar através da nossa reforma interior.
(A Essência da Alma, de Irmão Ivo)

CAPÍTULO 7

Quinze dias se passaram.

Jonas, escutando a voz conhecida de Maciel, apressou-se em recebê-lo.

— Então, amigo, vamos hoje à reunião?

Surpreso, Jonas respondeu:

— Nossa... Havia me esquecido! — Com naturalidade, deu um grito chamando Gracinha.

— O que foi, Jonas? Qual a razão desse grito? — Avistando Maciel, cumprimentou-o: — Olá, Maciel, o que traz você aqui?

— Gracinha — foi Jonas quem respondeu —, ele veio nos chamar para irmos à reunião da casa espírita; você quer ir?

— Claro! Vamos sim!

— E Clarinha? — perguntou Jonas.

— Esperem um instante; vou levá-la até a casa de minha mãe.

Ia saindo quando ouviu Maciel dizer:

— Por que não a levam?

Gracinha e Jonas se olharam e, não sabendo o que dizer, apenas perguntaram:

— Ela pode ir? Não é muito pequena ainda?

— Claro que pode — respondeu Maciel. — Além da reunião para os adultos, existe o encontro de crianças em uma sala onde uma irmã, trabalhadora da casa, fica com elas; conta-lhes histórias edificantes; fazem desenhos, enfim, está acostumada com essa tarefa. Podem deixá-la sem preocupação.

Feliz, Gracinha respondeu:

— Se é assim, esperem só um instante que vou arrumá-la — e entrou apressada.

— Ela ficou contente — disse Jonas.

— Isso é bom! Vai ser ótimo para Clarinha entrar em contato com a verdade de uma maneira apropriada para sua idade, além de se relacionar com outras crianças.

— Toda casa espírita possui esse trabalho com a infância?

— Deveria ser assim, Jonas, mas infelizmente nem todas as casas possuem esse setor.

— Por quê?

— Por diversas razões, Jonas; mas não por falta de desejo ou de amor pelas crianças. Na realidade, não é tão fácil conseguir tarefeiros que estejam dispostos a se entregarem ao semelhante; os homens se acostumaram a pedir, e não a agradecer por meio de sua cooperação com o trabalho que visa aliviar as dores e a angústia do próximo — e continuou: — Os orientadores têm por prioridade elucidar os irmãos sobre a Doutrina Espírita e a importância da prática da caridade, trabalhando assim pela própria reforma íntima. Mas, nem sempre aqueles que frequentam assiduamente as reuniões colocam em prática o aprendizado que nos faz buscar a verdade de Cristo; por esse motivo, muitas casas espíritas possuem dificuldade para sustentar seus ideais em relação ao semelhante.

Jonas ia continuar com suas perguntas quando foi interrompido pela voz alegre de sua filha:

— Papai... Papai, é verdade que vou com o senhor e a mamãe?

— Sim, filha, é verdade; você gostou?

— Sim, muito! — exclamou Clarinha feliz. — Gostei muito de ir lá, assim eu posso ver minha amiga.

Gracinha abraçou a filha e lhe disse:

— Querida, desta vez você não vai ficar junto com o papai e a mamãe.

Antes que terminasse, Clarinha perguntou:

— Por quê?

— Você vai ficar com outras crianças, em outra sala.

— Sozinhas?

— Não, filha. Com uma professora que vai mostrar uma porção de brinquedos, contar histórias, enfim, você vai gostar muito, tenho certeza.

— Se a senhora está falando, vou gostar sim, mamãe!

Seguiram animados para a reunião.

No horário marcado, iniciaram-se os passes.

Enquanto Gracinha ouvia a suave melodia que enlevava a todos, deixava seu pensamento voar em direção ao seu passado de criança e adolescência; recordava-se da avó materna, que era incansável na sua demonstração de amor para com a família e o semelhante; via-a com seu rosto meigo marcado pelas difíceis experiências de sua vida, o constante avental amarrado na cintura, companheiro inseparável das mãos carinhosas que a todo instante preparavam quitutes para saciar a fome de muitas crianças famintas do bairro pobre; ela agasalhava, esquentava os que sentiam frio; falava de amor, de Jesus e de compreensão. Percebeu que tivera a seu lado uma cristã de verdade, não de palavras, mas de obras — uma cristã que não temia levantar a bandeira de Cristo. Sentiu pequenas lágrimas escorrerem de seus olhos ao se dar conta de que tivera muito, mas que aprendera pouco. "Sempre é tempo, como disse Maciel certa ocasião. É chegada a hora de reagir, e é o que vou fazer: me entregar ao conhecimento das leis divinas; tentar ser alguém melhor para mim, para minha família e para o mundo."

Satisfeita com a própria decisão, elevou seu pensamento e se entregou à prece, aguardando o início da palestra.

Após poucos minutos, Cecília entrou e, proferindo singela prece, iniciou sua palestra:

— Meus irmãos em Cristo, se acreditamos firmemente na palavra de Deus, nos ensinamentos que Jesus nos deixou, não devemos nos amedrontar diante das dificuldades que enfrentamos na nossa caminhada neste mundo físico; caminhada esta com a finalidade de promovermos nossa reforma interior, tornando-nos criaturas melhores. Precisamos tirar desses problemas o alento através da fé Naquele que nos criou e na certeza de que cada obstáculo vencido com dignidade e coragem é um passo importante rumo a nossa evolução espiritual.

"A partir do momento em que conseguimos enxergar e compreender o Evangelho de Cristo, nossa missão passa a ser a missão do verdadeiro cristão, ou seja, propagar a verdade de Jesus aos irmãos que ainda não conseguiram se aproximar Dele, vivendo longe da verdade redentora, à margem dos ensinamentos das leis divinas. Mas, isso se faz com o respeito, a dignidade e a humildade aliados à caridade e à fraternidade com nossos semelhantes. Essa é a postura do verdadeiro cristão.

"Necessário se faz esclarecer sobre a espiritualidade; falar de paz, de consolação e de esperança; aproximar-se das pessoas com coragem, mas também com tolerância; ensinar a verdade, mas respeitando os limites e a compreensão de cada um.

"A missão do cristão é sublime; feliz aquele que consegue trabalhar em nome de Jesus com equilíbrio, desinteresse e sem outro motivo senão o de auxiliar o próximo.

"Falar de perdão; aquele que busca a paz interior precisa aprender a calar em seu coração a inveja e a discórdia, para que floresçam a paz e o amor na sua expressão mais pura."

Cecília silenciou por alguns instantes, permitindo que todos se deliciassem com a beleza suave da música ambiente.

Voltou a dizer:

— Não tenham medo de empunhar a bandeira de Cristo, porque Jesus não teve medo de sofrer por nós, mostrando-nos a grandeza do amor divino; ensinou-nos que aquele que crê... verá. Aquele que não tiver receio de trabalhar na seara do Pai e o fizer com amor e suavidade, aproximar-se-á do reino dos céus, porque somos filhos de nossas obras, e nosso mérito e recompensa serão segundo o que tivermos feito. Que Deus, em Sua infinita misericórdia, nos auxilie sempre, para que possamos cumprir nossa missão de verdadeiro cristão: esclarecer... auxiliar... amparar... compreender... perdoar e, sobretudo... amar!

Ao terminar, as palavras foram desnecessárias, porque todos se levantaram e se abraçaram na certeza da proteção e das bênçãos em suas vidas. Jonas, ainda surpreso com tudo o que ouvira, nem ousou solicitar de Cecília um encontro para esclarecer suas dúvidas.

Em pouco tempo o salão se esvaziou e as luzes se apagaram, permanecendo apenas uma tênue luz azul. Quando as portas se fecharam e nenhum encarnado se encontrava mais no recinto, os espíritos ali presentes continuaram em prece, agradecendo ao Pai pela oportunidade recebida.

Os dias seguiram seu curso.

Jonas, entusiasmado com as questões aprendidas na casa espírita, passava o seu tempo de folga pesquisando os livros indicados por Cecília.

Em uma tarde de sol, assim que retornou da pescaria, Jonas chamou Gracinha e Clarinha para acompanhá-lo até as pedras, lugar onde era invadido pelas sensações que o incomodavam tanto.

Às dezesseis horas, estavam os três sentados um ao lado do outro ouvindo a narrativa de Jonas:

— Então, é isso que acontece comigo, Gracinha; sinto que existe algo de diferente entre a imensidão do mar e o infinito do céu. Pode parecer coisa de louco, mas é uma impressão muito forte e que me dá um sentimento estranho de saudade de algo que nunca vi e nem sei o que pode ser.

Gracinha, tentando entender o marido, disse-lhe:

— Talvez um filme que assistiu e que marcou você, Jonas; neste espaço, com certeza, não existe nada.

— Sei disso, Gracinha. Era sobre isso que gostaria de conversar com dona Cecília. O que será que existe nesta imensidão do universo?

— Eu não sei, Jonas; não faço a menor ideia. Na próxima reunião perguntaremos para dona Cecília.

Iam mudar de assunto quando inesperadamente ouviram a voz de Clarinha, que disse:

— São colônias, mãe; colônias espirituais que estão espalhadas por todo o universo.

Estupefatos, Jonas e Gracinha não sabiam o que dizer. Gracinha, recuperando-se da surpresa, perguntou:

— O que você está falando, Clarinha? Que são colônias espirituais? É isso?

— Sim!

— E podemos saber de onde tirou essa maluquice?

— De lugar nenhum, mãe, apenas ouvi o que me disseram!

— Pelo amor de Deus, minha filha, quem disse isso para você?

— Ora, mamãe, a moça que sempre conversa comigo!

— Tome cuidado, filha, ela deve estar brincando — falou Gracinha ansiosa.

— Não, mãe, ela não brinca; só fala a verdade, e eu acredito nela.

— Por quê?

— Porque ela só me diz coisas boas; pede que eu nunca deixe de amar Jesus e as pessoas, e me deixa feliz!

Jonas, que até então permanecera em silêncio, pensou: "Meu Deus, será que tudo isso é verdade? Se for, pode ser a explicação que tanto procuro. Vou conversar com Maciel sobre isso".

Vendo que Clarinha brincava feliz com o cachorrinho que levava sempre com ela, achou por bem encerrar o assunto, fazendo um sinal a Gracinha para que não se prolongasse mais. Percebeu que as palavras de sua filha, tão novinha ainda, tocara fundo seu coração. "O que será que Clarinha quis dizer com "colônias espirituais"? Será que realmente existem?", perguntava-se. "Isso me parece muito fantasioso. Por enquanto, é melhor esquecer", concluiu.

Voltou sua atenção para Gracinha e Clarinha, que se divertiam com Tobi, o cachorrinho.

— De onde vem você, meu irmão, o que traz você em sua bagagem para ofertar ao Criador?

Que faz você para merecer a glória divina?

Por qual caminho você anda que não vê à sua volta todos esses irmãos necessitados?

Que criança ampara... que enfermos socorre?

Pare!

Olhe atrás de si e veja quantas crianças chorando.

— Enxugue suas lágrimas!

Perceba quantos irmãos morrem de fome ou de frio.

— Dê-lhes o alimento e o agasalho!

Sinta a solidão daqueles que vivem em trevas.

— Leve a eles um pouco de luz!

Pense na grandiosidade do amor de Deus e se transforme em um mensageiro da lei divina.

Pregue o amor... A bondade... A compreensão.

Mas antes de fazê-lo sinta em você mesmo esses sentimentos. Tudo que oferecermos ao próximo é preciso que saia do fundo do nosso ser, da nossa vontade de servir, da nossa completa integração com o mundo espiritual.
Ame!
Dê de si a todos que precisarem de você, e assim, quando se apresentar diante de Deus na sua volta para casa,
Levará uma bagagem de amor, de doações
... e repleta de espiritualidade!

CAPÍTULO 8

As ondas bailavam majestosas em direção à terra firme e, em um espetáculo de rara beleza, derramavam suas águas espumosas nas areias da praia. O marulhar das águas, seu bailado sincronizado e perfeito, a grandeza assustadora do mar davam mais uma vez o testemunho da existência de Deus.

Jonas, como de costume, em suas horas vagas permanecia sentado nas pedras olhando para um ponto fixo, extasiado com o cenário que, para ele, era algo tão belo quanto misterioso.

Relembrava as palavras de Clarinha: "São colônias espirituais", dissera com tranquilidade. "Será que elas existem?", perguntava a si mesmo.

Olhava para o céu azul, que emprestava beleza ao lugar, e para o mar em movimento, que mostrava a vida pulsando com todo o vigor. Não conseguia entender a sensação que o tomava sempre que agia assim.

Entregava-se à meditação, tentando compreender a grande criação de Deus.

As horas se passaram e Jonas não percebeu. Ao retornar à realidade, espantou-se ao vislumbrar o sol escondendo-se no horizonte, cobrindo a natureza com sua cor avermelhada, que caracteriza o entardecer; levantou-se e com passos lentos retornou ao lar.

Clarinha, assim que o viu, correu a abraçá-lo, no que foi correspondida por Jonas, que, levantando-a nos braços, disse-lhe:

— Filha querida, papai estava com saudade — e deu um beijo em seu rosto. — Você está bem?

— Estou sim, pai — respondeu Clarinha, correspondendo ao beijo recebido.

— Que cena bonita — ouviram Gracinha dizer. — Posso também receber esse carinho?

— Claro, mamãe — falou Clarinha, abrindo os braços e indo para o colo da mãe.

Entraram.

Jonas entregou-se à tarefa de limpar o jardim, o que fazia com satisfação. Enquanto permanecia ocupado com as flores que Gracinha plantara com todo o cuidado, esquecia-se de todas as suas preocupações. Nem percebeu que a noite chegava, convidando todos para o devido descanso.

— Jonas — ouviu a voz de Gracinha —, já escureceu; entre!

Seguindo a recomendação de sua esposa, Jonas entrou. Após o jantar, sentaram-se, e Gracinha, percebendo que o marido continuava distante, perguntou:

— Jonas, o que tanto o preocupa para estar assim tão distraído?

— Nada, apenas não consigo deixar de pensar em algumas coisas que Clarinha nos fala.

— Por exemplo?

— Por exemplo, quando ela diz a respeito de colônias espirituais; você acha mesmo que essas colônias existem? Será que tudo não passa da imaginação dela? — disse.

— Assim como você, também me surpreendi com essa afirmação. Parece muito fantasioso. Gostaria de saber mais a respeito.

— O melhor seria perguntar para dona Cecília; creio que ela é a pessoa mais indicada para esclarecer sobre essa questão.

— Você tem razão! Faremos isso.

Passados alguns instantes, recolheram-se para o devido descanso.

Deus povoou os mundos de seres vivos, e todos concorrem para o objetivo final da Providência. Acreditar que os seres vivos estejam limitados apenas ao ponto que habitamos no Universo seria pôr em dúvida a sabedoria de Deus, que nada fez de inútil e deve ter destinado esses mundos a um fim mais sério do que alegrar os nossos olhos. Nada, aliás, nem na posição, no volume ou na constituição física da Terra, pode razoavelmente levar--nos à suposição de que ela tenha o privilégio de ser habitada, com exclusão de tantos milhares de mundos semelhantes. Eles absolutamente não se assemelham.
(O Livro dos Espíritos – Livro I – Capítulo III – Questão 55 – Pluralidade dos Mundos)

O dia amanheceu ensolarado.

Como de costume, Jonas, encontrando-se com Maciel, saiu para a pescaria. No lugar de sempre pararam, desligaram o motor do barco e jogaram a rede. Enquanto conversavam, de repente Jonas silenciou e, fixando um ponto determinado, ficou como que extasiado com alguma coisa que "acontecia" diante de seus olhos.

Maciel, demonstrando preocupação, tentou chamá-lo, em vão. Jonas permanecia como se estivesse hipnotizado. Passados alguns segundos que, para Maciel, pareceram horas, Jonas voltou a si e disse:

— Meu Deus, não pode ser; isso não aconteceu!

— O que não aconteceu, meu amigo? Por favor, me diga!

— Espere um pouco, estou perplexo; deixe-me voltar ao normal!

Respeitando a colocação do amigo, Maciel nada mais perguntou.

Sentindo-se já refeito, Jonas falou para o amigo:

— Maciel, você viu o que estava acontecendo bem ali em frente às rochas?

— Nada de importante — respondeu o amigo —, apenas as ondas batendo furiosas como de costume. Posso saber a razão da pergunta?

— Claro! Isso se prometer não achar que estou ficando louco!

— Mas o que é isso, Jonas? Por que haveria de pensar esse absurdo?

Animado, Jonas respondeu:

— Maciel, quando paramos aqui, meu olhar se direcionou para aquelas rochas e, sem eu mesmo saber a razão, comecei a ver uma cena de afogamento.

— Como assim?

— Um homem se debatia desesperadamente para se salvar das ondas que teimavam em levá-lo para o fundo; de repente, seu corpo cansado entregou-se ao inevitável e, antes que fosse engolido pelas águas, algo, que não sei explicar, apareceu; parecia um ser fluídico, não sei, mas ele recolheu-o nos braços e, quando subia, levando-o, o mais inacreditável aconteceu, eu vi seu corpo ser engolido pelas ondas.

— Que coisa fantástica, meu amigo! — exclamou Maciel.

— Você não sabe do mais inacreditável!

— O quê?

— Tive a nítida sensação de ser eu quem se afogava! Estou em choque!

— Diante do que você contou, devo dizer que eu também!

— Você, que entende melhor dessas coisas, acha que isso é possível?

— Não sei a resposta, mas não duvido de nada; se aconteceu, penso que deve ser.

— Fico pensando — continuou Jonas —: como pode um ser subir e o corpo afundar? Por que o mar e o céu me atraem tanto?

— Quanto a um ser subir e o corpo afundar, posso explicar; mas, quanto a pensar que era você, não posso dizer nada, porque nada sei sobre isso.

— Então me explique o que você sabe!

Maciel silenciou por alguns instantes e orou pedindo amparo para dizer a verdade e nada mais que isso. Impaciente, Jonas falou:

— Vamos, Maciel, estou esperando!

— Quanto ao que você viu, que, se não me engano, pareciam dois corpos que se separavam, o que posso lhe dizer é o seguinte: nós não somos apenas um corpo de carne, Jonas, e estranho você ainda ter dúvidas, já que conheço e sei como você sempre agiu em relação à Clarinha, chegando mesmo a orientar sua esposa; em todo caso, o que você relata ter visto nada mais foi do que o espírito deixando seu corpo denso através da desencarnação e partindo em direção ao reino de Deus.

— Mas... por que tive essa visão, Maciel?

— Porque provavelmente você é um sensitivo, Jonas.

— Explique-me melhor!

— Não, Jonas, não sei o suficiente para explicar; o melhor é perguntar a dona Cecília quando for à casa espírita. Olha... Vamos puxar a rede — disse Maciel, tentando mudar o rumo da conversa.

Assim o fizeram. Ao verem a rede chegar repleta de peixes, a alegria tomou conta de seus corações.

— Teremos o suficiente para quinze dias — falou Jonas. — Vamos, amigo, vamos para o mercado vender o fruto da nossa pescaria.

Uma semana se passou.

Jonas não conseguia tirar de seu pensamento o fato que marcara fortemente seu coração. Perguntava-se: "Por que eu tenho essa sensibilidade de ver coisas que ninguém vê? Fico impressionado, confuso, sem saber se é real ou se sou eu que crio essa situação!".

Por mais que tentasse, não achava explicação.

Certa tarde, enquanto apreciava as gigantescas ondas quebrando na praia à sua frente, percebeu um jovem que, como ele, também observava o mar com o olhar absorto. Sem pensar se era certo ou não, levantou-se, aproximou-se do jovem, que aparentava mais ou menos quinze anos, e educadamente perguntou:

— Incomodo se eu me sentar ao seu lado?

O jovem, olhando para Jonas, respondeu:

— Fique à vontade!

Sem demora, Jonas sentou-se e lhe disse:

— Estive observando você todo esse tempo e imagino que, assim como eu, também gosta de vir contemplar a beleza das ondas, estou certo?

Sem se virar, o garoto falou:

— Sim, está certo. Gosto de ficar aqui e às vezes nem percebo as horas passarem; meus pensamentos voam até o infinito e me perco na contemplação.

Jonas gostou do que ouviu.

— Qual o seu nome e, se não for indiscrição, quantos anos você tem?

— Roberto — respondeu o garoto. — Não me importo de falar minha idade; mês que vem completo dezesseis anos. E o senhor, como se chama?

— O meu nome é Jonas; venho aqui quase diariamente. Emociona-me ver o balanço das ondas e impressiona-me ver a imensidão do céu e do mar. Tento compreender essa beleza, esse poder, essa magia; enfim, tento compreender Deus! — exclamou.

— E consegue? — perguntou Roberto.

— Na verdade, não. Ele está muito longe e não tenho ideia do seu tamanho.

Roberto pensou por uns instantes e depois disse:

— Posso lhe contar um fato?

— Claro! Por favor!

Roberto virou-se e, olhando nos olhos de Jonas, falou:

— Em certa ocasião, perguntei ao meu pai qual era o tamanho de Deus, porque eu não conseguia senti-Lo. Meu pai, olhando para o céu, avistou um avião e me perguntou: "Que tamanho tem aquele avião?". Eu respondi: "É pequeno, quase não dá para ver!". Então meu pai me pegou pelas mãos, levou-me até o aeroporto e, ao chegar próximo a um avião, voltou a me perguntar: "E agora, qual é o tamanho deste?". Eu respondi: "Nossa, pai, este é enorme!". Meu pai concluiu: "Filho, assim é Deus: o tamanho vai depender da distância que você estiver Dele; quanto mais perto você estiver de Deus, quanto mais permitir que Ele entre em seu coração, maior Ele será em sua vida" — e completou: — Nós só vamos entender Deus, senhor Jonas, quando O trouxermos para dentro de nós; a partir daí passaremos a entender Suas leis e segui-las.

Jonas não sabia o que dizer diante do que acabara de ouvir; estava impressionado com as palavras de Roberto. Por fim, falou:

— E o que você fez a partir daí?

— Trouxe-O para mim! — e acrescentou: — Quem está próximo de Deus pode entendê-Lo; quem está um pouco distante ouve as vozes, mas não consegue entendê-las; quem está muito distante, nada ouve. Para ouvi-Lo, é preciso se aproximar Dele.

Impressionado, Jonas falou:

— Roberto, gostaria de conhecer seu pai; acredito que ele tenha muita coisa para ensinar. Procuro tantas respostas e acredito que ele possa tê-las.

— Sim, senhor Jonas, tinha mesmo! — exclamou Roberto com certa amargura na voz.

— Tinha?

— Sim! Ele desencarnou há três anos.

— Sinto muito, Roberto.

— Não sinta. Ele foi um grande homem, temente a Deus; viveu dentro da moral cristã, e isso me faz crer que hoje com certeza vive a plenitude do bem, trabalhando em alguma colônia, ajudando os espíritos que chegam da Terra. É o que ele sempre gostou de fazer: ajudar o próximo. Meu pai sempre me ensinou que são os sentimentos elevados que nos levam a uma esfera superior por ocasião do nosso desencarne, porque provocam atitudes elevadas e dignas. O homem que durante sua estada na Terra semeou o bem, viveu em acordo com as leis divinas e conquistou amigos através do seu amor ao próximo certamente encontrará amigos esperando-o no mundo espiritual por ocasião do seu desenlace, e meu pai, senhor Jonas, foi um homem de bem e de fé.

Jonas ficava cada vez mais impressionado com a maneira simples e autêntica com que Roberto falava de seu pai. Perguntou:

— Você o admirava muito, não, Roberto?

— Sim, senhor Jonas, muito. Ele foi, além de meu pai, meu mestre.

— Você não sofre por sua ausência?

— Quando amamos alguém, queremos a felicidade dele, não é assim? Creio que ele esteja feliz. Isso não quer dizer que não sinto sua falta; que não gostaria de estar ao seu lado ouvindo seus conselhos, suas risadas, seu jeito amigo de ser, mas, ao mesmo tempo, agradeço a Deus ter permitido que eu fosse filho dele. Um dia a gente se encontra!

Confuso com as palavras de um jovem de apenas dezesseis anos, Jonas perguntou:

— Você acredita mesmo que podemos nos encontrar com aqueles que nos precederam na volta para o reino de Deus?

— Sim. Meu pai sempre me dizia isso; falava das colônias espirituais, da vida que continua além desta vida terrena; enfim, suas explicações calavam fundo em meu coração e hoje me dão conforto.

— Você me impressiona, Roberto; gostaria de iniciar uma amizade com você, se não se importar em ser amigo de um velho!

— Velho, o senhor? — disse Roberto sorrindo. — Terei muita honra em ser seu amigo.

— Vou apresentar a você um grande amigo meu; acho que vocês vão se dar muito bem, e eu vou aprender muito com vocês. Acredito que você tenha muito a dizer sobre o que aprendeu com seu pai, estou certo?

— Não sei — respondeu Roberto —, isso quem vai dizer é o senhor.

— Tenho certeza que sim. Você vem aqui diariamente?

— Sempre que posso, trabalho para ajudar minha mãe com as despesas da casa; somos somente nós dois e nem sempre posso vir.

— Tenho certeza de que iremos nos encontrar mais vezes.

— Espero que sim — respondeu Roberto.

— Bem, agora preciso ir; já se faz tarde, e minha esposa deve estar preocupada.

— O senhor tem filhos?

— Uma menina pequena ainda — respondeu e, levantando-se, despediu-se de Roberto e se dirigiu a sua casa.

No caminho, ia pensando nas palavras de Roberto sobre o reencontro com pessoas já desencarnadas e as colônias, que ouvia pela segunda vez. "Será que isso é possível mesmo?", perguntava-se.

Muito além do horizonte, além das verdes montanhas,
Onde a brisa suave e fresca balança as palmeiras ao vento.
Existe um Ser!
Uma fonte de amor... De paz... De carinho,
Sem a matéria grotesca que forma a pessoa humana,

Existe o Ser da verdade... Do afeto e do calor
É o Pai da humanidade que, com desvelo e paciência,
Nos auxilia no caminho, tratando-nos com tanto amor!
Para até Ele chegar e tudo agradecer
É preciso caminhar em direção a esta Luz
Não querer ser consolado e com o sofrimento crescer
É ter fé... É amar... É sentir nas coisas simples
A essência dessa força
... Que é Jesus.

CAPÍTULO 9

Jesus, em Sua passagem sobre a Terra, disse aos Seus discípulos: "Há muitas moradas na casa de meu Pai".

O que podemos entender pela expressão "casa de meu Pai"? O universo como um todo; essa é a grande casa de Deus.

Mas quais são as muitas moradas? São os mundos que circulam no espaço infinito e oferecem aos espíritos as moradas apropriadas ao seu progresso.

É difícil para muitos dos encarnados entenderem a existência das colônias espirituais, mas, se raciocinarmos bem, vamos perceber que os espíritos que retornam à espiritualidade necessitam de algum lugar para ficarem, para continuarem seu progresso por meio do aprendizado, e esse lugar é condizente com o merecimento de cada um; está proporcionalmente inserido nas ações e nos sentimentos, enfim, a felicidade na espiritualidade é proporcional ao bem que se fez na Terra.

❀❀

Vinte dias se passaram desde o encontro de Jonas com Roberto; ele em nenhum momento esquecera-se das palavras ditas por um rapaz tão jovem. Gracinha, em várias oportunidades, recriminava o marido dizendo:

— Jonas, não tenho nada contra o seu desejo de querer aprender cada vez mais; o que me preocupa é que de uns tempos para cá você vive em função de buscar respostas que, diga-se de passagem, ainda não vieram.

— O que você quer dizer com isso?

— Quero dizer que não se preocupa mais com Clarinha, comigo, enfim, afasta-se de nós para ir em busca de satisfazer sua curiosidade.

Assustado com as palavras de sua esposa, Jonas respondeu:

— Você pensa mesmo assim?

— Infelizmente penso. Não pretendo de maneira alguma impedi-lo de seguir seus sonhos, mas não posso entender que, para realizar seu objetivo, necessite anular coisas importantes, por exemplo, o que acontece com nossa filha.

— E o que está acontecendo com Clarinha?

— Ela anda triste; disse-me que sente falta de você e das brincadeiras que fazia com ela!

Impressionado com o que acabara de ouvir, Jonas levantou-se.

— Onde ela está? — perguntou.

— No quarto, brincando com suas bonecas.

— Vou falar com ela; você vem comigo?

— Você se importa se eu for?

— Claro que não, Gracinha, você é minha mulher, mãe de Clarinha, tem todo o direito; e o que vou dizer não é segredo.

Os dois se dirigiram ao quarto da filha. A porta estava entreaberta e, vendo Clarinha conversando, pararam e ficaram escutando o que a garota dizia.

— É o que estou falando: acho que meu pai não gosta mais de mim; não brinca mais comigo, não se interessa mais com as coisas que acontecem comigo. Como agora: estou conversando com você, nem eu mesma sei por que isso acontece se somente eu a vejo e escuto, ninguém mais. — Parou por uns instantes e voltou a dizer: — Sabe, eu não me assusto, você é muito bonita e só me diz coisas boas; penso que você quer o meu bem, por isso não tenho medo.

Jonas, não aguentando mais ouvir as palavras de sua filha, entrou no quarto e, abraçando-a, disse-lhe:

— Filha, papai ama muito você. Não imaginava que pensasse tudo isso; por que não me falou?

— Não sei, papai! Eu só quero o senhor de volta perto de mim! — exclamou Clarinha com a vozinha triste.

Gracinha, que tudo ouvia em silêncio, pensou: "Jonas está se envolvendo demais com sua mediunidade; desde que descobriu essa possibilidade, não faz outra coisa a não ser procurar por suas respostas, e mesmo aquelas que já possui não o satisfazem". Aproximou-se de sua filha e a beijou no rosto dizendo:

— Filha, papai e mamãe amam muito você; não duvide disso!

Clarinha, abraçando os pais, encostou sua cabecinha no ombro de Jonas e se entregou ao carinho que recebia.

෧෧

Mais tarde, Jonas e Gracinha trocavam ideias sobre o que acontecia com a filha.

— Tenho receio, Jonas. Não entendo muito bem esse problema, se é que é um problema — disse Gracinha.

— Sei muito pouco sobre isso; imagino que não deva ser preocupante, desde que seja encarado com naturalidade e respeitando os limites que esta prática impõe, seja em adultos e principalmente em crianças.

— Como assim? O que quer dizer? — perguntou Gracinha.

— Quero dizer que devemos encarar com naturalidade e não incentivar.

— E se ela perguntar sobre essa questão?

— Responderemos de maneira natural, falando apenas das questões morais e apresentando cada vez mais Jesus como o farol a iluminar seu caminho — falou Jonas.

— Como assim?

— Gracinha, devemos ensinar a ela que, se abrirmos nosso coração, de verdade, para os ensinamentos que Jesus Cristo pregou durante Sua estada entre nós, conseguiremos receber da espiritualidade toda a força necessária que nos impulsiona para o infinito e, consequentemente, perceberemos o verdadeiro sentido da vida.

Impressionada, Gracinha perguntou:

— Desculpe, mas onde você aprendeu isso?

— Quem me disse isso foi o Roberto em uma de nossas conversas. Ele falou que seu pai sempre lhe falava essas coisas e que ele guarda em seu coração tudo o que aprendeu. Achei muito lindo e verdadeiro.

— Tem razão! Fico impressionada com o fato de alguém tão jovem como ele dizer coisas tão bonitas!

— É verdade, mas só diz porque trouxe para seu coração as palavras sensatas e nobres do seu pai. Ele não só ouviu; guardou para si como fonte de saber.

— E sobre a mediunidade, ele fala alguma coisa?

— O que você quer tanto saber, Gracinha?

Um pouco acanhada, Gracinha respondeu:

— Sabe o que é, Jonas? Já ouvi falar que quem é médium sofre muito, entra em contato com energias inferiores, enfim, tenho receio por você e por nossa filha.

— Não é assim, Gracinha; quem me explicou isso foi o Maciel, e ele estuda muito essa doutrina.

— Explique para mim então!

— Ele disse que o médium tanto pode entrar em contato com os planos superiores, recebendo nobres inspirações, como situar-se nos planos inferiores, pois é uma faculdade que independe da moral do médium.

— Como assim?

— O médium colherá os frutos bons ou maus de acordo com o uso que fizer da mediunidade.

— Entendi! — exclamou Gracinha. — O coração bom e generoso jamais fará algo que possa ferir ou prejudicar o outro; é isso?

— E quem só faz o bem só pode entrar em contato com as energias do bem, que auxiliam o sofredor a secar suas lágrimas.

Mudando de assunto, Gracinha perguntou:

— Você tem visto o Roberto?

— Faz mais ou menos uma semana que não o vejo; estou até um pouco preocupado.

— Deve estar envolvido com seu sustento — disse Gracinha. — Logo ele aparece. Quem procurou por você foi o Maciel!

— E o que ele queria? Estivemos juntos ontem mesmo.

— Nada de sério; apenas saber se vamos amanhã à reunião de dona Cecília.

— Gostaria de ir?

— Gostaria! — exclamou Gracinha. — E queria levar Clarinha também; ela gosta de ficar com as outras crianças na escolinha do centro.

— Combinado; vamos então.

A mediunidade real é uma faculdade preciosa que adquire tanto mais valor quanto mais é empregada para o bem, exercida religiosamente e com desinteresse completo, moral e material. A mediunidade pode ser educada como memória, a inteligência, a aptidão artística.
(Mecanismos da Mediunidade, de André Luiz/Francisco Cândido Xavier, FEB)

— Será inconveniente desenvolver a mediunidade das crianças?
— Certamente. E sustento que é muito perigoso; porque esses organismos frágeis e delicados seriam abalados e sua imaginação infantil, muito superexcitada . Assim, os pais prudentes as afastarão dessas ideias, ou pelo menos só lhes falarão a respeito no tocante às consequências morais.
(O Livro dos Médiuns – Capítulo XVIII – Questão 221 – Item 6)

CAPÍTULO 10

Entardecia quando Jonas, acompanhado de Gracinha e Clarinha, entrou na sala de reuniões da casa espírita. Quase todas as cadeiras estavam ocupadas, e o silêncio reinava entre os presentes, que, aproveitando o momento de paz e a suave música que se ouvia, oravam e se entregavam com fé à energia salutar que emanava no recinto.

Assim que Jonas se sentou, avistou Maciel à sua frente. Fez um aceno com a cabeça, pedindo com esse gesto que ele o acompanhasse até o jardim que ornamentava a frente da singela construção.

— O que foi, Jonas? — perguntou Maciel. — O que deseja?

— Amigo, gostaria de lhe perguntar se posso questionar dona Cecília a respeito das minhas dúvidas. É possível?

— Não sei, Jonas. Hoje é o dia de uma pequena palestra proferida por dona Cecília e orientações dos guias espirituais da casa, se eles acharem necessário. Penso não ser o dia adequado para seus questionamentos; em todo caso, fique atento, pode ser que surja uma oportunidade.

— Tem razão — exclamou Jonas —, vou aguardar.

Retornaram ao salão e, em seguida, Cecília entrou, explicando que o tema da reunião seria a separação de entes queridos que nos antecedem na volta para a pátria espiritual. Antes de iniciar sua explanação, orou:

> Insisto...
> Insisto em acreditar em Vós, Senhor!
> Insisto em dizer que, apesar do sofrimento em que me encontro ... tenho fé!
> Insisto na certeza da sobrevivência na espiritualidade,
> Hoje sei que sou apenas uma mulher que perdeu a felicidade
> Enquanto dormia... Mas mesmo assim confio em Vós e Vos amo
> Porque tenho dentro de mim a força dos que acreditam
> Na vida depois da vida... Dos que sabem que estamos neste mundo
> Mas não pertencemos a ele,
> E assim, meu Pai, sigo em frente,
> Insistindo na minha fé... Apesar da dor... E da saudade!
> Sabendo que o que nos separa da Pátria Espiritual é a Vossa vontade
> E tendo consciência de que sou responsável pela minha chegada.
> Quero prosseguir... enquanto puder,
> Resgatando o meu pretérito com paciência e resignação
> Para chegar feliz e amparada
> ... na casa de meu Pai. [1]

Assim que terminou, Cecília iniciou sua palestra.

— Meus irmãos, é muito comum, durante toda a nossa existência, dizermos da fé, da confiança em Deus e da certeza da vida espiritual. Isso geralmente acontece quando se está feliz, quando a vida transcorre de uma maneira serena, tranquila, com problemas banais, mas, quando nosso Criador

---

1 A prece foi escrita pela autora por ocasião do desencarne do filho.

resolve retirar da nossa vida um filho, este ser que se ama acima de todas as coisas da Terra, a fé se enfraquece; perde-se a confiança em Deus e já se coloca em dúvida a existência da vida espiritual.

"É justamente nesta hora que se deve aproximar-se de Deus, crer que Ele não faria nenhum de seus filhos sofrer tanto se não tivesse causa justa; se não fosse para o melhoramento espiritual; para o resgate de débitos passados.

"É preciso reconhecer a realidade da vida espiritual e, em sendo assim, a morte do corpo físico não é uma separação eterna.

"Necessário se faz aceitar com humildade a vontade do Pai, sem revolta, sem blasfêmias, sem dores desarrazoadas. Agindo assim, abriremos o coração para receber as bênçãos do céu; a energia curadora que os bons espíritos nos enviam, acalmando o coração que sofre a dor da separação.

"Se cremos na justiça de Deus, cremos que o nosso sofrimento de hoje será a vitória de amanhã, porque o Senhor não dá aos seus filhos nenhuma prova que eles não possam suportar.

"Quando dizemos em nossas orações: 'Seja feita a Vossa vontade assim na terra como no céu', estamos dando testemunho da nossa obediência e resignação aos desígnios de Deus; quando essa vontade nos atinge, ceifando da nossa vida uma parte de nós mesmos, deixando a dor permanente dentro de nós, é nessa hora, mais que em qualquer outra, que devemos dizer com humildade: 'Seja feita a Vossa vontade assim na terra como no céu'.

"Vamos ser bons e caridosos, porque aí está a chave da felicidade eterna. A felicidade terrena é efêmera, e aquele que não se guiar pelos sábios ensinamentos do Evangelho, retardando o seu progresso através da ociosidade e da falta de submissão à vontade de Deus, não aceitando com resignação as provas para ele destinadas, certamente terá um despertar sombrio e triste; o despertar próprio dos que puseram a sua felicidade na satisfação do amor-próprio e dos prazeres mundanos."

Cecília calou-se.

Após alguns instantes, com voz emocionada, disse:

— Vou orar com vocês a prece de uma mãe por ocasião do desencarne de seu filho ainda jovem:

Filho...
Você vive em mim e no meu amor.
Você vive...
Com a força e a espiritualidade que só os bons possuem.
Vive em mim... Junto de mim... Através de mim!
Em cada pensamento, em cada gesto, em cada pulsar do meu coração
Você está presente
... porque te amo... te sinto... e te abençoo.
Agora, mais do que nunca, estaremos juntos neste lar de amor,
Trabalhando em favor do próximo, unindo-nos no amor a Jesus,
Entrelaçando nossas vibrações através do infinito
Para que eu receba de você e de seus mentores,
A força necessária... para eu continuar vivendo![2]

Cecília calou-se. Mal podia conter a emoção que lhe tomava o coração. Dirigiu seu olhar para os irmãos da assistência e não pôde deixar de perceber, em alguns, os olhos umedecidos por pequenas lágrimas. Sorrindo, perguntou-lhes:

— Vocês estão bem?

Diante do silêncio, continuou:

— Pelo silêncio, devo imaginar que estão; estou certa?

Uma senhora de mais ou menos sessenta anos, olhos úmidos, mãos trêmulas e voz entrecortada perguntou:

— Por favor, dona Cecília, perdi minha filha há seis meses e ainda não consegui aceitar essa separação. Não sei como fazer para esquecer; o sofrimento não me dá trégua. Ajude-me! Perdi minha felicidade e a quero de volta.

---

2 A prece foi escrita pela autora por ocasião do desencarne do filho.

Cecília foi tocada por um sentimento de piedade por aquela senhora que se perdia nas armações da dor e do sofrimento.

— Qual o seu nome? — perguntou.

— Nazaré! — respondeu a senhora.

— Dona Nazaré, como eu disse, esta é a hora de sofrer com Jesus; só Ele pode nos dar a paz diante de um sofrimento avassalador. Mas é preciso que façamos a nossa parte, ou seja, crer e confiar que todo sofrimento uma hora passa, porque na vida terrena tudo passa, somente Deus não passa, e Ele é suficiente para nós. Primeiro, posso lhe dizer que a senhora não perdeu sua filha, apenas se separou dela por algum tempo; ninguém perde um amor sincero, e este sentimento continua existindo no espírito daquele que fica como no daquele que parte. Portanto, não pense que vai esquecer, porque não se esquece o amor; mas, entregando-se a Jesus, o sofrimento se tornará equilibrado, e passamos a compreender que a felicidade perdida não volta mais, entretanto, Deus nos abre outras oportunidades para sermos felizes, porque a felicidade é subordinada ao que fazemos dela, e a maior de todas as bênçãos é estarmos vivos, cumprindo nossa tarefa e nos elevando como criaturas de Deus. Aquele que parte seguirá seu caminho e, se o amamos, queremos a felicidade dele; é o filho que retorna à casa do Pai, assim como nós um dia também retornaremos. Na verdade, dona Nazaré, todos nós somos passageiros no grande trem da vida e um dia teremos que partir.

Jonas estava estarrecido com tudo o que ouvia de Cecília. Pensava: "Meu Deus, quanta sabedoria!"

Cecília, alheia aos pensamentos dos presentes, continuou:

— A dor, meus irmãos, pode nos destruir ou nos construir, a opção é nossa; portanto, devemos dar a ela o tamanho justo. A dor física é transitória; se a suportamos com coragem, diminuímos a sua intensidade.

Dona Nazaré timidamente perguntou:

— Então estou errada em sofrer tanto pela morte de minha filha?

— Mude o seu pensamento: sua filha não está morta; seu corpo acabou, mas seu espírito continua vivo, sentindo o mesmo amor pela senhora, embora ela esteja agora iniciando a sua trajetória na espiritualidade, que é a verdadeira pátria do ser. Agora é o momento de guardá-la em seu coração com todo o seu amor de mãe, até o encontro que se dará um dia no reino de Deus — e continuou: — É preciso permitir que nosso coração se tranquilize na paz de Cristo; isso só nós podemos fazer, além de lembrar que os anos ensinam muitas coisas que os dias desconhecem. Finalizando, vamos recordar a afirmação de Kardec em *A Gênese*: "A dor é o aguilhão que empurra o homem para frente na via do progresso".

Cecília, fazendo singela prece, deu por encerrada a reunião da noite.

As luzes se apagaram e, aos poucos, o silêncio reinou no ambiente.

Jonas, encantado com tudo o que ouvira, disse a Maciel:

— Amigo, como pode alguém ter tanta sabedoria como dona Cecília? Suas palavras tocam meu coração de uma maneira bem forte! — exclamou.

Maciel, sorrindo, respondeu:

— Meu amigo, dona Cecília possui a sabedoria daqueles que aceitam de maneira definitiva Jesus em seu coração; o bem e o amor ao próximo fazem parte de sua vida com autenticidade, e é isso que ela transmite em suas palestras, ou seja, o sentimento que traz em si mesma e que a fortalece.

Gracinha, prestando atenção nas palavras de Maciel, falou:

— Você tem razão! Quem a ouve crê e confia no caminho que ela nos apresenta porque sabe que não são somente palavras, mas sim vivência.

Impressionado, Jonas concluiu:

— Você falou uma verdade, Gracinha. Fico feliz vendo-a se expressar dessa maneira.

— Seria uma tola se não trouxesse para mim, para minha vida o que aprendo na casa espírita.

— E era você que tinha tanto medo do espiritismo! — exclamou Jonas sorrindo.

— É verdade — concordou Gracinha. — Hoje sei o bem que faz para minha alma todo esse conhecimento, que ainda é pouco, é verdade, mas que me traz alegria e me direciona para o caminho de fé e coragem.

Maciel, que ouvia tudo atentamente, manifestou-se:

— Alegra-me ouvi-los se expressarem dessa maneira; feliz aquele que segue os ensinamentos de Jesus porque irá compreender pouco a pouco a mágica dessa bênção maravilhosa com que Deus nos presenteou: a vida! — e completou: — Chico Xavier dizia: "O mal não precisa ser resgatado com o mal se o bem chegar primeiro".

— É verdade! As pessoas acham que é justo dar o troco quando recebem uma agressão, seja qual for, e se esquecem de que o agressor sofre mais que o agredido, porque ele mesmo constrói sua infelicidade. Quando agimos assim, estamos agindo da mesma maneira agressiva, portanto, passamos a ser iguais.

— Verdade, Jonas — concordou Maciel. — O perdão é sempre a melhor opção; sabemos que as leis de Deus se cumprem sempre e nenhuma criatura foge das consequências de seus atos — e, finalizando, disse: — É preciso dar atenção à vida que levamos para conseguir perceber os sinais de perigo que constantemente nos ameaçam.

Gracinha percebeu que Clarinha, com sua cabecinha encostada em sua cintura, cochilava.

— Meu Deus, Jonas, já se faz tarde. Veja Clarinha dormindo em pé!

Despediram-se e rumaram para suas casas levando o coração em paz, na certeza dos benefícios recebidos.

CAPÍTULO 11

Todos erramos, algumas vezes conscientes e outras tantas inconscientes, mas ninguém está livre de se enganar e cair no erro. Somos humanos e não raro somos traídos pelos sentimentos menores que abrigamos em nosso coração, como o orgulho, a vaidade excessiva, o egoísmo, a soberba e outros tantos que nos levam ao esquecimento do aprendizado que nos direcionava ao caminho da verdade e do equilíbrio moral.

Esquecemos muitas vezes... de Deus!

Jonas começou a se incomodar com a ausência de Roberto, que há muito tempo não aparecia nas pedras da praia para as conversas entre os dois e a integração com a natureza do lugar, que se fazia majestosa entre o azul do céu e o verde do mar.

Questionava a si mesmo qual seria a razão do desaparecimento de um jovem tão especial como Roberto. Em seus colóquios com Gracinha a esse respeito, ouviu da esposa:

— Nada de ruim deve estar acontecendo, Jonas. Roberto é jovem; deve estar vivendo sua juventude como tantos outros, procurando seu lugar no mundo!

— Não sei, Gracinha; não estou gostando nada disso! — exclamou Jonas. — Parece-me muito estranho esse sumiço, principalmente de uma pessoa como Roberto, com tanta sabedoria herdada de seu pai. Quantas questões atormentavam meu coração, e ele me elucidou uma a uma? Não sei... não sei; vou procurar por ele.

— No que você está pensando, Jonas; o que teme?

— Não sei bem como explicar, Gracinha, mas sinto que devo procurá-lo.

— Mas, se você nem sabe onde ele mora, como vai achá-lo?

— Ora, Gracinha, perguntando aqui, ali... Alguém deve conhecê-lo; sei que mora por estas bandas, e isso já é um bom começo.

— Se você pensa assim...

Uma semana se passou e Jonas não tirava de sua cabeça que algo de sério poderia estar acontecendo com Roberto. "Preciso procurá-lo", falava para si mesmo, "e vou começar agora mesmo".

— Vou sair, Gracinha — disse à esposa. — Pode ser que eu demore.

— Aonde você vai, Jonas?

— Vou iniciar minha busca para encontrar Roberto — respondeu Jonas, saindo tão apressado que nem ouviu sua esposa dizer:

— Que Jesus ilumine seus passos!

Sem saber por onde começar, dirigiu-se à praia, no lugar onde sempre realizava suas meditações, suas perguntas;

enfim, sentou-se na pedra de costume e, olhando fixo para o vai e vem das ondas, orou:

— Senhor, não sei se é justo meu pedido, mas, se for, conceda-me a graça de encontrar meu amigo Roberto; preocupa-me seu desaparecimento, temo pelo que possa estar acontecendo ou ter acontecido com esse jovem. Que os bons espíritos me inspirem e me guiem para o local certo. Obrigado, Senhor!

A sinceridade de sua prece singela, mas verdadeira, teve recompensa. Lucas, um espírito jovem, aproximando-se de Jonas, inspirou-o:

— *Seu pedido foi aceito, irmão. Siga por seis quarteirões e, à sua direita, encontrará uma padaria. Entre e pergunte pelo seu amigo; o irmão que estiver lá irá ajudá-lo. Que Jesus o abençoe para que possa auxiliar quem precisa de amor neste momento.*

Jonas não se deu conta da ajuda que acabava de receber do Mais Alto. Sentiu em seu coração uma vontade grande de andar e procurar alguém. Levantou-se pensando: "Ficar aqui sentado em nada irá me ajudar; é necessário andar e procurar!". Saindo da areia quente da praia, olhou para um lado e para outro, pensando.

— Meu Deus, para que lado devo ir?

Lucas, que ainda o acompanhava, disse-lhe ao ouvido:

— *Para a direita, irmão, para a direita!*

Passou a mão em seus cabelos e tomou a decisão:

— Vou para a direita; alguma coisa me diz que devo ir para a direita. Talvez seja uma intuição.

Andou prestando atenção em tudo a sua volta para ver se encontrava algum comércio ou alguém para quem pudesse fazer perguntas. Sem perceber, caminhou por seis quarteirões, sentiu sede e, ao ver na esquina uma padaria, pensou: "Vou entrar e tomar um copo de água!".

Assim o fez.

Sentou-se e, com tranquilidade, saciou sua sede. De repente, ouviu a voz do homem que o servira:

— Desculpe-me, o senhor mora por estes lados? Nunca o vi por aqui!

— Não tem por que se desculpar; realmente não sou daqui. Moro do outro lado da cidade e me chamo Jonas.

— E o que faz aqui? Precisa de ajuda?

— Na verdade, preciso — respondeu Jonas.

— E em que posso ajudá-lo?

— Senhor...

— João!

— Então, senhor João, estou à procura de um amigo que não vejo há algum tempo e estou preocupado; sempre nos encontrávamos na praia, sentávamos nas pedras e tínhamos longos papos, mas há algum tempo ele não aparece e gostaria muito de encontrá-lo. Não sei qual a razão, mas resolvi vir para este lado da cidade. Será que o senhor não o conhece?

— Pode ser; conheço muitas pessoas deste bairro. Estou aqui há mais de quarenta anos e praticamente todos vêm comprar pão no meu estabelecimento. Como ele se chama...?

— O nome dele é Roberto; não sei o sobrenome, apenas o conheço como Roberto.

Jonas percebeu certa inquietação no rosto do senhor João, que em seguida lhe disse:

— Pode descrevê-lo?

— Claro! — Jonas deu-lhe todos os detalhes da aparência de Roberto. No final, João falou:

— Eu o conheço, sim; sei onde mora, mas aviso-lhe que terá uma surpresa não muito agradável.

Jonas não gostou do que ouviu.

— O que disse? Por quê? O que está acontecendo?

— Calma, senhor Jonas...

Impaciente, Jonas pediu:

— Por favor, diga-me logo o que está acontecendo com meu amigo!

— Ele está muito doente, os médicos dizem mesmo em fase terminal!

— Fase terminal! — exclamou Jonas, sem acreditar no que acabara de ouvir.

— Sim. Ele está com câncer em fase terminal.

— Meu Deus, como isso foi acontecer? Parecia um rapaz tão saudável, ativo, feliz; diga-me como aconteceu.

— Há quanto tempo não o vê?

— Não sei precisar, mas há muito tempo mesmo, e foi esse tempo longo que me fez pensar em alguma coisa séria.

— Fez bem em procurá-lo. Vou lhe explicar. Ele começou a se sentir fraco, com fortes dores e muito desanimado. Sua mãe levou-o ao médico, que, após todos os exames necessários, deu o diagnóstico de câncer em estado bem avançado. Concluindo com novos exames, verificaram que o tumor já havia se alastrado para outros órgãos, provocando uma trombose pulmonar.

Pálido diante de tudo o que ouvira, Jonas disse a João:

— Gostaria de vê-lo; isto é possível?

— Creio que sim. Roberto ficará feliz em rever um amigo.

— Poderia dar-me o endereço de sua casa?

— Faço melhor, acompanho-o até lá; sempre gostei muito desse jovem! — e completou: — Aguarde um instante!

Entrou e rapidamente voltou acompanhado de uma de suas filhas, que ficaria no comércio até seu pai retornar.

Juntos seguiram ao encontro de Roberto.

Assim que entraram, avistaram Roberto deitado, cuidadosamente coberto com macio cobertor. Na mesinha ao lado da cama via-se um copo com água tampado com alvo guardanapo e uma imagem de Jesus em um porta-retratos.

João apresentou Jonas para Neide, a mãe de Roberto.

— Tenho prazer em conhecê-la, senhora; lamento ser em um momento de tamanha dor.

— Obrigada! Roberto fala muito do senhor; diz sempre que o considera um amigo e que conversam bastante olhando o vai e vem das ondas do mar.

— Ele é um jovem sábio, senhora, e com ele aprendi muitas coisas importantes que desconhecia.

— Assim como o senhor e outras tantas pessoas, também aprendo muito com este filho que é uma bênção na minha vida; e agora estou prestes a me separar dele — completou com lágrimas nos olhos.

Jonas, sem saber o que dizer neste momento tão triste, apenas abraçou Neide e lhe falou:

— Confie em Deus; sei que é isso que Roberto irá falar para a senhora, e quero lhe dizer que pode confiar em mim e em minha esposa para tudo o que precisar. Sei que a senhora é sozinha.

— Obrigada, senhor Jonas. Vejo que Roberto tem razão em gostar do senhor.

Escutando a voz de Roberto, os três olharam para ele e se aproximaram.

— Roberto! — exclamou Jonas. — Como está?

— Sabia que você viria; tinha certeza de que me acharia, senhor Jonas, e esperava por este momento para lhe fazer um pedido e poder partir em paz.

— Um pedido?

— Sim! Mas, pelo que ouvi, nem será preciso fazê-lo, porque o senhor já me respondeu.

— Como assim?

— Queria que olhasse por minha mãe; sabe que somos só nós dois e preciso partir!

— Você não vai partir, Roberto!

— Sei que vou! Não me iludo e estou pronto para ir ao encontro do meu pai que, eu sei, está aqui ao meu lado me aguardando. — Voltando-se para sua mãe, completou: — Mãe, aceite a vontade de Deus; eu já aceitei e estou pronto para ir. Deixe-me ir em paz. Confie no senhor Jonas; ele é um homem de bem e creio que irá ampará-la neste momento.

Silenciou por alguns instantes e voltou a dizer:

— Gostaria que nos déssemos as mãos para que eu possa orar ao meu Pai, meu Criador, ao lado de vocês. Acompanhem-me em silêncio.

Os três se aproximaram, deram-se as mãos e, com o pensamento em Deus, ouviram Roberto dizer, com a voz fraca e cansada, indicando a proximidade do óbito:

Senhor, viva comigo este momento de dor,
Ansiedade e incerteza.
Momento em que sinto dentro de mim
O desespero dos descrentes, a revolta dos fracos
E o medo dos covardes!
Viva comigo, Senhor, para que eu possa sentir
Teus braços me envolvendo,
E me conduzindo para o descanso!
Sentir tão forte a Tua presença em mim
Dando-me a sensação de estar deitado em Teu colo!
Viva comigo, Senhor,
Para que eu transforme o desespero... em aceitação,
A revolta... em fé,
O medo... em coragem para enfrentar a viagem de volta!
Viva comigo, Senhor... Porque assim... junto de Ti
Encontro a força que necessito
E que me impulsiona para o infinito!

Ao terminar a oração, Roberto cerrou seus olhos, esboçando levemente um sorriso... e partiu para a eternidade.

A comoção tomou conta de Neide, Jonas e João! As lágrimas derramadas pareciam gotas de chuva a limpar a dor do coração de uma mãe que acabara de se separar do único filho. Enquanto Roberto era atendido por Lucas, Tomás e toda a equipe do desencarne, Neide, olhando para Jonas, disse:

— Parece que ele apenas esperava pelo amigo! — Ajoelhou-se e, elevando seu pensamento até o Criador, orou: — Receba, Senhor, meu filho amado; leve-o para Seu caminho e fortaleça-me para continuar vivendo.

Esse é o desencarne dos homens de bem, daqueles que viveram em acordo com as leis divinas, colocando os valores espirituais acima dos materiais.

Enquanto os encarnados preparavam as últimas despedidas para o ser amado, Roberto, em espírito, era levado, adormecido, às casas espíritas socorristas, onde aguardaria o desenrolar do sepultamento de seu corpo físico, sendo posteriormente levado ao hospital de refazimento para colher, assim, a recompensa do bem praticado.

São Francisco de Assis nos diz:
> A enfermidade é a fermentação de muitas existências vividas desregradamente. É a resposta, a consequência; por isso a dor em certas circunstâncias é a própria cura.

A doença que agride o nosso corpo, que o machuca, que o fere até sangrar é o princípio ou o fim?

Se compreendermos bem as palavras de São Francisco de Assis veremos que se trata do princípio e do fim.

Por quê?

Fim... Passando pela estrada espinhosa com humildade, sem revolta, sabendo que não somos vítimas e muito menos inocentes, que somos os únicos responsáveis por nossos atos, chegaremos ao fim dos nossos débitos, e o fim dos nossos débitos equivale ao princípio da nossa elevação espiritual.

O fim e o princípio se misturam dando-nos a oportunidade de entrarmos na grande morada de Deus pela porta da frente.

(Trecho do livro Renascendo da Dor, de Irmão Ivo.)

Céu e inferno é o homem quem cria por meio de seus atos bons ou maus; como disse Jesus: "A cada um segundo suas obras".

O mundo espiritual oferece àqueles que se salvaram através do trabalho redentor, da humildade e da fé renovadora a oportunidade maravilhosa de estar junto dos eleitos, aqueles que colocaram a palavra e a verdade de Cristo acima das próprias vaidades e vontades, espiritualizando-se e sentindo-se crescer na bondade e na moral cristã.

A separação, meus irmãos, é dolorosa e triste; a saudade existe de ambos os lados. Necessário se faz nunca deixarem que o desespero e a inconformação tomem conta de seus corações; é exatamente nas horas de maior aflição, de maior angústia, de maior tristeza, quando se pensa que irá sucumbir de tanta dor, que é preciso se entregar ao Pai, porque assim Jesus estará à frente, auxiliando o sofredor a superar a prova, a expiação.

Deus zela por cada uma de Suas criaturas!

Para encontrá-Lo é preciso buscá-Lo nos sentimentos mais puros; na simplicidade do amor fraterno; no calor quente de uma mão amiga; e não nos brilhos falsos da vaidade ou na escuridão do próprio coração.

Busca

Disseram-me que encontraria o Senhor no mais alto pico da montanha.
Armei-me de esperança e saí em busca de meu Pai.
No caminho encontrei vozes que me falaram,
Mas meus ouvidos fechados fizeram-me seguir.
Luzes claras apareceram, mas meus olhos cegos empurra-
ram-me para frente.
Mãos se estenderam em minha direção,
Mas não tive tempo de segurá-las,
Porque seguia em busca de meu Pai!
Ao chegar ao mais alto pico da montanha olhei ao meu redor,
E, estranho... não consegui vê-Lo, Senhor.
Senti frio e medo; desamparo e solidão.
Vi-me só!
Entristecido, tomei o caminho de volta... cansado
Sentei-me à beira do caminho...
Olhando para o chão vi uma pequena flor que acabara de desabrochar...
Senti seu perfume impregnando o ar,
Mãos fraternas acariciaram-me, aquecendo-me o coração,

Enxerguei então meu Pai ao meu lado!
Compreendi por que na minha busca não consegui encontrá-Lo.
Enquanto O procurei no mais alto pico da montanha,
Deixei-O, Senhor, para trás
Perdido nas vozes, nas luzes e nas mãos
Que cruzaram meu caminho!

CAPÍTULO 12

Gracinha mal podia acreditar no que acontecera a Roberto.

— Como pode — dizia a Jonas — um rapaz tão jovem, tão especial, morrer assim... do nada!

— Como "do nada"? — perguntou Jonas. — Ele estava enfermo, com uma doença grave; tudo caminhava para o óbito.

— Mas por que, Jonas? Ele era tão novo ainda!

— Gracinha, as respostas somente Deus as tem; Deus é justo, portanto, a causa é justa; não devemos questionar, mas sim orar por aquele que se foi e por sua mãe, que ficou só nesta vida.

Pensativa, Gracinha respondeu:

— Tem razão, Jonas, Deus é justo!

Foram surpreendidos com a pergunta de Clarinha:

— Quem morreu, mamãe?

Jonas, antecedendo-se, respondeu:

— Filha, lembra-se daquele rapaz que veio aqui em casa com o papai?

— O Roberto?

— Sim, filha, o Roberto! Infelizmente, ele voltou para junto do nosso Pai que está no céu.

Clarinha silenciou e após alguns minutos disse:

— Diga para a mamãe dele que ele está muito bem! Foi levado para um hospital e está dormindo, mas está muito bem, sem sofrer.

Jonas e Gracinha não puderam esconder o espanto causado pelas palavras da filha.

— Filha, o que está dizendo?

— A verdade, papai!

— Está falando sobre um assunto muito sério, minha filha; isto não é brincadeira, mexe com o sentimento de pessoas, no caso, a mãe dele!

— Seu pai está certo, Clarinha, não é um assunto para criança; mamãe não gosta de ouvi-la falar assim.

— Não estou mentindo, mamãe! Minha amiga me disse e pediu que falassem para a mamãe dele não sofrer tanto, porque ele está bem.

— Clarinha! — exclamou Gracinha em tom severo; mas a criança não se intimidou e falou:

— A senhora e o papai não acham que seria bom para a mãe dele saber que ele está sendo cuidado e que não está sofrendo? — e continuou: — Se eu fosse embora agora, vocês não gostariam de saber como eu estava?

Jonas e Gracinha se olharam e, juntos, responderam:

— Claro, filha, gostaríamos sim!

— Então a mãe dele também vai gostar! — Dizendo isso, virou as costas e saiu correndo para o seu quarto.

Impressionada, Gracinha disse ao marido:

— Jonas, o que está acontecendo com nossa filha? Não consigo entender!

— Para ser sincero, Gracinha, nem eu; mesmo tendo um pouco de conhecimento desse assunto, sinto-me impotente para entender e explicar esse fenômeno.

— O melhor que temos a fazer, Jonas, é ouvir o que dona Cecília tem a nos dizer sobre essas coisas das quais nossa filha fica falando.

— E se devemos levar a sério o que ela diz — completou Jonas.

— Então está decidido: vamos à reunião e lá perguntaremos a nossa orientadora. Se ela achar que devemos, iremos até a casa de dona Neide e contaremos o que aconteceu.

Médium audiente é aquele que ouve a voz dos espíritos e também os sons próprios do plano espiritual. A maneira de ouvir varia de acordo com a faculdade mediúnica de cada um, bem como o grau de sensibilidade do médium. É algumas vezes uma voz interna que se faz ouvir no foro íntimo; de outras vezes, é uma voz externa, clara e distinta como a de uma pessoa viva. Essa faculdade permite que o médium converse com os espíritos. Nem sempre se trata de espíritos esclarecidos.
(O Livro dos Médiuns – Capítulo XIV – Item 165.)

No dia da reunião, acompanhados de Maciel, dirigiram-se à casa espírita. Clarinha acompanhou os pais, sorridente e ansiosa para se encontrar com seus amiguinhos da casa. Considerava esse encontro uma diversão.

Como sempre acontecia, Cecília iniciou a reunião com uma singela prece:

Ah, esta paz infinita que sinto dentro de mim me envolve
Me domina, me leva pra lá e pra cá, me faz ganhar tempo pra continuar sempre assim.
Ah! O que será que me empurra pra este caminho tão lindo
Que percorro com fé... sem perguntar por quê
No qual deslizo na esperança e me perco na certeza
De que no fim da linha... vou encontrar o Senhor!

Quero sentir... e sentir que o Senhor me espera
Quero dormir em paz e acordar feliz
Quero saber que sou e que estou
Porque o Senhor o quis
E... nesse enlevo... me olhar
E vê-Lo, Senhor... dentro de mim.

Ao terminar, Cecília abaixou sua cabeça, tentando esconder a emoção que sentia e que se fazia visível através de pequenas gotinhas de lágrimas que, tímidas, escorriam por sua face.

Todos perceberam a emoção da doutrinadora.

Jonas, pedindo permissão, perguntou:

— Dona Cecília, a prece é de suma importância em nossa vida, não? A senhora pode falar sobre isso?

Feliz em ver o interesse por algo tão importante em nossa vida, Cecília respondeu:

— Claro, senhor Jonas, posso, sim, falar sobre a prece. — Iniciou: — A prece é aquela necessidade que sentimos de nos comunicar com nosso Pai para pedirmos, agradecermos as graças recebidas, ou mesmo para simplesmente glorifi-carmos a Deus. Mas, como disse São Mateus, que seja feita em silêncio e com sentimento, com o coração aberto e sin-cero, sem ostentação e com simplicidade. A prece é uma in-vocação e por meio dela os bons espíritos se aproximam de nós para auxiliar e nos inspirar bons pensamentos, ajudan-do-nos a adquirir a força moral necessária para vencermos as dificuldades que muitas vezes nós mesmos criamos. Por meio da prece encontramos alívio para as dores e os sofri-mentos que aparecem em nosso caminho; resignação para suportar com dignidade as vicissitudes da vida; e o alento do qual necessitamos nas horas de amargura. Mas necessário se faz orarmos com confiança e verdadeira piedade, porque a prece é sempre meritória aos olhos de Deus.

Neste momento, Jonas interrompeu:

— Mas nem sempre sabemos orar, dizer palavras bonitas; o que acontece e o que devemos fazer?

Sempre calma e com tranquilidade, Cecília respondeu:

— Não importa o número de palavras ou a beleza delas. A prece não se prende às palavras; o que de verdade importa é o sentimento fluindo livre, puro e sincero em direção a Deus. É conseguirmos nos despir da vaidade e do orgulho e nos soltarmos, inteiros e confiantes, como verdadeiros filhos de Deus — e continuou: — Não importa o lugar; podemos nos comunicar com Deus por meio da prece em qualquer lugar, a qualquer momento, bastando para isso estarmos com a nossa mente, com a nossa consciência voltada para Deus com fervor e fé.

"Devemos sempre orar por gratidão aos inúmeros benefícios que Deus nos concede; agradecer pelo simples fato de acordarmos pela manhã e podermos estar novamente com nossos entes queridos; pela alegria de termos condições de trabalhar, enxergar as belezas da natureza, ouvir o canto sonoro e lindo dos pássaros, partilhar do sorriso de uma criança ou ter condições de poder auxiliar um irmão que sofre.

"Se pensarmos, meus irmãos, veremos que temos muitos motivos para orar em agradecimento às bênçãos recebidas. Mas, sempre que o fizermos, que seja com profundidade, com devotamento, munidos de uma vontade sincera de nos aproximarmos de Deus para cada vez mais purificar o nosso espírito, elevando-o a uma condição mais cristã.

"Por tudo isso, irmãos, vamos conduzir nossa vida dentro dos ensinamentos do Evangelho, porque, assim, tenham certeza, conquistaremos o reino do céu.

"No livro *O Evangelho segundo o Espiritismo*, vamos encontrar o pensamento que nos ensina com clareza: 'Renunciar à prece é desconhecer a bondade de Deus, é renunciar para si mesmo a sua assistência, e para os outros ao bem que se lhes pode fazer'."

Jonas cada vez mais se integrava aos ensinamentos de Cecília. Novamente perguntou:

— Desculpe-me, dona Cecília, mas poderia nos esclarecer a respeito da mediunidade da audiência quando ela procede de uma criança?

— Na verdade, o que o senhor quer saber? Por favor, seja mais claro.

Jonas explicou tudo o que acontecia com sua filha e no final indagou:

— A senhora acha que eu deveria contar para dona Neide o que minha filha falou?

Após pensar por instantes, Cecília respondeu:

— Meu irmão, sua pergunta procede; é preciso sim ter muito cuidado com o que falamos para nosso próximo, principalmente quando envolve uma questão tão séria como a separação de um ente querido. O que se deve fazer nesse caso é analisar a mensagem dita pelo espírito: se a mensagem for boa, veio de um espírito bom; se trouxer paz para o coração de quem sofre, neste caso, de uma mãe, pode sim fazer chegar até ela as palavras de conforto que poderão sossegar seu coração, aliviar seu sofrimento e proporcionar-lhe coragem para enfrentar a dor.

— Mesmo quando vêm de uma criança? — perguntou Jonas.

— Se veio por meio de uma criança, o processo é o mesmo: analisar o conteúdo.

Jonas, satisfeito com a explicação dada de maneira simples por Cecília, disse-lhe:

— Agradeço muito, dona Cecília.

— Não por isso, senhor Jonas; cumpri apenas o meu dever! — exclamou ela.

Toda comunicação que exclui a frivolidade e a grosseria, tendo uma finalidade útil, mesmo que de interesse particular, é naturalmente séria, mas nem por isso isenta de erros. Os espíritos sérios não são todos igualmente esclarecidos. É por isso que os espíritos verdadeiramente superiores nos recomendam sem cessar que submetamos todas as comunicações ao controle da razão e da lógica mais severa.

(O Livro dos Médiuns – *Capítulo X – Item 136*)

Ao término da reunião, todos se retiraram levando o coração em paz e fortalecido para continuar sua caminhada.

Logo ao amanhecer do dia seguinte, Jonas levantou-se cedo e se dirigiu à casa de dona Neide.

— Não é cedo ainda, Jonas, para ir falar com dona Neide? — perguntou Gracinha.

— Prefiro ir agora, mesmo porque é um pouco longe e preciso sair com Maciel para a pescaria.

Despediu-se da esposa e animado partiu. Após meia hora, tocava a campainha da casa de Neide e, ansioso, esperava o atendimento, que ocorreu em poucos instantes.

Surpresa, Neide exclamou:

— Senhor Jonas, o que o traz aqui logo tão cedo?

— Desculpe-me, dona Neide, mas estava ansioso para lhe dar uma boa notícia; essa é a razão de vir a esta hora.

— Entre, por favor!

Jonas aceitou o convite; entrou e logo foi lhe dizendo:

— Dona Neide, não sei se a senhora sabe, mas minha filha Clarinha possui um dom especial; ela pode conversar com espíritos, ouvi-los.

— Mas tão novinha assim? — exclamou Neide surpresa.

— Sim. No começo, eu e minha esposa estranhamos muito, ficamos preocupados e procuramos ajuda, mas aprendemos que isso é um fato concreto; é um dom que ela possui. Nunca incentivamos, mas ela nos pediu que viesse trazer para a senhora umas palavras de conforto ditas por um espírito que a protege, palavras essas que poderão trazer paz para seu coração sofrido. Antes de vir, procurei esclarecimento na casa espírita que frequentamos e, analisando o conteúdo da mensagem, percebi o quanto poderá aliviar seu sofrimento.

Ansiosa, Neide falou:

— Por favor, senhor Jonas, diga-me então do que se trata!

— A mensagem é a seguinte: Roberto está ainda dormindo no hospital de refazimento; está bem e amparado, sem sofrer.

Neide, enxugando as lágrimas que lhe desciam pelo rosto, respondeu:

— Obrigada, senhor Jonas; trouxe alívio para o meu coração sofrido. Acalma minha dor saber que Roberto está bem, amparado e sem sofrimento. — Pensou alguns instantes e voltou a dizer: — Poderia explicar o que na verdade é um hospital de refazimento?

— Para ser sincero, dona Neide, sei muito pouco a esse respeito, mas esta mesma pergunta fiz há um tempo atrás para meu amigo Maciel, e ele explicou o seguinte: hospital de refazimento é um lugar para onde os recém-desencarnados são levados a fim de se refazerem dos efeitos causados pela desencarnação; ali ficam até estarem adaptados à nova condição de vida.

— Então é um lugar bom?

— Claro, dona Neide, é um merecimento ser levado para lá assim que acontece a passagem para o plano espiritual; muitos ficam sofrendo as consequências de seus desatinos quando encarnados.

— Roberto era muito bom e generoso, não só como filho, mas também no trato com o próximo.

— É como disse, dona Neide, ele teve merecimento!

— Mas me diga: o que faço com esta saudade que dilacera meu coração?

— Guarde-a no fundo do seu coração e liberte seu filho, para que ele possa seguir rumo à evolução. A distância na verdade só existe para os olhos; o amor, quando sincero e verdadeiro, permanece inteiro no coração de quem o sente, naquele que parte e naquele que fica.

— Obrigada, senhor Jonas, suas palavras me acalmaram. Posso lhe fazer uma última pergunta?

— Claro!

— Eu posso chorar?

— Penso que sim, dona Neide, desde que não sejam lágrimas de desespero ou revolta, mas fruto de uma saudade justa e procedente, afinal a separação machuca quem ama.

Jonas não se dera conta de quanto fora inspirado para responder às perguntas de Neide. Levantou-se para se despedir. Neide, adiantando-se, falou:

— Muito obrigada mais uma vez; o senhor não imagina o bem que me fez.

— Não precisa agradecer, apenas fui o portador da mensagem.

— Mas foi quem me disse palavras animadoras.

Jonas, ao retornar para sua casa, foi pensando: "Meu Deus, como pude falar as palavras certas? De onde tirei esse conhecimento que nem eu pensava que sabia?".

Ao chegar a casa, contou para Gracinha tudo o que acontecera.

— Estou perplexa, Jonas! — ela exclamou. — Como pôde falar com tanta segurança desse assunto se quase nada conhece a respeito?

— Não sei, Gracinha, só sei que fui explicando calmamente, sem medo e convicto de que era exatamente aquilo que eu precisava falar.

— E como você se sente?

— Muito bem! Com uma satisfação interna de dever cumprido. — Dizendo isso, Jonas despediu-se de Gracinha e foi se encontrar com Maciel para, apesar de tarde, irem à pescaria.

CAPÍTULO 13

Assim que Jonas saiu, Gracinha, olhando para o relógio, percebeu que tinha tempo antes de ir buscar Clarinha na escola. Disse a si mesma: "Vou aproveitar esses momentos e procurar entre os livros de Jonas algum que fale dessa doutrina que a cada dia me surpreende, deixando-me muitas vezes tensa e sem saber ao certo como agir".

Entrou no cômodo em que o marido guardava vários livros — não que os comprasse, mas sempre ganhava dos amigos, principalmente de Maciel. Entusiasmada, iniciou sua busca.

Após remexer em todas as prateleiras e não encontrar nada, sentou-se desanimada; ia desistir do seu intento quando percebeu em um canto uma caixa sem tampa onde se encontravam livros de todos os assuntos, inclusive de histórias infantis. Pensou: "Jonas não perde a mania de acumular tudo o que ganha; vou dar uma arrumada".

Nessa atitude, foi separando um a um, passando um pano para tirar o pó, quando um título chamou-lhe a atenção:

— Reencarnação... a maior prova da justiça de Deus. É este — falou entusiasmada —; é aqui que vou conseguir obter algumas respostas. Nunca consegui entender direito essa questão de nascer de novo.

Voltou para a sala e, com atenção, iniciou sua leitura.

Gracinha entregava-se à leitura, cada vez mais impressionada com o que lia.

— Meu Deus, sinto-me fascinada, pois nunca pensei por este lado; agora para mim tudo começa a fazer o maior sentido.

Continuou a leitura:

— Meu Deus — repetiu Gracinha —, estou surpresa com tudo isso que aprendo!

Ao virar a página, percebeu uma oração escrita à mão em uma folha de caderno marcando a página do livro. Interessou-se e instintivamente leu:

Sinto muito, Senhor... mas preciso de Você.
Como um pássaro que voa perdido longe do seu mundo
Preciso de Você para me guiar!
Preciso tanto... que chego a duvidar da minha individualidade,
Olho para os lados e necessito ver Sua sombra ao meu lado,
Sentir esta Sua capacidade infinita de amar
Saber que... mesmo quando estou apressada
Você continua me acompanhando
... calmo... tranquilo... sossegado
Preciso mesmo muito de Você!
Sigo o meu caminho sem medo, andando entre rosas... espinhos
Verdades e segredos... mas vou firme e feliz
Porque sinto Você me amparando!
Por cada vez que tropeço... eu agradeço
Porque através do tombo... me fortaleço
As lágrimas que às vezes caem do meu rosto... eu bendigo
Porque são fruto de um sentimento!

Siga comigo esta jornada... Me ajude a romper a barreira
Que me separa de Você... assim... tenho certeza
Vencerei no meu caminho e... quem sabe um dia
Adormecerei a Seus pés
Para acordar na vida eterna!

Gracinha, sem conseguir se conter, permitiu que lágrimas escorressem por seu rosto. Sentia o coração pulsando de emoção. Com sentimento, exclamou:

— Meu Deus... Meu Deus, sinto-me como se tivesse acabado de nascer; como se o véu da minha ignorância espiritual se levantasse e eu pudesse ver claramente quem sou, ou melhor, quem eu devo ser daqui para frente. Percebo que até hoje vivi como se fosse meia pessoa, e eu quero ser, Senhor, uma pessoa inteira.

Levantou-se, olhou para o relógio e percebeu o adiantado das horas.

Saiu apressada para buscar Clarinha no colégio.

Assim que se aproximou da escola, avistou Clarinha sentada ao lado da professora Wanda e de sua coleguinha, esperando-a. Logo que avistou a mãe, levantou-se e foi ao seu encontro, seguida pela professora. Um pouco sem graça, Gracinha disse:

— Por favor, me desculpe; entreguei-me a uma leitura e acabei perdendo a hora. Isso não vai mais acontecer — completou.

Com simpatia, dona Wanda respondeu:

— Fique tranquila, dona Gracinha. A senhora não está tão atrasada assim. Isso acontece!

Antes que Gracinha respondesse, Clarinha olhou bem para sua mãe e comentou:

— Mãe, que luz bonita a senhora tem do seu lado!

Assustada, a mãe falou:

— Que luz, minha filha? Não tem luz nenhuma do meu lado.

— Tem sim, mãe; uma luz azul brilhante!

Tanto Gracinha quanto a professora olharam surpresas para Clarinha, que, logo, sem dar maior importância ao fato, voltou a sentar-se ao lado da coleguinha.

— Desculpe — disse à professora. — Clarinha às vezes tem essa sensação de ver e sentir coisas que ninguém vê nem sente; coisas de criança — completou.

— Penso que não — respondeu dona Wanda. — Não é a primeira vez que vejo Clarinha agir dessa maneira; desculpe-me o que vou lhe dizer, mas penso que seria muito interessante a senhora procurar orientação a respeito desse dom que, imagino, sua filha possui.

Gracinha, estranhando as palavras de Wanda, e receosa de que a mediunidade da filha viesse à tona, questionou:

— A que dom a senhora se refere, dona Wanda? Tenho comigo que tudo isso não passa de fantasia infantil.

Sorrindo, Wanda respondeu:

— Dona Gracinha, não precisa ficar constrangida; sou espírita e consigo perceber facilmente que sua filha possui o dom da mediunidade. Isso é natural; bem direcionado, trará alegrias a ela pela possibilidade de poder, no momento adequado, auxiliar o necessitado.

— Desculpe-me, dona Wanda. Tenho muito receio de falar sobre isso; eu e meu marido já sabemos e estamos sendo orientados sobre como lidar com esse dom de Clarinha.

— Fico tranquila assim! — exclamou Wanda. — O importante é permitir que tudo flua de maneira espontânea, natural, sem estimular, sem incentivar medos desnecessários. Converse sobre a beleza da criação divina; apresente Jesus como seu Divino Amigo, enfim, fale sobre as virtudes que nos tornam pessoas melhores e confie que tudo irá acontecer de maneira natural, no momento certo, sem precisar de incentivo. Ela é ainda uma criança.

Gracinha, feliz com as palavras carinhosas e verdadeiras de Wanda, disse-lhe:

— Como lhe sou grata, dona Wanda. Hoje realmente é o meu dia de sorte!

Wanda sorriu e perguntou:

— Posso saber por quê?

Gracinha, animada, contou-lhe a respeito de sua leitura e do quanto ficara impressionada com os ensinamentos que adquirira. Wanda gostou do que ouviu.

— Alegra-me muito, dona Gracinha, saber que seu coração foi tocado pelas verdades divinas; procure se instruir cada vez mais para direcionar sua vida e principalmente sua filha para as claridades de Deus. Conte comigo sempre; estarei à disposição para esclarecer suas dúvidas.

— Posso abraçá-la?

— Claro!

As duas se abraçaram, iniciando uma amizade sincera. Clarinha, que se aproximava, disse com sua naturalidade infantil:

— Nossa, mamãe, a luz aumentou!

As duas se olharam, e Gracinha falou:

— Esta é a luz de Jesus, filha!

Wanda completou:

— A luz do amor, minha menina!

Senhor, use-me para o bem,
Use-me para espalhar amor, compreensão e afeto
Entre meus irmãos!
Que eu saiba abrir meu coração e meus ouvidos
Para Vossas palavras de amor.
Que eu seja um mensageiro da Vossa verdade
E principalmente que eu viva a Vossa verdade!
Quero ser coerente comigo mesmo
Se eu não tiver... não poderei dar
Quero ter dentro de mim a certeza de que um dia
Me encontrarei convosco no Teu reino
E humildemente, beijando-Lhe os pés,
O ouvirei chamar-me
... "meu filho".

CAPÍTULO 14

Os dias se seguiram.

A rotina diária se instalou na casa de Gracinha e Jonas, que procuravam cada vez mais aprender sobre a espiritualidade. Queriam entender e agir com Clarinha da maneira mais natural possível, como tinham sido orientados por Cecília. Clarinha cada vez mais apresentava uma mediunidade clara, sem ostentação, encarada com naturalidade, e esse seu comportamento encantava todos pela sua simplicidade.

Jonas, como era habitual, sentado sobre as pedras, olhava e admirava o entardecer, extasiado com a beleza das cores que baixavam no horizonte, deixando enquanto isso que seus pensamentos divagassem, tentando entender o que realmente existia entre o céu e o mar.

Perguntava-se: "Meu Deus, por que me fascina esse espaço; por que abrigo em meu coração a sensação de conhecer algo que na realidade é um vácuo? Qual a razão de sentir saudade do que não conheço; de um lugar que não existe?".

Tão absorto estava, que não percebeu Maciel se aproximando e sentando-se ao seu lado.

— Dou um centavo pelo seu pensamento — brincou Maciel.

Surpreso, Jonas respondeu:

— Amigo, não o vi chegar!

— Percebi! — e completou: — Imagino até o que questionava.

Sorrindo, Jonas respondeu:

— Não posso enganar você, amigo; estava sim pensando exatamente no que não consigo entender.

— Por que tem a sensação estranha de saudade ao olhar para o infinito... Acertei?

— Sim!

Silenciaram por uns instantes, e Maciel voltou a dizer:

— Sua filha algumas vezes falou em colônias espirituais; pode ser que existam mesmo, Jonas.

— Maciel, Clarinha é uma criança ainda e, como toda criança, tem fantasias, sonhos, cria coisas; sei que ela tem o dom de ver e conversar com espíritos, mas daí ter colônias no espaço penso que é ir longe demais.

— Não sei! O que você sente na verdade?

— Amigo, não ria de mim, mas já vi algumas cenas que me trouxeram sensações muito fortes.

— Por exemplo?

— Certa ocasião, quando paramos o barco para jogar a rede, tive um relance de me ver saindo das águas do mar e sendo levado pelo espaço. Foi muito rápido, mas a sensação que tive era a de que era eu mesmo. É muito louco isso, Maciel, eu sei, mas foi verdade.

— Acredito, meu amigo!

Jonas continuou:

— É muito estranho, concordo, mas mexe muito com meu emocional, porque não consigo entender o que de verdade acontece.

Toda a pessoa que sente a influência dos Espíritos, em qualquer grau de intensidade, é médium. Essa faculdade é inerente ao homem; por isso mesmo não constitui privilégio e são raras as pessoas que não a possuem, pelo menos em estado rudimentar. Pode-se dizer, pois, que todos são mais ou menos médiuns.
(O Livro dos Médiuns – *Capítulo XIV – Item 159*)

Maciel respondeu de maneira simples como entendia aquilo:

— Amigo, penso que você deve ser um médium sensitivo, ou seja, que pertence ou diz respeito aos sentidos ou às sensações, enfim, à vida sensitiva.

— Como assim, Maciel?

— Realmente não sei explicar direito; não tenho esse conhecimento. Mas pode ser que tenha aptidão para receber impressão por qualquer um dos sentidos.

— E o que me aconselha a fazer?

— O mais confiável: procurar alguém que possa ajudá-lo a entender o que de verdade existe entre o céu e o mar, como você mesmo diz.

— Cecília?

— Por que não? Pode ser!

— Vou fazer isso! Acompanha-me?

— Claro! O dia que quiser.

— Combinado!

Após esse diálogo, Jonas não via a hora de poder conversar com Cecília; acreditava, assim como Maciel, que ela poderia elucidar suas dúvidas.

Gracinha preocupava-se com a ansiedade do marido ao falar a esse respeito. Dizia:

— Jonas, gostaria que dominasse um pouco essa ansiedade. O assunto é muito sério, bem sei; procure se acalmar, prepare-se para as respostas que poderão vir e que você poderá não entender.

— Preparar-me, Gracinha? Como vou me preparar se nada sei sobre um assunto que não conheço?

— O preparo vem do seu colóquio com Deus, Jonas; ore, tenha pensamentos de amor, agradeça sempre por tudo o que possui e aceite que existem muitos mistérios que ainda não temos condições de entender pela simples razão de sermos muito imperfeitos; esse é o melhor preparo.

Sorrindo, Jonas respondeu:

— Fico surpreso com suas palavras; sei que tem razão, mas sei também que é muito difícil dominar sensações as quais não entendemos.

— Então vamos apenas aguardar! — exclamou Gracinha, dirigindo-se à cozinha e querendo com esse gesto terminar o assunto.

Vendo-se só, Jonas entregou-se novamente aos seus pensamentos: "Realmente não consigo achar uma explicação para esse fenômeno; sim, porque para mim não passa de um fenômeno", concluiu. "Gracinha tem razão, o melhor é esperar e ouvir o que dona Cecília tem a dizer! Vou cuidar de remendar minha rede de pescar!".

Levantou-se e, ao dirigir-se até o galpão onde guardava os apetrechos de pesca, encontrou-se com Clarinha, que, assim que o viu, perguntou:

— Pai... por que traz essa fisionomia tão triste? Está com algum problema? — e inesperadamente continuou: — Não adianta, pai, querer colocar as coisas fora dos seus devidos lugares!

Surpreso, Jonas indagou:

— Filha, quantos anos você tem?

Sorrindo, Clarinha respondeu:

— Dez anos, pai! Esqueceu-se do meu aniversário, que aconteceu dois meses atrás?

Sem jeito, Jonas falou:

— Desculpa, filha, não me lembrei! Mas... tudo bem! Agora me responda: como uma criança de apenas dez anos pode dizer as coisas que você diz?

Sorrindo novamente, Clarinha abraçou seu pai dizendo:

— Paizinho, não sou eu que sei tudo isso, é minha amiga quem me diz, esqueceu?

— Ah! Sua amiga... Está certo. Então pergunte a sua amiga qual a razão da minha ansiedade em saber as coisas que não consigo entender e para as quais não acho uma explicação plausível.

Clarinha silenciou por uns instantes e respondeu:

— Pai, a ansiedade nada vai lhe trazer de bom, porque tudo tem uma hora certa para acontecer; quer dizer, acontece no momento em que estamos preparados para entender as verdades, os conceitos e as orientações que recebemos.

Impressionado com as palavras da filha, que julgava muito elaboradas para uma criança, Jonas perguntou:

— Por que eu vacilo sempre: uma hora aceito, outra hora duvido?

— Porque seu momento ainda não chegou! — respondeu Clarinha.

— Só isso?

— Só isso, pai! — exclamou e, antes que Jonas dissesse alguma coisa, saiu correndo enquanto dizia: — Vou brincar com meu cachorrinho!

Jonas, vendo sua filha tão novinha ainda sair em disparada, sem se preocupar com as palavras que dissera e sem dar a elas a importância que Jonas dava, pensou: "Meu Deus, o que de verdade acontece com essa menina?".

๑๑

Quinze dias se passaram desde esses fatos. Jonas questionava Maciel sobre quando seria a tão esperada reunião com Cecília. Em certa tarde, Maciel procurou o amigo e disse-lhe:

— Trago boas notícias, Jonas.

Animado e pressentindo que seria o que tanto esperava, Jonas respondeu:

— Tomara que seja o que estou imaginando; fale, Maciel!

— É sim o que tanto espera; conversei com dona Cecília e expliquei-lhe toda a sua preocupação e ansiedade em relação aos fatos espirituais que você não consegue entender e que o perturbam tanto.

— E ela, o que disse?

— Respondeu com a calma que lhe é peculiar que você pode ir à próxima reunião um pouco mais cedo que ela irá recebê-lo e esclarecer o que for permitido.

Jonas narrou ao amigo o que Clarinha havia lhe dito.

— Não é impressionante, Maciel, minha filha tão pequena possuir um dom deste porte?

— É, meu amigo, prudente é aquele que ouve e segue as orientações que recebe; você tem ao seu lado alguém muito especial que, de uma maneira natural, mostra-lhe um caminho.

— Tem razão, amigo, eu já percebi que sou um pouco inconstante nas minhas emoções, nas minhas crenças, enfim, quero ter todas as respostas de imediato, e, como disse Clarinha, para todos os propósitos existe o tempo certo.

— Então acertamos assim, Maciel: você passa em casa e vamos juntos.

— Tudo bem, amigo, combinado.

Dois dias se passaram e finalmente Jonas, cheio de expectativa, abriu a porta de sua casa para Maciel.

— Vamos, meu amigo! — exclamou Maciel.

— Claro! Espere um instante só; vou chamar Gracinha, que demonstrou o desejo de nos acompanhar.

— Ótimo! E Clarinha, irá também?

— Achamos melhor não; como vamos mais cedo, ela não teria com quem ficar. Achamos melhor deixá-la com nossa vizinha, com a qual ela está acostumada.

— Vocês têm razão — completou Maciel.

Deixaram Clarinha e, juntos, seguiram ao encontro de Cecília.

Assim que chegaram, foram recebidos com atenção por Cecília, que de imediato levou-os para a sala de passe, pois julgava ser mais adequada, devido à energia sempre presente.

— Então, meu amigo — disse-lhe Cecília —, em que posso ajudá-lo?

Com um pouco de nervosismo, Jonas relatou-lhe todas as suas dúvidas. Ao terminar, completou:

— Não consigo entender, dona Cecília, quando minha filha ou qualquer outra pessoa fala de colônias espirituais. Acho um pouco fantasioso e, principalmente, tenho a sensação de ter vivido algo importante entre o céu e o mar; é como se eu tivesse sido resgatado das águas e levado às nuvens. Mas tudo é muito rápido; logo se apaga, deixando em mim uma sensação estranha de angústia, ansiedade... Não sei explicar direito.

— Devo entender que você não acredita em vida fora do nosso planeta, é isso?

— Às vezes creio, às vezes não; tudo fica confuso na minha mente. Não consigo definir ao certo.

— Vamos então começar do início — disse Cecília. — A vida nos é dada por Deus como a maior prova de amor paternal. É a oportunidade de que todos nós precisamos para crescermos em espírito, aprendendo a viver a lei do amor, do trabalho e da justiça. Recebemos, a todo instante, o imenso amor do nosso Criador através do ar que respiramos; das oportunidades que temos de nos aperfeiçoar, crescer e alcançar o céu. Mas, se Deus nos deu a vida terrena, é porque já existíamos em espírito antes do nosso corpo físico; e, se já existíamos, em algum lugar deveríamos estar, sendo também para esse lugar que voltaremos quando deixarmos o corpo material. Jesus disse: "Há muitas moradas na casa de meu Pai". E as moradas são as diversas colônias que vão nos abrigar em nosso retorno, porque somos visitantes no planeta Terra e um dia voltaremos para nossa casa de origem. Devemos nos revestir de muita humildade para aprender cada vez mais o verdadeiro sentido da vida.

"Necessário se faz viver a verdade de Cristo. Quando nascemos, uma luz se acende para nós; é preciso viver de maneira que essa luz jamais se apague, que continue brilhando através da nossa aura, da pureza dos nossos sentimentos e ações, da vontade de servir e amar, de compreender e perdoar, de crer que a palavra de Deus sempre falará mais alto e mais forte. Assim, quando chegar a hora de voltarmos para nossa casa, essa mesma luz iluminará nosso caminho, conduzindo-nos para a espiritualidade."

Cecília calou-se.

Jonas, timidamente, perguntou:

— Eu entendi suas explicações, dona Cecília, e agradeço muito, mas qual é a razão dessas visões, dessa sensação que me acompanha sempre que estou pescando em alto-mar?

— Sobre isso só devo lhe dizer, senhor Jonas, que pode estar relacionado ao que denominamos mediunidade.

— Mas eu não sou médium, dona Cecília. Não recebo nenhuma mensagem ou outra coisa parecida — disse Jonas.

Com paciência, Cecília explicou:

— Toda pessoa que sente a influência dos espíritos, em qualquer grau de intensidade, é médium. *O Livro dos Espíritos* nos diz que essa faculdade é inerente ao homem; mas nem todos a sentem da mesma maneira, ou seja, cada um possui uma aptidão, assim como em qualquer processo de ordem espiritual.

— Explique melhor — pediu Jonas.

— Existem várias espécies de manifestações; a sua pode estar na intuição, no pressentimento, enfim, é compatível com sua sensibilidade. Não há motivos para que fique impressionado nem permita que essa sensação natural interfira no seu dia a dia.

— E se for verdade que isto aconteceu?

— Não sei se é verdade ou não; pode ser como pode não ser. O que na verdade importa é que hoje você está em outra encarnação, outro aprendizado, outra tarefa, enfim, é preciso aprender a viver esta nova encarnação solidificando em seu ser o bem-querer, o amor fraternal, o seu relacionamento com Deus.

— Mas o que devo fazer quando isto acontecer?

— Eleve seu pensamento ao Criador e ore; agradeça sempre por esta nova oportunidade de existência terrena e viva com tranquilidade e sabedoria, para que tudo aconteça de acordo com os propósitos de Deus.

Cecília, dando por encerradas suas explicações, convidou-os a orar. Jonas, em um impulso, perguntou se podia fazer a prece, no que foi prontamente incentivado por Cecília.

De olhos fechados, ele iniciou:

Obrigado, Senhor, pelo dia que vivi,
Pela emoção que senti, pelas lágrimas que chorei!
Obrigado, Senhor, pela compreensão que existe entre todos os meus irmãos,
Pelo amor que cresce e se fortifica no coração de todas as criaturas,
E pela certeza que tenho de possuir amigos!
Obrigado, Senhor, pela oportunidade que me deste
De trabalhar em favor do próximo,
Pela mão amiga que se estendeu para mim,
Pela proteção e carinho que recebo do mundo espiritual.
Obrigado, meu Pai,
Por permitir que mais uma vez possa sentir a felicidade maior
De ter entre nós a Vossa vibração de carinho.
Fortifique-me, Senhor... Prepare-me
Para que eu possa sempre merecer o Vosso amor e bondade.
Assim seja!

Assim que terminou, Jonas sentiu os braços de Gracinha envolvendo-o e ouviu-a dizer:

— Que prece linda, meu amor; tenho muito orgulho de você!

— Linda prece, senhor Jonas; pura emoção, parabéns! — falou dona Cecília.

— A senhora é quem merece os parabéns por ter tirado do meu coração as incertezas que me atormentavam; posso agora seguir meu caminho sem medo, porque encontrei uma direção. Obrigado, dona Cecília!

— Não me agradeça; o que expliquei foi o mínimo diante da imensidão do aprendizado que temos pela frente.

Seguiram todos para a sala principal, onde algumas pessoas já esperavam o início da reunião.

CAPÍTULO 15

Quinze dias se passaram.

Jonas e Gracinha conversavam no jardim da casa quando Clarinha chegou correndo.

— O que foi, filha? Que pressa é essa? — perguntou Jonas.

— Papai, nem o senhor nem a mamãe fazem ideia do que eu vi agora.

Assustados, os dois responderam:

— Por favor, filha, fale logo o que aconteceu para estar assim tão assustada!

— Pai, o senhor pediu que eu fosse até a casa do senhor Maciel, eu fui e dei seu recado; na volta, vim margeando a linha do trem e deparei com uma cena que me deixou muito triste.

— Diga logo o que viu, minha filha! — exclamou Gracinha, já preocupada.

— Mãe, eu vi um monte de cobertas velhas e sujas e, quando passei por elas, escutei um gemido. Parei e prestei mais atenção; o gemido se repetiu, então levantei uma ponta da coberta e vi um senhor enrolado tremendo de frio, apenas de *shorts* e com uma camiseta surrada, pés descalços, enfim, meu coração se partiu, mãe, e comecei a chorar. O senhor me viu e falou: "Não precisa chorar, menina, Jesus te ama!". Saí correndo! Pai... Mãe... Vamos fazer alguma coisa por este pobre homem!

Gracinha, comovida, abraçou a filha e lhe disse:

— Vamos fazer sim, filha; leve-nos até ele!

— Sua mãe tem razão; vamos procurá-lo. Com o frio que está fazendo, ele poderá não suportar.

Antes de saírem, Gracinha disse ao marido:

— Espere um instante, Jonas.

Foi até o quarto, pegou dois cobertores quentes, um par de meias e dirigiu-se à cozinha. Verificando que a garrafa de café estava cheia, pegou um copo, a garrafa e dois pães. Voltando, disse ao marido:

— Podemos ir!

Clarinha sorriu ao ver a sacola que sua mãe levava.

— Tudo isso é para o homem, mamãe?

— Sim, filha, e é muito pouco, considerando o muito de que, com certeza, ele precisa.

Juntaram-se a Jonas e seguiram Clarinha até o lugar onde estava a pessoa vista pela menina. Ao se aproximarem, a emoção tomou conta dos três ante a exposição de extrema miséria que presenciavam.

— Meu Deus — exclamou Gracinha. — Olhai para este pobre homem e dai-nos forças para ajudá-lo no que estiver ao nosso alcance. — Aproximou-se e com gentileza disse: — O senhor me dá licença de colocar estas meias em seus pés para aquecê-los e cobrir o senhor com estes cobertores? Está muito frio hoje!

— Agradeço muito, senhora, estou mesmo com frio. Não possuo roupas adequadas; sou um inexistente!

Jonas se espantou.

— Como assim, senhor? Ninguém é inexistente.

— Ninguém que passa por mim me enxerga; vivo só na imensa solidão de mim mesmo!

Jonas e Gracinha se olharam, surpresos com as palavras do homem.

Jonas, em um ímpeto, falou:

— Primeiro diga-me: qual é o seu nome?

— Benedito, mas podem me chamar de Dito, porque é assim que as pessoas me chamam.

Jonas reparou que a maneira como Dito falava dava a entender que não era de todo analfabeto, que algum conhecimento ele tinha.

Continuou:

— Vamos colocar estas meias, cobri-lo com cobertores mais quentes, e também trouxemos café e dois pães; aceite-os.

— Aceito de coração e agradeço; a noite promete ser muito fria, estamos em pleno inverno!

Após tomar o café e se alimentar com os pães, Dito mais uma vez agradeceu:

— Não sei o que falar, mas acreditem que meu coração está aquecido com a caridade de vocês. — Olhou para Clarinha e falou: — Vi quando esta garota passou por aqui, parou, olhou bem para mim e saiu correndo.

— Ela é nossa filha — respondeu Gracinha. — Chegou em casa e nos falou do senhor, então viemos com a intenção de ajudá-lo.

— Isso mesmo — disse Jonas. — E o que podemos fazer pelo senhor?

— Já fizeram muito; aqueceram-me do frio e saciaram minha fome, sem dizer das suas mãos fraternas que me ampararam.

— O senhor não tem família? — perguntou Clarinha com simplicidade.

Jonas e Gracinha perceberam as lágrimas que cobriram os olhos de Dito.

— Sim, menina, tenho; mas de que adianta falar das pessoas que amamos se somente nós amamos? Se você ama seu pai, quer tê-lo junto de você ou o lança na sarjeta? — Antes que alguém respondesse, ele completou: — Não os culpo; sei que estão cegos, perdidos na ganância do dinheiro, na ambição de ter, no desejo de comandar o mundo como se fossem donos da grande obra de Deus. Vivem na tola ilusão do poder.

— Desculpe-me, Dito, mas, pela maneira com que se expressa, faz-me pensar que possui certo conhecimento. Estou certo?

— É verdade — completou Gracinha. — Estou observando o senhor e concordo com meu marido. O senhor trabalhava em quê?

— Fui um empresário, mas hoje esta é a minha realidade!

— Se quiser desabafar, estamos aqui para ouvi-lo e ajudá-lo no que pudermos.

— Peço que me perdoem, mas não gostaria de falar. Tudo é muito sórdido; na sordidez, quanto mais se comenta, mais se machuca. Quem sabe, se um dia nos encontrarmos novamente, eu possa falar.

— Você fica sempre aqui durante o dia? — perguntou Jonas.

— Durante o dia, sim; à noite durmo no estacionamento daquela lanchonete. — Ao falar, apontou com a mão, mostrando o estabelecimento onde pernoitava. — Pela manhã, o proprietário sempre me fornece um copo de café com leite e um pãozinho. Sou muito agradecido a ele.

— O importante é você não se revoltar, Dito, porque na vida tudo tem um porquê, e, creio eu, logo isso vai passar. Não se esqueça de conversar com Deus!

— Envergonho-me de dizer, mas não sei mais rezar!

— Papai, diz para ele que para conversar com Deus precisa apenas falar ou então se calar; Ele sabe o que pede o nosso coração.

— O senhor ouviu? - disse Gracinha - Quem está falando é uma criança de dez anos.

— Estou impressionado!

— Bem, precisamos ir — disse Gracinha. — Espero que o senhor consiga reaver sua vida, seus sonhos; enfim, que o senhor volte a viver.

— Ele vai conseguir! — afirmou Clarinha.

— Obrigado por tudo — agradeceu Dito.

— Senhor Dito — voltou a dizer Clarinha —, não existem pessoas inexistentes, porque para Deus todos nós existimos e somos alvos do seu amor.

— Qual é o seu nome?

— Clara, mas todos me chamam de Clarinha. Pode me chamar assim também.

— Menina Clarinha, você é alguém muito especial!

— Obrigada, senhor Dito.

Despediram-se e seguiram para sua casa, deixando atrás de si os olhos marejados e o coração despedaçado de Dito, que os olhava com gratidão.

Assim que chegaram, Gracinha disse para o marido:

— Jonas, percebi que você falou com tanta certeza que o senhor Dito ia conseguir vencer e sair daquela vida... Por quê?

— Gracinha, senti muita pena daquele homem, que me parece ter vivido uma situação bem diferente dessa que vive atualmente. Penso que deve ter passado por situação bem penosa com a família; nem quis falar sobre o assunto.

— Concordo com você! Vou preparar nosso jantar — concluiu Gracinha, dirigindo-se à cozinha.

— Se você não se importa, vou até a casa de Maciel enquanto prepara a comida. Preciso falar com ele, mas não demoro. Estarei de volta em uma hora.

— Tudo bem!

— Papai — chamou Clarinha —, acredite no que pretende fazer; Jesus vai te proteger!

Estranhando a maneira como sua filha falara, Jonas aproximou-se de Clarinha, deu-lhe um beijo e foi ao encontro de Maciel.

CAPÍTULO 16

O verdadeiro sentido para a palavra "caridade" como entendia Jesus: benevolência para com todos; indulgência para com as imperfeições alheias e perdão das ofensas.
(O Livro dos Espíritos — Livro III — Capítulo XI – Questão 886)

Caminhando a passos largos, Jonas ia pensando: "O que será que Clarinha quis dizer? Não comentei nem com Gracinha a minha ideia! Essa menina a cada dia mais me deixa surpreso com as coisas que fala".

— O que o traz aqui? — disse Maciel assim que viu o amigo. — Marcamos alguma coisa e eu me esqueci?

— Não, amigo; vim falar com você sobre uma ideia que me ocorreu e quero saber sua opinião a respeito.

— Entre, vamos conversar!

Em poucos instantes, Jonas colocou Maciel a par de tudo o que acontecera; falou a respeito de Dito e do quanto ele ficara impressionado.

— E é isso que eu digo, amigo: esse mendigo possui algo diferente. Sou capaz de apostar que tem estudo, conhecimento, enfim, falta-lhe estímulo para sair das ruas.

— Jonas, o que de verdade você pretende? Porque sinto que algo existe nessa sua cabeça; portanto, fale de uma vez!

— Maciel, você se lembra de quantas vezes falamos da nossa vontade de abrir uma peixaria onde pudéssemos vender nossos peixes, saindo das mãos dos atravessadores?

— Sim, lembro-me sim. Mas me lembro também das dificuldades que iríamos encontrar por não termos nenhum conhecimento empresarial, e sem sombra de dúvida precisaríamos ter suporte para tanto! Não seria em nada parecido com o que fazemos hoje.

— Mas o que você acha?

— Quer saber? Acho muito arriscado iniciar um projeto sem nenhum conhecimento.

— Mas é aí que quero chegar!

— O que quer dizer; como assim?

— Maciel, esse homem que encontramos foi um empresário; não sei qual a razão de hoje viver nas ruas, sem eira nem beira, então...

— Espere aí, Jonas. Você não está querendo insinuar que pensa em levar este homem que não conhecemos e de cuja vida nada sabemos para trabalhar conosco... É isso?

— Calma, Maciel! Vou explicar!

— Por favor... explique!

— Pelo que eu pude sentir, esse homem tem certo estudo, e a maneira como falou deixa entender que sofreu um golpe dos próprios familiares; percebi que isso ficou claro.

— Tudo bem, Jonas, mas aonde você quer chegar com esta conversa?

— Quero chegar ao seguinte: poderíamos conversar melhor com ele, saber na realidade o que aconteceu, o que o levou a morar nas ruas, checar seus documentos; enfim, saber se ele teve escolha ou não. Depois de tudo devidamente concluído e conversado, quem sabe não seria bom que o trouxéssemos para trabalhar conosco na peixaria?

— O quê? — perguntou Maciel, surpreso com as palavras do amigo. — Você ficou louco? Quer trazer para nossa vida um mendigo de rua, é isso?

— Maciel, nem sempre ele foi um mendigo de rua, e o fato de estar hoje nas ruas não caracteriza ser ele um bandido! Quantas mansões não abrigam bandidos? Quantas roupas elegantes não vestem pessoas sem o menor escrúpulo? Quantos carros blindados não são dirigidos por pessoas cruéis que roubam crianças?

Maciel, após refletir por alguns instantes, falou:

— Nesse ponto você não deixa de ter razão! Mas por que você se encantou com essa pessoa?

— Sendo muito sincero, não sei dizer, mas sinto no meu íntimo uma vontade enorme de ajudar esse senhor; na verdade, não tenho explicação para isso.

— Acho estranho!

— Nós poderíamos ir amanhã até ele, conversaríamos mais intensamente com ele; assim, teríamos mais elementos para decidir. O que você acha?

— Pode ser, Jonas! Vamos conversar com ele.

— Obrigado, amigo. Amanhã à tarde passo aqui e vamos.

— Combinado!

— Agora preciso ir; Gracinha me espera para o jantar.

— Então até amanhã!

— Até amanhã, amigo!

Jonas, sentindo-se satisfeito com a decisão tomada, rumou para sua casa.

Ao entrar, Clarinha correu a abraçá-lo, dizendo:

— Confie, papai. Vai dar tudo certo, porque esse é o caminho que deve seguir.

— O que é isso, Clarinha? — perguntou sua mãe. — O que está dizendo?

— Não sei, mamãe, minha amiga pediu que eu falasse só isso. Vem, papai, vamos jantar!

Jonas, impressionado, seguiu a filha sem conseguir dizer uma só palavra.

A refeição transcorreu tranquila. Jonas e Gracinha, cada um entregue aos seus pensamentos, nada diziam.

Assim que se recolheram, Gracinha disse ao marido:

— Jonas, o que a Clarinha quis dizer? Eu não estou entendendo... O que foi fazer na casa de Maciel? Não me esconda, por favor!

Jonas segurou as mãos da esposa e expôs a ela os seus planos.

— Mas, Jonas, como você vai se envolver com uma pessoa que mal conhece? Não é muito risco?

— Reconheço que sim, mas eu e Maciel vamos tomar todos os cuidados, verificar na verdade quem ele é, ver seus documentos, comprovar a veracidade deles, e principalmente saber se ele está disposto a mudar o rumo da sua vida, retomando o que ficou para trás, porque somente ele poderá fazer essa escolha. Podemos mostrar a ele o caminho, mas percorrê-lo apenas ele o poderá fazer, se assim quiser.

— Confio em você, meu amor. Pode contar comigo para o que precisar.

— Obrigado, meu amor; sempre contei com você, mesmo no tempo em que eu era alheio a tudo, lembra?

— Claro! Mas tudo mudou, não é? — disse Gracinha.

— Graças ao que aprendi com dona Cecília.

— Verdade! Só uma coisa ainda não entendi!

— O quê? — perguntou Jonas.

— Por que Clarinha disse aquelas palavras para você?

— Devo confessar que também não entendi, ou melhor, penso que só pode ser inspiração da "amiga" dela!

— Se for, deve ser verdade, porque até hoje ela não disse nada que pudesse prejudicar alguém; ao contrário, é sempre para ajudar.

— Você disse uma verdade. Nossa filha, como já sabemos por meio de dona Cecília, é uma médium, e com ela tudo acontece de maneira bem natural. Não forçamos nada nem incentivamos, tal como aprendemos; portanto, vamos agir com naturalidade, sem ignorar o que ela nos diz.

— Tem razão!

Adormeceram.

Aos primeiros raios de sol entrando pelas frestas da janela, Gracinha levantou-se, e seu pensamento foi de agradecimento ao Pai por mais um dia.

Logo em seguida, Jonas e Clarinha apareceram.

— Vocês não estão atrasados, filha?

— Estamos sim, mãe; vou tomar meu suco bem rápido e papai me leva até o colégio... Pode ser, pai?

— Claro que sim, filha!

Ao deixar Clarinha na porta da escola, surpreendeu-se quando a garota chegou bem perto dele e lhe disse:

— Pai, não demore a ir ver o senhor Dito; ele está precisando muito do senhor!

Antes de qualquer reação, Jonas viu sua filha se misturar a outras tantas crianças que brincavam no pátio.

— Meu Deus, ajude-me a compreender esta menina e as coisas que acontecem com ela.

> *A mediunidade é uma energia peculiar a todos, em maior ou menor grau de exteriorização. A mediunidade real é uma faculdade preciosa que adquire tanto mais valor quanto mais empregada para o bem, exercida religiosamente e com desinteresse completo, moral e material.*
> *(Libertação, de André Luiz/Chico Xavier, FEB)*

> *A mediunidade pode ser educada como a memória, a inteligência, a aptidão artística.*
> *(Mecanismos da Mediunidade, de André Luiz/Chico Xavier, FEB)*

Jonas dirigiu-se à casa de Maciel.

Encontrou o amigo esperando-o no portão. De imediato, Maciel notou a fisionomia preocupada de Jonas.

— Pode ir falando a razão dessa ruga de preocupação em seu rosto! — exclamou Maciel.

Sem se fazer de rogado, em dois minutos Jonas contou ao amigo o que sua filha falara.

— É incrível, meu amigo, as coisas que Clarinha fala; o que será que ela quis dizer quando afirmou que Dito estava precisando muito de mim?

— Só saberemos se formos até ele! Vamos?

— Vamos... Quanto antes melhor; estou preocupado!

A passos largos, foram ao encontro de Dito. Chegando ao local, Jonas, surpreso, exclamou assim que chegou ao lugar onde ele ficava:

— Maciel, ele não está aqui!

— Como assim? Não é o lugar onde ele sempre fica?

— Sim. Tenho certeza de que é aqui, mas ele não está! Meu Deus, o que será que aconteceu?

— Ele deve ter saído, talvez para tomar um café, não sei!

— Café! — exclamou Jonas, aliviado. — Tem razão. Ele sempre toma café em uma lanchonete aqui pertinho, vamos até lá.

Rapidamente chegaram ao local, mas, para surpresa de ambos, Dito não estava no local. Jonas interrogou o rapaz que servia no balcão:

— Por favor, estamos à procura de um senhor, Dito é o nome dele. Como ele não está no lugar onde sempre fica, imaginei que pudesse estar aqui; ele comentou que aqui sempre é agraciado com um café pela manhã. Você sabe onde posso encontrá-lo?

— Sei — respondeu o rapaz, imprimindo à voz um ar de tristeza. — Ele foi internado esta madrugada.

— Internado? Como assim; o que aconteceu?

— Eu chego bem cedo aqui, e hoje, quando estava abrindo a porta, escutei alguém gemendo e tossindo. De imediato pensei no senhor Dito; fui até ele e, infelizmente, não me enganei. Ele estava tossindo muito, gemendo e ardendo em febre. Fiz o que achei importante e necessário: liguei para o hospital que fica próximo, expliquei o que estava acontecendo, eles vieram e o levaram. Deve estar internado; é somente o que sei.

— Onde fica esse hospital?

— Não é longe daqui!

— Conseguimos ir a pé? Estamos sem carro.

— Sim. Fica a uns cinco quarteirões daqui. Vou explicar o caminho. Gostaria, se possível, que viessem me dar notícias; ele é muito gente boa.

— Com certeza viremos, sim. Obrigado. — Jonas ia saindo, mas de repente voltou e perguntou: — Você o conhece bem; disse que ele é gente boa!

— Conheço sim. Faz tempo que ele vem aqui tomar o café que fornecemos com alegria.

— Ele já fez alguma coisa que o desabonasse, quero dizer, algum delito?

O rapaz sorriu e respondeu:

— Não senhor. Como eu disse, ele é muito gente boa; o que sabemos aqui na lanchonete é que sofreu um golpe muito duro da própria família, que o colocou para fora de casa. Perdeu tudo o que tinha e, sem condições nem forças para reagir, entregou-se e passou a morar na rua. Mas nunca incomodou ninguém; aliás, todos aqui por perto o conhecem e o ajudam de algum modo.

Jonas e Maciel gostaram do que ouviram.

— Obrigado! Como é seu nome?

— Francisco, mas me chamam de Chico.

— Obrigado, Chico — repetiu Jonas. — Vamos até o hospital e pode esperar, que voltaremos com notícias.

— Eu fico grato.

No caminho, Jonas e Maciel foram conversando.

— Eu não disse, Maciel? Ele parece ser mesmo uma pessoa do bem; não é a roupa ou o lugar em que as pessoas moram que as tornam do mal.

— Tem razão, meu amigo; vamos ver tudo isso de perto.

Com a pressa em que andavam, logo chegaram ao hospital. Identificaram-se na portaria e conseguiram falar com o médico que atendera o senhor Dito.

— Sinto muito, senhores, mas o estado dele não é muito bom; está com pneumonia dupla.

— Corre risco de óbito? — perguntou Jonas.

— Todos nós corremos risco de óbito a qualquer momento; estamos fazendo o possível e o necessário para curá-lo; prefiro acreditar no sucesso.

— Podemos vê-lo?

— Sim, mas sem demora, por favor. Creio que lhe fará bem sentir que alguém se interessa por ele.

— O que o senhor quer dizer?

— Ele está muito entregue; parece-me que desistiu de viver, e isso não é bom. É importante que tenha um motivo para lutar pela vida. Todos nós precisamos impulsionar o coração para viver.

Jonas e Maciel se impressionaram com as palavras do médico.

Antes de irem até a enfermaria onde Dito se encontrava, Jonas disse ao amigo:

— Maciel, estou me lembrando das palavras de Clarinha: "Pai, não demore a ir ver o senhor Dito; ele está precisando muito do senhor!". Cada vez mais minha filha me surpreende.

— É verdade, Jonas. Sinto que essa menina vai servir muito à causa de Jesus.

— Tomara!

Entraram no aposento e logo viram Dito de olhos fechados, como se estivesse dormindo. Nesse momento, Jonas percebeu como ele era magro. Pensou: "Meu Deus, não havia reparado como ele é magro, abatido, entregue a si mesmo; entretanto, disse palavras que me surpreenderam. Sinto com cada vez mais força que preciso ajudá-lo, e é o que pretendo fazer: trazê-lo de volta à vida".

Aproximou-se de Dito e mansamente colocou sua mão em cima da mão dele, o que fez o enfermo abrir os olhos imediatamente. Surpreso, ele exclamou:

— O senhor aqui?

— Meu amigo... — disse Jonas.

Com voz fraca, Dito respondeu:

— Amigo?!

— Sim — repetiu Jonas. — Amigo, este aqui é Maciel, meu grande amigo, e agora tenho certeza de que será seu amigo também.

— Prazer, senhor Dito. Como Jonas disse, serei seu amigo também, se o senhor me aceitar.

Os dois perceberam lágrimas descendo pelo rosto de Dito.

— Há muito tempo deixei de ter amigos; os que tinha, sumiram junto com meu dinheiro, eram apenas interesseiros. Sou grato de me aceitarem como amigo.

Percebendo a dificuldade de Dito em falar, Jonas falou:

— Meu amigo, fique em paz; lute pela vida, porque precisamos muito de você para nos ajudar.

— Eu, ajudar?

— Sim. Agora é preciso que você descanse, aceite o tratamento e queira viver; amanhã voltaremos para vê-lo, e assim faremos até receber alta e voltar.

— Não tenho para onde voltar!

— Agora tem sim! Depois falaremos sobre isso; agora, descanse — repetiu.

Jonas e Maciel se afastaram, deixando no coração de Dito um fio de esperança.

— Agora vamos até a lanchonete dar a notícia para o Chico.

Assim o fizeram.

— Conte comigo, Jonas — disse-lhe Maciel. — Ele merece reviver.

— Obrigado, amigo!

Com o coração em paz, retornaram a suas casas.

CAPÍTULO 17

Nos dias seguintes, Jonas e Maciel visitaram Dito. Retornavam confiantes em ver que aos poucos ele se recuperava.

Gracinha sempre entusiasmava o marido para que fosse adiante com seu projeto e ouvia de Jonas como resposta:

— Obrigado pelo apoio, Gracinha; Maciel abraçou minha ideia e não vamos desistir. Será muito bom para ele e para nós nos unirmos e construirmos uma vida melhor, mais produtiva; com trabalho e união, creio que dará certo.

— Claro, meu bem — respondeu a esposa. — Admiro sua generosidade em abrir um espaço para Dito; é a única maneira para ele deixar as ruas e trazer de volta sua dignidade.

— Às vezes penso, Gracinha, que graças à dona Cecília consegui entender um pouco mais a vida; a ligação espiritual que é tão forte nos nossos passos e atitudes. Aliviou meu coração, que ficou fortalecido e impulsionado para o caminho do bem e da fraternidade.

— Concordo com você, Jonas; aconteceu o mesmo comigo. Temos ao nosso lado alguém especial que, na sua simplicidade, nos direciona e nos dá forças para seguirmos de uma maneira tão natural que me espanta.

— Você está se referindo a Clarinha, não?

— Sim. Ela é um espírito forte, valoroso, que, penso eu, deve ter uma missão maior em sua vida.

— Penso como você! Mas, como diz dona Cecília, para todos os propósitos existe o tempo certo.

— É verdade.

Cinquenta dias se passaram após esses acontecimentos.

Ao chegarem ao hospital, Jonas e Maciel tiveram a notícia de que Dito estava com alta, mas precisava cumprir com alguns cuidados ainda.

— Sei que ele é um morador de rua — dissera o médico. — Não poderá voltar para lá com o risco de complicações, pois é importante dar mais atenção ao seu restabelecimento, principalmente, não sofrer com o frio da madrugada nem as intempéries de viver ao relento.

Os dois amigos se olharam, sem saber o que dizer.

O médico continuou:

— Ninguém o procurou, a não ser os senhores. Por essa razão, estou passando para vocês essas recomendações.

Jonas respondeu:

— Está certo, doutor; só peço ao senhor que o mantenha aqui até amanhã, para que possamos conseguir um lugar para ele ficar. Pode ser?

— Claro! — respondeu o doutor.

— Podemos vê-lo agora?

— Sim. Podem ir até a enfermaria.

Os dois amigos seguiram em silêncio. Ao entrarem na enfermaria, encontraram Dito pensativo, como se estivesse em outro mundo.

Jonas o saudou:

— Olá, amigo. Sabemos que já está de alta e ficamos muito felizes com esta notícia! Mas parece-me que você não está nem um pouco animado...

— Bom dia, meus amigos — respondeu Dito.

— O que está acontecendo? Qual a razão desse abatimento? — perguntou Maciel.

— Meus amigos, vocês já devem estar sabendo de todas as recomendações. Agora, eu pergunto: como vou cumpri-las, se não tenho para onde ir? Como me cuidar, se vivo ao relento? Enfim, daqui a alguns dias estarei voltando para cá. Não posso ter outra reação senão me entristecer.

Maciel arriscou uma pergunta:

— Não tem como entrar em contato com sua família?

— Poderia, se tivesse família! — exclamou Dito com tristeza na voz e no olhar. — Não faço a menor ideia de onde estão vivendo e, mesmo assim, não voltaria para eles para não ser escorraçado outra vez — e completou: — Deus poderia ter me levado, assim meu sofrimento terminaria.

— Não diga isso! — exclamou Jonas. — Para tudo tem o tempo certo; não é agora o seu tempo de retornar. Deus não comete enganos.

— Essa é a verdade, Dito. Não questione a vontade de Deus, porque somente Ele possui todas as respostas — acrescentou Maciel.

— Bem, vamos agora ao que interessa neste momento — disse Jonas. — Dito, pedimos ao médico que o mantivesse aqui até amanhã. Vamos arrumar um lugar para você ficar; só lhe peço que fique calmo, confiante e sem pensamentos negativos. Vamos confiar na Providência Divina, certo?

— Tudo bem. Não sei como explicar, mas confio em vocês; muito obrigado.

— Muito bem; faremos tudo o que estiver ao nosso alcance. Agora vamos, Maciel.

Despediram-se de Dito e, no caminho, foram cogitando onde poderiam buscar abrigo para o amigo.

— Vai ser difícil, Jonas. Ninguém confia em morador de rua; pensam que todos são bandidos e, na realidade, não passam de coitados que se perderam em si mesmos; na maioria das vezes, também na bebida e nas drogas — e completou: — Mas confiam nos ladrões de gravata, que pouco ou nada fazem ou pensam no próximo. A humanidade está invertendo os valores, mudando os conceitos, afundando-se na ilusão do dinheiro, do poder; enfim, as pessoas acham que poderão levar a fortuna no retorno e nem se lembram de que o que pertence à matéria na matéria ficará.

— Gostei das suas palavras, Maciel! — exclamou Jonas.

— É, meu amigo, nem sempre fui assim, mas aprendi com meus tombos e meus enganos que somente tem valor o que trazemos no coração. Aprendi que a mesma cabeça que gera conflitos, problemas e pensamentos infelizes gera a felicidade e o equilíbrio; só depende de quem a está conduzindo.

— Verdade! — exclamou Jonas, e continuou: — Maciel, me veio à mente dona Neide, a mãe de Roberto, lembra? Ela é sozinha; aluga quartos em sua casa para obter renda para viver. Quem sabe não acolheria Dito?

— Boa lembrança, mas ainda não sabemos nada sobre ele; penso que precisaríamos em primeiro lugar obter mais informações a seu respeito antes de tomar esta atitude.

— Tem razão, amigo! Vamos pensar em outro lugar!

Após alguns instantes, Jonas disse entusiasmado:

— Maciel, acho que encontrei o lugar certo para ele!

— Diga!

— Lembra quando estávamos na lanchonete e o Chico comentou a respeito de um quartinho que tinha nos fundos, onde guardava alguns pertences?

— Lembro sim!

— Então, vamos falar com ele. Pode ser que seja o caminho, pelo menos por enquanto, até que o nosso amigo se restabeleça completamente e possamos, nesse período, saber mais detalhes sobre a sua vida.

— Vamos então falar com ele!

A passos rápidos e com esperança de que tudo daria certo, chegaram à lanchonete.

Jonas explicou a situação em todos os seus detalhes.

— É isso, Chico; é apenas por um tempo, até que ele possa voltar a trabalhar, assumir sua vida novamente.

— Mas quem daria emprego para um ex-morador de rua?

— Nós vamos dar, Chico, se ele aceitar.

— Desculpe a pergunta, mas o que pretendem oferecer a ele?

Com satisfação, Jonas e Maciel explicaram tudo.

— É isso, Chico; acreditamos que seria muito bom para ele e também para nós.

— Estou encantado; muito boa a ideia. Creio que não se arrependerão. Conheço o Dito há muito tempo aqui da rua e nunca soube de um ato de violência ou desrespeito com alguém; sempre ficou na dele e sempre com o olhar de tristeza no rosto. — Completou: — Tenho cá comigo que deve guardar um sofrimento muito grande em seu coração.

— Achamos isso também! – concordou Maciel.

— Posso fazer uma pergunta, senhor Jonas?

— Claro, fique à vontade e pergunte o que quiser.

— Percebi no senhor um interesse em ajudar esse pobre homem sem mal o conhecer; por quê?

— Se eu disser, Chico, você não vai acreditar!

— Diga!

— Não sei! Desde o primeiro momento em que o vi senti uma sensação estranha, inexplicável; enfim, senti forte em mim o desejo de ajudá-lo de alguma maneira a retomar sua vida. Logo me veio a ideia que eu e meu amigo já tínhamos de abrir uma peixaria e achei que podíamos trazê-lo para trabalhar conosco. Com o apoio do meu amigo Maciel, resolvemos investir neste projeto que, creio, será bom para nós e para ele.

— Parabéns! É difícil encontrar alguém que pense dessa maneira; torço para que tudo dê certo para ambos.

— Voltando ao assunto que nos trouxe aqui, Chico, você poderia abrigá-lo por uns tempos até tudo se ajeitar?

— Claro, podem contar comigo. Será preciso arrumar e trazer uma cama, enfim, colocar o necessário para alguém viver aqui. Venham, vou mostrar-lhes o lugar.

Analisaram tudo o que precisariam trazer para compor um ambiente propício para se morar.

— Está ótimo! Vamos comprar o que precisamos e mais tarde estaremos aqui para arrumar tudo; vou trazer minha esposa para nos ajudar.

— Fiquem à vontade! — exclamou Chico.

— Obrigado; agora precisamos combinar o preço do aluguel do quarto.

Espantado, Chico respondeu:

— O que é isso, senhor Jonas? Não vou cobrar nada; isto aqui é um depósito e não me custa nada cedê-lo, não. Quando vejo o bem ser praticado em favor de um necessitado, para mim é um aprendizado. Deixe-o aqui enquanto for necessário.

— Obrigado, meu amigo — disse Jonas. — Que nosso Divino Amigo o abençoe!

— A nós todos — respondeu Chico. — E não me agradeça; é meu dever ajudar o próximo.

A caridade sublime, ensinada por Jesus, consiste também na benevolência constante, e em todas as coisas, para com o vosso próximo. É a âncora eterna da salvação em todos os mundos; é a mais pura emanação do Criador; é a Sua própria virtude que Ele transmite à criatura.
(Revista Espírita, Allan Kardec, trad. Júlio Abreu Filho, Edicel — Março 1862)

O dia transcorreu rápido para Jonas, Maciel e Gracinha, que, com entusiasmo, transformaram o pequeno quartinho que Chico usava como depósito em um lugar limpo, arejado e pronto para receber Dito, que nem sonhava com o que estava por vir em sua vida.

— Jonas — disse Gracinha —, reparei que em anexo não existe um banheiro; como será?

— Não se preocupe, senhora — falou Chico, que acabara de chegar ao local. — Tenho aqui na lanchonete um banheiro completo com chuveiro, e ele poderá usá-lo sem nenhum problema.

— Chico, você é uma pessoa bondosa — falou Gracinha. — Que Jesus sempre proteja você por este ato generoso que, com certeza, mudará a condição de vida deste senhor.

— Ficou muito bom, senhor Jonas, parabéns! Até roupas de cama e de uso pessoal vocês trouxeram... Realmente, mudaram o destino desse pobre homem.

— E pretendemos mudar mais, Chico, se ele quiser, porque não podemos interferir nas escolhas de ninguém. — completou Jonas.

— O senhor tem razão, mas estou apostando que ele aceitará e ficará agradecido.

— Penso como você — disse Maciel.

— Vamos aguardar! Amanhã ele estará aqui; viremos uma vez por dia vê-lo e ministrar os remédios, que, imagino, serão muitos.

— Quanto aos medicamentos, o senhor pode ficar tranquilo, porque não me custa nada ministrá-los seguindo os horários.

— Obrigado, Chico! – agradeceu Jonas.

— Também agradeço a você, Chico — disse Maciel. — Nosso coração é feito de impulsos e, quando o impulsionamos para o bem, ele se abre por inteiro em direção ao próximo.

Jonas e Gracinha olharam para o amigo e, mesmo sem nada dizer, seus olhos demonstraram a admiração que sentiam.

— Bem, nós já vamos; amanhã por volta das dez horas devemos estar aqui com Dito. – Disse Jonas.

— Estarei esperando! — respondeu Chico.

Quando saíram, Gracinha disse preocupada:

— Percebi que vocês nada falaram a respeito da alimenta-ção; como vai ser?

— Não se preocupe, querida. Amanhã falaremos sobre isso com o Chico.

— É verdade, dona Gracinha. Nós já pensamos a esse res-peito — falou Maciel.

— Ótimo! Fico tranquila.

Partiram levando no coração a alegria do bem praticado.

CAPÍTULO 18

Amanheceu.

Os raios de sol, como sempre, entravam vibrantes pelas frestas das janelas, dando boas-vindas ao nosso planeta Terra.

Gracinha levantou apressada e, antes se dirigir à cozinha para o preparo do desjejum, passou pelo quarto de Clarinha, chamando-a docemente.

— Filha, levante-se; é hora de ir para a escola!

— Bom dia, mãe, já vou. O papai já saiu?

— Não. Está na cozinha esperando o café. Por quê?

— Quero falar com ele antes que ele saia.

— Então se apresse. — Virou-se, indo para a cozinha.

— Clarinha já se levantou? - disse Jonas assim que viu a esposa.

— Sim. Disse que precisa falar com você antes que saia.

— O que será que ela quer?

— Não sei, não perguntei! — exclamou Gracinha, arrumando a mesa.

Em poucos minutos, todos os três estavam sentados, deliciando-se com os quitutes que sempre Gracinha servia.

— Sua mãe me falou que desejava falar comigo, filha. O que é?

Clarinha, olhando com firmeza para seu pai, disse-lhe:

— Pai, não me peça explicações, porque não tenho nenhuma; mas preciso lhe dizer que prossiga com seu projeto sem receio, porque o caminho para o senhor e seu amigo é esse! Ser generoso não se resume somente a horas felizes que não causam preocupação nem trabalho; é preciso ser generoso em todas as horas, sejam elas ruins ou boas, tristes ou alegres. O importante é praticar o bem. — Depois completou, sem se importar com a expressão de surpresa de seu pai: — Que projeto é esse? O senhor nunca disse nada!

Jonas respondeu sem esconder a surpresa que se estampava em seu rosto:

— Filha, você me surpreende a cada dia; não lhe disse nada porque não é um problema de criança, e sim de adultos. Por que iria levar até você essa questão? Agora, o que me causa estranheza é você tocar nesse assunto sem saber o que está acontecendo.

— Pai, eu disse para não me pedir explicação, porque eu não sei; só sei que devo dizer ao senhor o que minha amiga me pede, e ela sempre quer o bem.

— Está certo, filha. Vou lhe contar.

Jonas, com paciência, colocou a filha a par do seu projeto em relação a Dito. Sorrindo, Clarinha respondeu:

— Que bom, papai... Que bom que o senhor vai tirar aquele homem da rua; ele não merece esse sofrimento.

— Tudo esclarecido — disse Jonas. — Vocês vão me dar licença que eu e Maciel precisamos ir até o hospital resolver a alta de Dito — e saiu sob o olhar de amor de sua esposa, que pensava: "Obrigada, Senhor, por ter colocado em meu caminho um marido tão bom e uma filha tão especial!".

Médium audiente é aquele que ouve a voz dos espíritos e também os sons próprios do plano espiritual. É algumas vezes uma voz interna que se faz ouvir no foro íntimo. De outras vezes, é uma voz externa, clara e distinta como a de uma pessoa viva. Esta faculdade permite que o médium converse com os espíritos.
(O Livro dos Médiuns – *Capítulo XIV* – *Item 165*)

Jonas e Maciel seguiram animados ao encontro de Dito.

De pronto, encontraram-se com o doutor, que, reconhe-cendo-os, disse:

— Bom dia! O amigo de vocês já está de alta.

— Que bom, doutor; viemos buscá-lo, como dissemos ao senhor.

— Vamos até meu consultório; tenho algumas recomen-dações a fazer.

Assim que se acomodaram, o médico falou:

— Ele ainda necessita de alguns cuidados; a saúde ainda inspira cuidados por conta da fragilidade de seu corpo mal alimentado e das intempéries pelas quais vem passando ao longo desse tempo. Irá precisar de medicamentos e de ali-mentação fortalecida com nutrientes, ou seja, legumes, ver-duras e proteínas; enfim, deve se alimentar de uma maneira saudável. Não sei se terão condições de assumir esse pa-ciente. Conseguiram um lugar para ele?

Jonas colocou o médico a par de tudo o que fizeram.

— E assim — completou Maciel — achamos que ele vai ficar bem acomodado, de acordo com a situação atual.

— Pelo que relataram, está ótimo.

— Vejo somente uma questão que será difícil para nós! — acrescentou Jonas.

— Diga! — exclamou o doutor.

— A questão dos medicamentos, que sabemos ser muito caros, e nós não temos condições para tanto; somos apenas pescadores.

— Quanto a isso, posso ajudá-los!

— Como?

O médico, sem responder, escreveu o necessário em uma folha e entregou-a a Jonas dizendo:

— Vá neste endereço; é uma entidade cujo objetivo é auxiliar aqueles que necessitam de medicamentos e não podem comprá-los. Procure dona Salete; ela é a coordenadora, uma pessoa especial que se dedica a auxiliar os necessitados. Nesta receita está tudo bem explicado; há os nomes dos remédios que ele irá tomar por três meses. Após esse tempo, traga-o aqui para que eu possa reavaliá-lo. Estou certo de que ela irá atendê-los. Quanto à alimentação...

Jonas não deixou o médico terminar e disse:

— Quanto a isso, doutor, não haverá problema; na minha casa somos três e onde comem três comem quatro. Minha esposa fará comida suficiente para todos e levarei para ele todos os dias.

Admirando a postura de Jonas, o médico falou:

— Parabéns; me alegra certificar-me de que ainda existem pessoas como vocês, que pensam no próximo sem esperar nenhuma recompensa.

— Obrigado, doutor...

— Rogério!

— Doutor Rogério, se o senhor tiver tempo, gostaria de lhe explicar o que pretendemos fazer assim que Dito ficar bom.

— Claro, estou ouvindo! — exclamou Rogério.

Sem se estender muito, Jonas e Maciel explicaram o projeto que incluía Dito e finalizaram dizendo:

— Claro que será se ele concordar, se quiser retomar sua vida com dignidade.

— Estou surpreso e mais uma vez parabenizo vocês. Digo-lhes que me procurem se precisarem de algo relacionado à saúde. O que pretendem é muito louvável: trazê-lo de volta à vida que ele deixou lá atrás e ajudá-lo a extirpar do seu coração a possível mágoa que deve existir; mostrem a ele que somente quando se perdoam as ofensas é que se consegue a paz almejada. Mas, diga-me — continuou Rogério —, quando e por que sentiu com tanta força esse desejo de, vamos dizer assim, salvar esse morador de rua?

— Todos me perguntam isso, doutor — falou Jonas —, e eu digo que não sei; só sei que foi algo muito forte. Percebi por sua fala e seus pensamentos que era uma pessoa com algum conhecimento e educação; isso me comoveu de tal maneira, que me veio o desejo de ajudá-lo. Queria entender o que aconteceu para tê-lo jogado na rua. Só isso tenho a dizer.

— Posso dizer-lhe que isso se chama fraternidade.

— Pode explicar melhor?

— É o sentimento que une as criaturas pelos laços da simpatia, da afinidade, e que cresce à medida que o homem evolui. E isso pode estar também inserido na lei da reencarnação. A pessoa fraterna coopera, assiste o seu próximo com sinceridade e legitimidade, sem dar importância às diferenças sociais, religiosas, porque para ela somente importa e tem valor o amor que se traz no coração, e é esse amor que a faz respeitar as escolhas de cada um.

Jonas estava impressionado com as palavras de Rogério.

Maciel, com educação, perguntou ao doutor:

— Desculpe a minha pergunta, mas tudo o que o senhor disse faz-me pensar que é espírita; o senhor é?

Rogério sorriu e respondeu:

— Sim. Professo a doutrina espírita e é por intermédio dela que me direciono para tentar me enganar menos na minha caminhada.

— Fico pensando... — falou Jonas. — Que coincidência encontrar pessoas dispostas a nos ajudar: o senhor, o rapaz da lanchonete, enfim, as portas estão se abrindo para que possamos auxiliar Dito e levá-lo para trabalhar conosco!

— Desculpe-me, senhor Jonas, mas creio que coincidência não existe; tudo é muito bem planejado pela espiritualidade para que as boas ações aconteçam; quando os corações guardam sentimentos verdadeiros, desejos reais de ajudar, sem nenhuma cobrança; quando as atitudes são sinceras, somos impulsionados pelos bons espíritos para encontrarmos o caminho que devemos trilhar. Com certeza, alguém o levou até esse morador de rua, entre tantos, pois este estava inserido na sua vida de uma forma ou de outra.

Jonas ficou pensativo e depois falou:

— Sabe, doutor, quem me levou até ele foi minha filha, que chegou em casa impressionada e pedindo que fôssemos, minha esposa e eu, ajudar esse pobre homem. O resto o senhor já sabe!

— Posso chamá-lo apenas de Jonas? — perguntou Rogério.

— Claro!

— E a mim, também, apenas Maciel.

— Como ia dizendo, não raro a espiritualidade usa pessoas especiais para agirem em favor de um irmão; sua filha foi o instrumento que usaram para que você o encontrasse e tudo isso acontecesse.

— Doutor, minha filha só tem dez anos!

— Não importa; ela cumpriu o que lhe foi inspirado.

— O senhor está nos ensinando muito, doutor! — disse Maciel.

— Concordo com você, amigo — falou Jonas —; estamos aprendendo muito com as palavras do doutor.

— Agora é melhor irem ter com o paciente. Parece-me que tudo ficou bem resolvido, não?

— Claro, doutor, tudo ficou muito bem resolvido e somos muito gratos ao senhor.

— Se precisarem de mim, podem me procurar!

— Obrigado!

Os dois amigos dirigiram-se à enfermaria, onde Dito os esperava com ansiedade.

Assim que os viu entrar, Dito esboçou um largo sorriso de alegria e confiança.

— Como está, meu amigo? — perguntou Jonas.

— Pelo que vemos, deve estar se sentindo bem melhor, não? — disse Maciel.

— Sim, meus amigos e protetores; sinto-me bem melhor, graças à generosidade de vocês, que se fizeram presentes em minha vida justo no momento em que pensamentos infelizes invadiam minha cabeça por conta do desespero de me sentir no abandono; não conseguia mais encontrar uma solução e só pensava em desistir de uma vez.

— Não pense nem diga tamanho absurdo, Dito! — exclamou Jonas.

— Não sou importante; não existo para a família que construí com tanto amor e determinação; ninguém consegue me enxergar e, quando o fazem, é com olhar de desprezo. Isso dói, meu amigo; é uma ferida que sangra continuamente.

Maciel, se antecipando a Jonas, disse-lhe:

— Dito, você está se esquecendo de quem o criou e de como você é importante para Ele. Tudo isso vai passar, porque nada dura para sempre; é preciso apenas que saiba abrir os olhos, o coração, e perceber o que Deus está enviando para você. Deixe o seu passado no passado. Agora é o momento de construir o seu futuro, talvez, de uma maneira diferente, ou seja, mais sábia, mais prudente, com mais esperança e confiança no Criador; enfim, é sempre tempo de recomeçar.

— Hoje é o dia das surpresas — falou Jonas. — Você está me surpreendendo, Maciel; nunca pensei que um dia iria ouvi-lo falar desse jeito!

— A vida está me ensinando, Jonas, e, quanto mais compreendemos a vida, mais aprendemos a viver.

— Bem, vamos ao que interessa. Dito, vamos levá-lo para sua nova casa... — Antes que Jonas terminasse, Dito o interrompeu:

— Agradeço muito a boa vontade de vocês, mas não tenho para onde ir!

— Engano seu; agora tem, sim, para onde ir.

Com poucas palavras, Jonas colocou Dito ciente de tudo o que havia acontecido: seu quarto que já estava pronto, apenas aguardando que ele tomasse posse dele; seus remédios, que o doutor conseguira; e sua alimentação.

— Então é isso, Dito. Tomamos a liberdade de direcionar sua vida para um novo rumo.

Com lágrimas nos olhos, Dito respondeu:

— Não tenho como pagar!

— Sabemos que por ora não possui condição para tanto; agora o momento é de restabelecer sua saúde para posteriormente pensarmos em um emprego para você. O que nos diz?

— Jonas, quem daria um emprego para um ex-morador de rua?

— Nós: Maciel e eu daremos, se você quiser realmente transformar sua vida e viver do seu trabalho, lutando por novas conquistas, enfim, retomando sua dignidade esquecida lá atrás.

— Mas o que eu poderia fazer?

— Isso conversaremos mais tarde, quando você já estiver em condições. Trouxemos calça, camisa, meias e sapatos para você; agora, troque-se e vamos.

— Isso, Dito! Uma nova vida se inicia para você — disse-lhe Maciel.

— Gostaria de me despedir do doutor Rogério por tudo o que ele fez por mim.

Assim o fizeram.

O médico, com toda sua gentileza, disse-lhe:

— Meu irmão, permita-me dizer-lhe umas palavras. Quando menos esperamos, as oportunidades aparecem; é preciso ter olhos para vê-las, ouvidos para escutá-las e principalmente discernimento para entendê-las e compreender que uma oportunidade perdida poderá não voltar mais. Aliado a isso, é preciso um coração que saiba agradecer, respeitando o esforço do próximo em relação a nós.

— Obrigado, doutor. Entendi o que o senhor quis dizer. Não vou perder esta bênção; era o que pedia a Deus que acontecesse em minha vida, mas me entreguei à desesperança, à falta de fé e à imprudência de desacreditar no amparo divino.

Rogério sorriu e disse:

— Reparo que você se expressa muito bem, Dito. Você tem algum estudo?

Os olhos de Dito se entristeceram e ele respondeu:

— Sim. Tenho formação no ramo empresarial; fui um empresário bem-sucedido, mas a vida me pregou uma peça e fui parar nas ruas. Porém, se não se importar, prefiro não falar sobre isso, porque não tenho condições ainda. Quem sabe em outro momento conversaremos a respeito.

— Claro! Desculpe se invadi sua privacidade!

— Não tenho nada que desculpar e agradeço o interesse do senhor; o problema é que ainda não consegui, mesmo após tanto tempo, entender a razão de tanta crueldade vindo de minha própria família. Sou eu que peço desculpas.

Rogério deu um abraço amigo em Dito e falou:

— Sempre que precisar, venha falar comigo!

— Obrigado!

Em pouco tempo chegaram à lanchonete, onde Chico os aguardava.

— Seja bem-vindo, Dito! — exclamou Chico. — Fique à vontade!

— Obrigado. Você já fez tanto por mim e agora venho interferir em seu sossego!

— O que é isso? Estou aqui para ajudar no que me for possível. Entre, venha conhecer seu aposento.

Dito mal podia acreditar no que via. Emocionado, falou:

— Há quanto tempo não deito em uma cama; não durmo abrigado, sem medo da violência; e não tenho um lugar para tomar um banho. Como posso agradecer?

— Em princípio, cuidando de você mesmo, tomando os remédios na hora certa, alimentando-se bem e recuperando sua saúde. Depois você vai à luta no trabalho para recuperar sua dignidade — disse-lhe Jonas.

Chamando Chico com um sinal, disse-lhe:

— Chico, em relação aos remédios e à alimentação já está tudo acertado. Gostaria de pedir-lhe que, se por acaso ele quiser alguma coisa diferente, um refrigerante, um doce, pode servi-lo e anote. No fim do mês, Maciel e eu acertamos com você; isso até ele receber alta definitiva.

— Fique tranquilo, senhor Jonas, isso é coisa pequena e ficará por minha conta. Quero ajudar; nunca pensei que existissem pessoas como o senhor e o senhor Maciel. Aprendi o que de verdade é a caridade.

— Viremos vê-lo sempre que pudermos, ou eu ou Maciel; queremos ver se conseguimos montar nossa peixaria até ele se recuperar; vamos levá-lo para trabalhar conosco.

— Que Jesus proteja os senhores!

— Obrigado.

Depois de Dito acomodado, tudo resolvido e explicado, Jonas e Maciel se despediram. No caminho, conversavam.

— O que você está pensando de tudo isso, Maciel?

— Estou pensando que estamos enfrentando uma batalha, mas confio que tudo dará certo. Dito me parece ser uma ótima pessoa que foi vítima de algo muito grave, só isso.

— Penso como você; um dia saberemos o que aconteceu de verdade.

— Precisamos respeitar o tempo dele! — exclamou Maciel. Lembrando-se de algo importante, acrescentou: — Jonas, precisamos com urgência providenciar os documentos dele!

— Já pensei nisso; é o que vou fazer!

Assim que Jonas entrou em casa, Clarinha veio sorridente ao seu encontro.

— Que bom, papai. Deu tudo certo, né? Ele vai ficar bom e ajudar o senhor e o seu Maciel na peixaria que o senhor tanto quer.

— Eu comentei com você sobre isso, Clarinha?

— Não sei, papai, não me lembro!

Ao ver sua filha sair saltitando com a alegria própria de seus dez anos, Jonas pensou: "Senhor, ainda não entendo muito bem as coisas que acontecem com minha filha, mas agradeço por tê-la ao meu lado com toda essa alegria, esse amor e sempre essas palavras de incentivo. Como disse Dito logo que a viu, ela é realmente uma garota especial".

CAPÍTULO 19

Jonas, sentado na varanda de sua casa, aproveitando a linda manhã de domingo, pensava sobre o que acabara de ler quando sua filha, sempre carinhosa, aproximou-se do pai, beijou-lhe o rosto e perguntou:

— Pai, o que na verdade é ser um homem de bem? Minha professora pediu que cada um dos alunos escrevesse sobre isso.

— O que você pensa sobre isso?

— Não sei ao certo, pai; penso que é aquele que não faz mal para ninguém! — exclamou Clarinha.

— Sim... Mas não é só isso!

— Como assim, pai?

— Filha, ser um homem de bem é cumprir com nobreza, pureza e transparência as leis de justiça, amor e caridade. É não se contentar em não fazer o mal, mas se empenhar em fazer todo o bem que puder e ser feliz com isso. É não deixar apagar a sua fé em Deus e na vida. É confiar na vida futura colocando em primeiro lugar os bens espirituais em seu coração. O homem de bem, minha filha, sente-se feliz e realizado em possuir um coração que descansa nas águas mansas do amor de Jesus e se agiganta no trabalho edificante de auxílio ao próximo.

— Nossa, que palavras bonitas, Jonas — falou Gracinha, que tudo ouvira encostada na porta.

— Obrigado, mas não quero que sejam apenas palavras bonitas, e sim que todos possam, principalmente você, que ainda é tão jovem, entender o significado de cada uma e inserir na própria vida.

— É o que o senhor faz, papai!

— É o que eu tento fazer, filha!

Clarinha, assim como sua mãe, abraçaram Jonas e os três se uniram na alegria da união familiar.

Os dias se sucederam.

Dito, a cada dia, apresentava melhoras significativas. Jonas e Maciel entenderam que já era hora de conversar com ele a respeito do que fazer a partir do momento em que receberia alta do doutor Rogério.

— Boa tarde, meu amigo — disseram Jonas e Maciel a Dito, que, sentado em sua cama, ostentava um olhar perdido.

— O que o faz assim tão absorto? — indagou Maciel.

— Boa tarde, meus amigos! É sempre uma grande alegria vê-los.

— Mas o que traz em sua mente que o deixa assim? — insistiu Jonas. — Parece-me triste.

— E estou!

— Podemos saber o motivo?

— Não tenho o que esconder de vocês. Percebo que logo chegará a hora de ir embora; agora me pergunto: para onde? A resposta vem a galope: para as ruas! Voltar a dormir ao relento; voltar ao frio e ao medo, enfim, é sair do paraíso e voltar para o inferno.

Jonas e Maciel se olharam e, sem palavras, entenderam o que ia à alma de cada um. Jonas, incentivado pelo olhar do amigo, tomou a frente e disse o motivo que os trouxera ali:

— Dito, não sei se já disse a você o que vou dizer, mas o que está transtornando sua cabeça e seu coração não procede, pela simples razão de que, se for da sua vontade, não voltará mais para a rua. Temos um projeto que já está em andamento e em breve estará funcionando; neste projeto estamos incluindo você, se for da sua vontade, porque a escolha precisa ser sua. Não podemos exigir nem cobrar nada de você. O que podemos e estamos fazendo é abrir um novo caminho em sua vida que, com certeza, trará de volta todo o potencial que você possui e que já usou um dia.

O sorriso voltou aos lábios de Dito.

— O que você está querendo dizer? Por favor, seja mais claro, para que eu possa digerir o que mal posso acreditar.

Jonas e Maciel explicaram detalhadamente o que pretendiam e como funcionaria o estabelecimento que há muito tempo sonhavam em ter.

— E é isso, Dito. Você ficará responsável por atender os fregueses, e nós, por levar o produto da pesca que realizamos diariamente.

Maciel completou:

— Geralmente regressamos muito cansados, porque é uma atividade árdua; saímos de madrugada e precisamos descansar. Como você pode perceber, não temos condições de, ao regressar, ainda ficar à frente das vendas. Você entende?

— Há tempo sonhávamos em nós mesmos vendermos nosso produto, sem atravessadores, mas precisávamos de alguém de confiança para ficar à frente dessa tarefa. — completou Jonas.

Sem esconder a alegria, Dito falou emocionado:

— Você disse "alguém de confiança"?

— Sim!

Cada vez mais emocionado, Dito não segurou as lágrimas que escorriam em abundância pelo seu rosto. Assim que ele se acalmou, Jonas continuou:

— Quanto ao seu salário, você ficará com trinta por cento do faturamento em princípio; quem sabe, se tudo correr como esperamos, no futuro não se torne nosso sócio?

— Vocês não estão brincando comigo, estão?

— Dito, jamais brincaríamos com um assunto tão sério; temos responsabilidade e respeito pelo nosso próximo.

Sem se conter, Dito abraçou calorosamente os novos amigos dizendo:

— Que Jesus os abençoe! Não se arrependerão de me salvarem, podem ter certeza; tudo farei para o sucesso desse projeto. Não sei como exprimir todo o meu reconhecimento. E pensar que meus familiares me jogaram na lama, e dois desconhecidos me resgatam! Essa é a mão que Jesus me estendeu através de vocês!

— Bom, tudo foi explicado; agora vamos à outra parte. Precisamos de seus documentos para dar entrada nos papéis.

Perceberam uma nuvem de tristeza nos olhos do novo amigo, que, com timidez, disse:

— Não tenho! Minha família destruiu todos eles.

— O que está dizendo? — perguntou Jonas com surpresa, e continuou: — Está dizendo que sua família destruiu todos os seus documentos? É isso que estou entendendo?

— Exatamente, meu amigo, é isso!

— Estou atônito!

— Eu também — completou Maciel. — Mas qual a razão de tamanha inconsequência?

— A razão? — perguntou Dito. — Posso lhe dizer qual a razão: a ambição, o egoísmo, a soberba e a violência que existem no coração de todos eles.

— É inacreditável!

— Sim, Maciel, é inacreditável, mas verdadeiro.

— E agora, Jonas, o que iremos fazer?

— Simples, Maciel: tenho um amigo que poderá nos ajudar e creio que não porá obstáculo.

— Quem é? Eu o conheço?

— Creio que não; é um parente de Gracinha. Ele é advogado e nos damos muito bem. Vou entrar em contato com ele e explicar o caso; imagino que ele vai querer conversar com você, Dito, antes de qualquer coisa, e principalmente saber o porquê de tanta crueldade. Para você tudo bem?

— Claro! Tudo bem. Não posso perder o que vocês estão me oferecendo.

— Fique tranquilo; entrarei em contato com ele e posteriormente viremos aqui falar com você.

— Mais uma vez, obrigado, Jonas; creio que esta é a palavra que mais direi para vocês, meus amigos! Foi Jesus que os encaminhou ao meu encontro!

— Aprendi e repito que nada é por acaso, Dito. Sempre existe um motivo para as coisas importantes acontecerem com as pessoas que têm merecimento.

Despediram-se. No caminho, Jonas falou:

— Maciel, vou tirar o dia hoje para tratar deste caso. Amanhã bem cedo iremos à nossa pescaria. Tudo bem para você?

— Tudo bem! Vou aproveitar e ver se aquele local que nos indicaram é realmente bom para instalarmos a peixaria; disseram-me que o ponto é excelente, visto estar próximo ao mercado, que não possui nenhuma banca de venda de peixes.

— Ótimo, Maciel. Faça isso e à noite nos falamos para ver o que conseguimos.

Separaram-se. Jonas, ao entrar em sua casa, foi recebido com um abraço de Clarinha, que falou feliz:

— Oi, pai. Tudo está dando e vai continuar a dar certo.

Espantado, Jonas comentou:

— Tudo o que, filha?

— Papai, por que a surpresa? É claro que é tudo o que minha amiga disse que daria certo; só isso!

Gracinha, aproximando-se, beijou o marido e disse:

— Jonas, não lute contra a verdade que já sabemos existir. Nossa filha possui faculdades especiais, isso é um fato; vamos aceitar e tratar desse assunto com a discrição e a fé que ele merece.

— Às vezes tenho receio por ela!

— Por quê? Ela está bem, tudo acontece de maneira natural, não a incentivamos, tal como aprendemos. Ela fala sem medo, confiante, e logo volta a brincar ou estudar; nunca deixou seus deveres por conta disso. Penso que Jesus nos presenteou com essa filha tão especial.

— É, você tem razão! Mas gostaria de saber como se chama esta "amiga" que só ela vê.

Gracinha sorriu e respondeu ao marido:

— Fiz esta pergunta a ela e sabe o que me respondeu?

— Nem imagino!

— Disse que uma vez ela perguntou e a resposta foi: "O nome não importa; o que na verdade é importante são minhas palavras verdadeiras e que estão alicerçadas no bem e nos ensinamentos de Jesus. Só oriento o que me é permitido. Um dia saberá quem sou; agora não é o momento! Confie".

— Essa foi a resposta?

— Sim! Nossa filha está feliz, é saudável, tem coleguinhas na escola, vai bem nos estudos e para mim isso basta, porque vejo o bem nessa história e nada que possa afetar de maneira negativa a sua vida.

— Você tem razão; preciso me acostumar!

— Esforce-se para isso; tudo está dentro do equilíbrio. Se você se recordar, nada do que até hoje a Clarinha falou está fora da verdade de Cristo; ao contrário, sempre foi para que o bem fosse praticado.

— Tem razão! — exclamou Jonas, dando por encerrado o assunto. — Gracinha, eu preciso falar com o Joel; preciso pedir um favor a ele. Você acha que fica deselegante procurá-lo para isso?

— Se for para uma causa justa, penso que não. Mas o que você quer?

Rapidamente Jonas colocou Gracinha a par do que pretendia.

— É isso. Nada podemos fazer antes de Dito reaver seus documentos; Joel é advogado e poderá resolver isso com facilidade.

— Acho justo. Vocês começaram, agora precisam ir até o fim; mas que família é essa que tanto mal fez para o próprio pai?

— É isso que tanto Maciel quanto eu não conseguimos entender; agora, depois do que você disse, o que Clarinha falou faz sentido: vai dar tudo certo. Vou falar com ele.

— Faça isso; é o bem sendo exercitado. Orgulho-me de você!

— Obrigado. Você é a melhor companheira que eu poderia ter; hoje sou uma pessoa diferente, mas tenho ciência de que nem sempre fui assim. Fiz você sofrer algumas vezes, mas nunca se esqueça de que eu a amo.

— Eu sei! O que passou... passou!

— Graças ao meu aprendizado espiritual! — exclamou Jonas.

Os dois se abraçaram felizes e não perceberam o sorriso de Clarinha, que, encostada na porta, presenciara a conversa dos pais.

◦◦

O dia amanheceu.

No horário de costume, Jonas e Maciel se encontraram para mais um dia de trabalho enfrentando as ondas nem sempre calmas do mar. No lugar de costume, pararam o barco e jogaram a rede. Maciel só observava o amigo, que, como sempre fazia, deitava-se no chão do barco e se entregava às suas meditações, querendo entender o que de verdade existia em meio àquele espaço.

— Continua com suas perguntas, Jonas?

— Sim. Esse espaço me fascina, Maciel. Essa beleza fala alto em meu coração e fico sem entender a razão das sensações que sinto quando me entrego a contemplar.

— Jonas, tudo já foi bem explicado a você; dona Cecília confirmou o que sua filha sempre diz, ou seja, existem colônias entre o céu e o mar, meu amigo. Deus não iria criar este universo somente para quem está na Terra, porque não existe na criação a inutilidade. Algo muito maior faz parte deste mundo maior.

— Sei que tem razão, mas tudo isto me fascina!

— Mas por que os homens ainda não descobriram todas essas formas de vida?

— Com toda a certeza é porque o momento não chegou ainda; somos muito pequenos ainda, Jonas, apenas aprendizes.

Todos os globos que circulam no espaço são habitados, e o homem terreno está longe de ser, como acredita, o primeiro em inteligência, bondade e perfeição. Há, entretanto, homens que se julgam fortes e imaginam que só este pequeno globo tem o privilégio de ser habitado por seres racionais. Orgulho e vaidade! Creem que Deus criou o Universo somente para eles. As condições dos seres nos diferentes mundos devem ser apropriadas ao meio em que têm de viver. A constituição física dos diferentes globos absolutamente não se assemelham; as condições de existência dos seres nos diferentes mundos devem ser apropriadas ao meio em que têm de viver; esses mundos podem conter em si mesmos as fontes de luz e calor necessárias aos seus habitantes.
(O Livro dos Espíritos – Livro I – Capítulo 3 – Questão 55 – Pluralidade dos Mundos)

As divagações foram interrompidas ao perceberem que era o momento de recolher a rede, o que fizeram de imediato.

— Maciel, olhe o peso desta rede. Hoje a pescaria foi das boas — exclamou Jonas.

— E como! — concordou Maciel ao ver a quantidade de peixes que trariam.

— É, meu amigo, precisamos fazer nossa peixaria funcionar!

— Tem razão! Você aprovou o lugar; vamos então apressar a abertura do nosso comércio. Hoje à tarde vou resolver a questão do aluguel do imóvel e amanhã vou falar com Joel.

— Claro. Vamos fazer isso!

Assim o fizeram.

Às dezoito horas, Maciel, Jonas e Gracinha se encontraram e com alegria se dirigiram ao centro espírita de Cecília, levando também Clarinha, que gostava de fazer as atividades que Norma, com muita habilidade, instruía às crianças.

— Hoje é dia de palestra, não, Maciel? — perguntou Gracinha.

— Sim.

— Gosto muito de ouvir as palestras de dona Cecília. Ela aborda temas que precisamos mesmo aprender, e o faz com clareza.

— Verdade, Gracinha. Gosto muito também, e o que acho muito importante é o trabalho que fazem com as crianças.

Entraram e, após alguns minutos, Cecília entrou, cumprimentou todos e iniciou a prece de abertura:

— Obrigada, Senhor, pelo dia que vivemos e por poder novamente nos encontrar para ouvir a vossa palavra. Use-nos, Senhor, para o bem; que saibamos espalhar compreensão e afeto entre nossos irmãos. Agradecemos a presença dos bons espíritos, e que possamos sair levando o nosso coração repleto de amor e a certeza do amparo divino.

CAPÍTULO 20

Cecília iniciou a palestra:

— Meus irmãos em Cristo, hoje vamos aprender a importância de agradecer o Pai por nossa permanência na Terra, pela oportunidade de aprendizado, pelos momentos de felicidade e de sofrimento, porque todos exercem a mesma importância no caminho da evolução. Muitas vezes achamos que não estamos recebendo tudo o que julgamos merecer; que Deus se esqueceu de nós porque nada do que está nos nossos planos acontece. Julgamos não receber tudo aquilo que achamos merecer e continuamos a pedir a Deus e aos bons espíritos que resolvam todos os problemas e as dificuldades que nos atingem.

"Se entendermos o verdadeiro motivo da nossa encarnação, passaremos a ver e aceitar as dificuldades com mais serenidade, resignação e fé. Consequentemente, passaremos a pedir menos e agradecer mais, porque por meio do sofrimento regenerador é que despertamos em nós a fé vigorosa, a humildade e nossa elevação espiritual.

"Isso somente acontece quando não nos revoltamos com as vicissitudes da vida; com as provações que, com certeza, nos ajudarão a resgatar os débitos do passado. Deus não é injusto, portanto, nada que nos acontece de importante vem pelo acaso, mas sim pela lei de causa e efeito.

"Quando orarmos para pedir, que sejam pedidos de força para vencermos na nossa jornada; de entendimento da vida espiritual para não adiarmos nossos compromissos, reparando assim nossas faltas.

"A vida é um bem precioso e não se deve desperdiçar esta oportunidade que nos foi dada pelo Criador; tudo o que semearmos nesta vida colheremos na outra e, como disse Jesus, pagaremos até o último ceitil por nossa imprudência e nossos enganos. Vamos então caminhar de mãos dadas com o amor, a caridade, a humildade de saber que não somos melhores que nossos irmãos por conta das oportunidades que nos foram oferecidas, sejam de estudo, de conhecimento espiritual ou de trabalho. É importante saber que desta vida apenas levaremos nossas atitudes dignas de amor ao próximo e a fraternidade de saber abrir os braços e acolher os sofredores."

Cecília fez singela prece de encerramento.

As pessoas foram se levantando em silêncio e deixando o recinto.

As luzes se apagaram, mas no coração de cada um a luz da fé continuou a brilhar.

Fé é a crença nos dogmas particulares que constituem as diferentes religiões, e todas elas têm o seu artigo de fé. Nesse sentido a fé pode ser raciocinada ou cega.

A fé raciocinada se fundamenta na comprovação dos fatos, na compreensão desses fatos e na lógica; enquanto a fé cega

nada examina, aceita o falso e o verdadeiro, não admite a compreensão, o raciocínio nem o livre-arbítrio, e em excesso produz o fanatismo.
(O Evangelho segundo o Espiritismo - *Capítulo XIX - Item 6*)

Trinta dias se passaram após esses acontecimentos. Joel, com eficiência, conseguiu resgatar os documentos de Dito, que continuou morando no quartinho da lanchonete com a permissão de Chico, acostumado com a presença daquele que se tornara seu amigo.

Na ocasião, Dito dissera:

— Assim que começar a trabalhar, vamos acertar o meu aluguel, porque faço questão de pagar.

Diante da surpresa de Chico, que protestou, dizendo não ser preciso pagar por nada, Dito respondeu:

— Sou muito grato a você, Chico, mas não quero viver de favor; preciso resgatar minha dignidade. Estou bem de saúde, e este é o meu dever. Obtive a graça de conhecer Jonas, Maciel e você; minha vida de agora em diante irá mudar, se transformar. Vou deixar o passado onde ele deve ficar; o que desejo mais que tudo é construir meu futuro com meu trabalho no presente. Você entende, não?

Admirando o caráter de Dito, Chico respondeu:

— Não só entendo como admiro sua atitude. Sei que conseguirá tudo o que deseja, mas não se esqueça de que estarei ao seu lado para o que necessitar.

— Sei disso e agradeço.

O tempo seguiu cumprindo sua missão.

Quatro meses se passaram após esses acontecimentos.

O comércio de peixes de Jonas e Maciel cada dia se fortalecia mais, e Dito nada tinha que lembrasse sua aparência de meses atrás.

Preocupava-se em ser um bom funcionário; queria ser compatível com a expectativa de seus amigos, que tanto tinham confiado nele. Permanecia ainda morando no mesmo quarto onde suas esperanças haviam voltado. Sem agasalhar nenhum desejo de novamente se tornar um grande empresário, seguia seu destino com ética e dignidade, sendo alvo da admiração de Jonas e Maciel.

Diariamente, Jonas e Maciel iam à pescaria em busca dos peixes que abasteciam o comércio. Certa manhã, atracaram o barco, jogaram a rede e, enquanto esperavam o momento de resgatá-la, conversavam:

— Sabe, amigo, sempre que estou aqui, aguardando a hora de retirarmos a rede, meus pensamentos a respeito desse mistério sobre o que há entre o mar e o céu voltam, povoando minha mente, e sinto uma sensação estranha.

Surpreso, Maciel exclamou:

— Pensei que já tivesse superado suas dúvidas a esse respeito, mas vejo que não! O que tanto perturba você, meu amigo?

— Nem eu sei explicar, Maciel; de repente, vem em mim uma saudade que não sei de que, uma sensação estranha, que me perturba e ao mesmo tempo sinto como se tivesse vivido uma história neste lugar; sei que parece coisa de louco, mas é muito real e não tenho explicação para isso.

— Muito estranho!

— Verdade!

— Você não acha que deveríamos mudar o lugar de lançarmos a rede? Talvez seja apenas este lugar que faz você sentir essas emoções.

— Pode ser, mas eu levaria comigo esse sentimento; penso que não adiantaria nada. Aqui temos fartura de peixes; sou eu quem tem de mudar, e não me entregar dessa maneira.

— E por que não tenta?

— Porque não tenho forças para tanto! Tudo surge muito naturalmente, mas não me causa mal algum, apenas a ansiedade de querer saber mais.

— E quando voltamos, continuam essas sensações?

— Isso é que não entendo. Quando voltamos, não sinto mais nada; meu coração se acalma, essas sensações desaparecem e volto ao normal.

— Se você me permite, vou procurar explicações. Gosto muito de ler, você sabe. Em algum lugar deve existir uma explicação para tudo isso.

— Claro, pode procurar, até agradeço. Não sou muito chegado a leitura; quem sabe você não encontra algo a respeito?

— Combinado! Agora vamos puxar nossa rede!

Assim o fizeram, e não descartaram a alegria que sentiram ao ver a quantidade de peixes que conseguiram.

— Espere só o Dito ver esta maravilha — exclamou Jonas.

Não se enganaram; assim que Dito viu a quantidade de peixes, exclamou com eloquência:

— Meu Deus, que maravilha é essa? O destino está a nosso favor!

— Sim. Mas isso acontece porque não temos medo do trabalho, Dito; isso é a recompensa do esforço praticado — exclamou Jonas.

— Concordo com você — falou Maciel. — As coisas seguem o caminho que devem seguir, ou seja, são fruto do esforço de cada um, porque nada se constrói sem trabalho e dedicação.

— Verdade! — exclamou Dito, que, sem perceber, assumiu uma fisionomia de frustração.

Jonas e Maciel, percebendo a mudança do amigo, interrogaram:

— Ficou preocupado de repente, Dito; podemos saber a razão?

— Bobagem, coisa minha; pensamentos que me afligem e para os quais não encontro respostas.

— Não quer dividir conosco? Quem sabe não podemos ajudar de alguma forma? — falou Jonas.

— Não sei! Não queria levar preocupação para vocês, que tanto bem me fizeram e são os melhores amigos que encontrei nesta vida.

— Amigos de verdade, Dito, são aqueles com os quais podemos dividir nossas preocupações, incertezas e receios; portanto, se nos considera amigos, deixe-nos ajudá-lo.

— Concordo com Jonas — falou Maciel. — Se a vida nos uniu é para que possamos nos apoiar reciprocamente.

Incentivado pelas palavras dos amigos, Dito, criando coragem, falou:

— Estão certos!

O silêncio se fez, até o momento em que Dito, com timidez, disse:

— Amigos, sei que não deveria falar sobre isso; vocês já me ajudaram muito e não é justo colocar problemas para vocês resolverem. Se o problema é meu, a solução deve ser também.

Impaciente, Jonas respondeu:

— Dito, ou você confia em nós ou não; se não, paramos por aqui. Agora, se confia, explique-nos o que na verdade está acontecendo. Nossa resposta será simples e objetiva: sim ou não, dependendo da questão.

— Você tem toda a razão, Jonas! — Eu estou com muita vontade de procurar meus familiares, saber como estão, o porquê da maldade que fizeram comigo; enfim, desejo encontrar respostas para as perguntas que tanto me incomodam.

— Você tem esse direito, Dito — falou Maciel.

Jonas completou:

— Sim! É um direito seu, mas será necessário estar ciente de que poderá ter surpresas desagradáveis e trazer para si tristezas maiores. Porém, se é o que realmente deseja, vamos ajudá-lo. Concorda, Maciel?

— Claro! Vamos ver o que conseguimos. Mas é preciso fornecer-nos elementos para traçarmos uma direção de busca.

— Certamente! — exclamou Dito. — Mas... eu gostaria de acompanhá-los.

— Claro, Dito, é mesmo importante sua presença, afinal, você os conhece e sabe onde poderão estar, ao contrário de nós, que não temos a menor ideia a respeito dessas pessoas.

— Perfeito! Obrigado mais uma vez, meu amigos; Jesus colocou-os em meu caminho e só tenho a agradecer.

Acertaram para no próximo domingo iniciarem as buscas.

Dito encheu seu coração de esperança; acreditava que poderia ter sua família de volta, apesar de toda a trama armada para afastá-lo da empresa. "Devem estar arrependidos", pensava ele. "Não é possível que possam ser tão cruéis assim; talvez até estejam me procurando. Tudo nesta vida é possível. Vou aguardar. O que tiver de ser... será!"

Jonas, entrando em casa, foi recebido com o abraço e o sorriso de Clarinha, que, abraçada ao pai, disse-lhe:

— Jesus gosta do senhor, não é, papai?

Jonas, estranhando, perguntou:

— Filha, qual a razão dessa pergunta? Jesus gosta de todos nós, sem exceção. Não se esquece de ninguém; somos nós, os homens, que nos esquecemos Dele!

— Eu sei, papai, mas, quando alguma coisa grande precisa ser feita, Ele escolhe a pessoa, exatamente aquela que Ele sabe que vai dar conta de fazer.

— Não estou entendendo aonde você quer chegar, Clarinha!

— Quero chegar ao que o senhor está planejando fazer para ajudar o senhor Dito. Vai ser bom para ele resolver esta questão. Faça isto, papai; minha amiga vai ajudar o senhor!

Sem esperar a resposta nem perceber a surpresa estampada no rosto de seu pai, Clarinha se afastou, deixando Jonas entregue aos seus pensamentos.

— Você escutou o que essa menina disse, Gracinha?

— Sim, Jonas, escutei, e cada vez fico mais surpresa com Clarinha!

— Eu não comentei nada a esse respeito, nem tive tempo para isso, porque acabei de chegar, e ela fala como se soubesse de tudo!

— Estou tão surpresa quanto você, mas o que me acalma é perceber que as mensagens que ela fala sempre são de esperança, de incentivo para a prática do bem; enfim, isso me alivia!

— Tem razão sim, Gracinha; ela sempre diz coisas que nos levam à generosidade com o nosso próximo.

A faculdade de ver e ouvir os espíritos pode sem dúvida se desenvolver, mas é uma dessas faculdades cujo desenvolvimento deve processar-se naturalmente, sem que se provoque, se não quiser expor-se às ilusões da imaginação.
(O Livro dos Médiuns – *Capítulo 6 – Item 26*)

CAPÍTULO 21

O domingo esperado por Dito finalmente chegou, acalmando sua ansiedade. "Será que eles ainda moram na mesma casa?", perguntava-se. "Como será que vão me receber?"

O som das palmas de Jonas e Maciel retirou-o de seus pensamentos. Rapidamente correu a abrir a porta.

— Bom dia! — exclamaram os três amigos ao mesmo tempo.

— E então, Dito, muito ansioso? — perguntou Jonas.

— Muito, meu amigo. Mais do que eu gostaria de estar.

— Por quê?

— Porque bateu em mim o medo de ser mais uma vez enxotado da minha própria casa.

Maciel disse-lhe:

— Amigo, você deve estar preparado para o que vier; não sabemos o que de fato aconteceu entre vocês, mas imaginamos ter sido algo muito penoso.

— Penoso e cruel, se vocês querem saber; algo difícil de acreditar, mas que na verdade aconteceu.

— Não quer falar sobre isso antes de sairmos?

— Prefiro não falar, Jonas. Se conseguirmos encontrá-los, vocês poderão tirar as próprias conclusões.

— Está certo, respeitamos seus sentimentos.

— Podemos ir então?

— Sim.

Ouviram a voz de Chico, que, aproximando-se dos amigos, disse-lhes:

— Primeiro vão até a lanchonete tomar um café, um refresco, o que quiserem; faço questão disso, e hoje é por conta da nossa amizade e por permitirem que eu faça parte desse convívio.

Os três amigos sorriram e Maciel respondeu:

— Não seja por isso; vamos sim tomar um café. Na realidade, o segundo, porque já tomamos em casa. Aproveito para dizer a você, Chico, que somos nós que agradecemos por tudo o que fez e vem fazendo por Dito.

— Maciel tem razão — completou Jonas. — Você é muito generoso!

— Obrigado, amigos, mas agora vamos.

Saindo da lanchonete, Jonas disse a Dito:

— Por onde começamos nossa busca, Dito?

Dito deu um endereço que surpreendeu Jonas e Maciel.

— Mas esse bairro é um dos mais elegantes da cidade — falou Jonas. — Você morava lá?

— Sim, meu amigo, morava, mas fui enxotado da minha própria casa por aqueles aos quais dediquei toda a minha vida, trabalhando duro para proporcionar-lhes uma vida confortável e sem preocupações. Entretanto, acabei morando nas ruas; o resto vocês já sabem.

— Difícil compreender uma atitude dessas — disse Jonas. — A própria família desprezar aquele que lutou por eles!

— Concordo — completou Maciel —; difícil aceitar! — Você sabe a razão de tamanho desatino?

— Como eu já disse a vocês, a explicação está na ganância por dinheiro, pelo poder, por se sentir superior e dono do mundo; quando o egoísmo, o orgulho e a soberba tomam conta do coração do desavisado, o estrago é muito grande, meus amigos; ele perde a razão e não consegue enxergar ninguém a sua volta a não ser ele mesmo.

— É, meu amigo, sua história é muito triste. Mas, enfim, vamos fazer o que nos propusemos — exclamou Jonas, no que foi prontamente atendido.

Saíram em direção ao local indicado por Dito. Cada um levava em seu coração pensamentos que abalavam sentimentos sinceros que nutriam por seus familiares. Pouco compreendiam a história contada por Dito por não aceitarem tamanha crueldade.

Após trinta minutos, chegaram à rua onde Dito morara. Este, sem nada a dizer, parara em frente a uma suntuosa residência e agora falava, com voz embargada:

— É aqui. Esta é a minha casa; casa que levei anos de trabalho árduo para construir e pouco pude aproveitar.

Jonas e Maciel não sabiam o que dizer, tamanha a surpresa.

— Meu Deus — exclamou Jonas —, o que faz o dinheiro com quem nada de bom possui em seu coração!

— É uma ambição sem limites! — completou Maciel.

De repente, viram sair da residência um casal abraçado e sorrindo, feliz por conta da vida sem preocupação que levava.

Dito se escondeu atrás de frondosa árvore para não ser visto, mas não pôde deixar de ouvir as palavras da mulher:

— Então, não cumpri o que você me pediu? Olha a vida boa que lhe proporciono. Enquanto agir como espero, tudo isso é seu!

O rapaz, dando um beijo no rosto da companheira, respondeu:

— Acha mesmo que sou bobo de perder este conforto? Se programei tudo, foi porque gosto desta vida!

Entraram no carro e partiram.

— Pelo amor de Deus, Dito, é hora de você nos explicar direito essa história. Quem é essa mulher? – perguntou Jonas.

Refazendo-se da cena que acabara de presenciar, Dito respondeu:

— Tem razão; a hora é agora!

Afastaram-se do local e, acomodando-se em um banco embaixo de frondosa árvore, Dito, com voz trêmula motivada por forte emoção, iniciou sua narrativa:

— Construí minha fortuna através de minha empresa, fruto de uma vida inteira de dedicação e trabalho incessante. Meu pensamento era somente dar a minha família todo o conforto que, no meu entendimento, ela merecia; não medi esforços ou cansaço até conseguir meu objetivo, mas o que imaginava que fosse dar apenas alegria e felicidade, consolidando minha união com Célia, transformou-se em um pesadelo.

— Como assim? — perguntou Jonas com curiosidade.

— Conforme fui aumentando nossa renda e elevando nosso *status* social, Célia foi se transformando em uma mulher vazia, fútil, sem princípios, pensando apenas em festas e eventos sociais que frequentava, nos quais era sempre elogiada por sua elegância e beleza. Ela esqueceu que na verdade a beleza real não aparece no espelho, porque a verdadeira está no nosso íntimo. Célia entregou-se e se satisfazia apenas em receber aplausos, não se dando conta de que esses se desfazem e se apagam no alvorecer da madrugada. Enfim, daí a iniciar uma traição foi apenas um passo.

— Vocês tiveram filhos? — perguntou Maciel.

— Sim! Tivemos três filhos lindos, duas meninas e um menino. — Dito continuou: — Encurtando a história, em um momento, Célia apaixonou-se por Vitor e os dois traçaram um plano sórdido para excluir-me da vida de Célia, deixando toda a fortuna em suas mãos.

— Se você estiver se sentindo desconfortável e quiser parar a narrativa, fique à vontade, Dito!

— Não, Jonas. Por mais que me doa relembrar, sinto que preciso retirar do meu coração toda essa sujeira que me consome há tempos. É preciso jogar fora o lixo que guardamos dentro de nós para podermos dar lugar ao equilíbrio e à felicidade que esperamos conquistar um dia.

— Então prossiga, meu amigo!

Após tomar fôlego, Dito continuou:

— Certo dia, estando atrasado para pegar um voo que me levaria para fora do país, Célia pediu que eu assinasse uns papéis com os quais iria efetuar a compra de um imóvel, e o fiz sem ler o que na verdade estava escrito devido à pressa em ir para o aeroporto. Ao se despedir, ela me disse: "Meu bem, acho que seria conveniente reconhecer firma. A qual cartório devo ir?". Entrando no carro, respondi que fosse ao cartório de meu amigo Mário, que ele reconheceria sem qualquer problema, se porventura houvesse algum impedimento. Satisfeita, ela respondeu: "Que bom, meu amor. Quando voltar, vai ter uma linda surpresa!". E eu respondi: "Espero que seja boa realmente", e fui embora.

— Já estou imaginando o que aconteceu... — disse Jonas.

— Continue — falou Maciel.

— Fiquei por quase um mês tratando de importante negócio. Quando retornei, a grande surpresa dita por ela estava me esperando.

Neste ponto, Jonas e Maciel perceberam a emoção e a tristeza que tomaram conta do rosto de Dito. Ele, com esforço, prosseguiu:

— Célia pediu-me que avisasse assim que estivesse chegando, porque todos queriam estar presentes para me receber, e foi o que fiz. Assim que abri a porta e os vi, senti uma sensação estranha, inexplicável. Não entendi a presença de Vitor; enfim, tive uma intuição de que algo muito desagradável estava para acontecer e infelizmente não me enganei. Antes que eu me aproximasse de cada um para abraçá-los, Célia disse com voz firme e autoritária: "Não precisa se dar o trabalho de se aproximar de ninguém, Dito; você não mora mais aqui!". Estremeci! Então falei: "Pode explicar a razão? Que brincadeira é essa e o que este rapaz está fazendo aqui?". "Ele está aqui porque mora aqui", respondeu Célia arrogante. "Vamos parar com essa brincadeira de muito mau gosto, e você, rapaz, por favor, saia imediatamente de minha casa!", falei. Meu filho mais velho adiantou-se aos demais e disse: "Por que o senhor fez isso conosco, pai? Por que não nos respeitou?". "O que está dizendo, filho? Nada fiz para magoá-los; explique-se, por favor! Não consigo entender nada!" Em poucas palavras e com muita mágoa, ele respondeu dizendo coisas inacreditáveis que somente uma pessoa ambiciosa como Célia poderia ter inventado.

Impressionado, Jonas perguntou:

— Como assim? O que ela inventou?

— Vou resumir esta trama sórdida: disse que eu tinha outra família e que minhas viagens constantes eram para ficar com outros filhos e levar quantia vultosa para eles, dilapidando assim o patrimônio que lhes pertencia. Fiquei tão atônito que não conseguia me expressar e, por mais que tentasse desmentir, não acreditaram em mim. Enfim, em certo momento, Vitor com rapidez pegou minha pasta que continha todos os meus documentos e, com um sorriso sarcástico, falou: "Você não vai precisar mais disso!". Então respondi: "Você pensa que pode tomar posse de tudo o que me pertence, Célia, dos meus negócios, enfim, de tudo o que construí?". "Não só penso como já tomei posse de tudo!", ela me disse. "O que está dizendo?", perguntei. "Dito, lembra que você assinou uns papéis antes de viajar sem ao menos ler o que estava assinando? Pois bem, não era para comprar nenhum imóvel, mas sim para passar tudo para o meu nome, dando-me autoridade para gerenciar a empresa e todos os nossos bens e dos nossos filhos, que são todos menores. Fui até o cartório que você mesmo indicou e o senhor Mario autenticou. Levei duas testemunhas, enfim, foi tudo legal. Questionada por ele sobre a razão de você abrir mão de todos os seus bens, inclusive da construtora, disse-lhe que você estava com uma doença incurável, em fase terminal, e que queria deixar tudo em ordem para evitar preocupação futura, inventário, essas coisas.

"'Como pôde ser tão sórdida, Célia?', perguntei. 'Não! Tão inteligente, você deve dizer; cansei de levar uma vida medíocre com você. Apesar de sermos tão ricos, conheci Vitor e nos apaixonamos. Com ele vou levar a vida que sempre sonhei, só isso!', ela respondeu. 'E nossos filhos?', indaguei. 'Entenderam que fiz tudo para preservar o patrimônio deles e se revoltaram com sua deslealdade em ter outra família; eles adoram o Vitor e aceitaram nosso relacionamento, afinal, a enganada fui eu!' E continuou com um sorriso de satisfação: 'Agora, por favor, pode sair, e espero que não nos encontremos mais!'. 'Vou pegar minhas coisas!', falei. 'Você não tem nada para pegar; suas coisas ficaram para o Vitor, que tem o mesmo corpo que o seu', foi a resposta dela. 'Por que isso? Para onde vou?' 'A rua é um bom lugar!', ela me disse.

"Meus filhos viraram as costas e saíram; acreditaram em tudo que a mente doentia de Célia arquitetou. O resto vocês já sabem. Este é o motivo que me levou a ser morador de rua; não tive forças para reivindicar nada, para lutar. Sem dinheiro, sem documentos, entreguei-me à solidão e à mágoa de ter sido traído tão cruelmente. Esta é a minha história, meus amigos; agora, com a amizade de vocês, meus documentos recuperados, sinto-me forte e amparado para questionar tudo isso, lutar para reaver o que na verdade me pertence de direito, se for possível."

— Estou pasmo! Nunca imaginei que alguém, principalmente sua esposa, pudesse ser tão cruel a ponto de criar uma armadilha tão sórdida.

— Eu também estou impressionado em ver até onde a maldade, a ambição podem levar uma pessoa — disse Maciel.

— Vocês acham que eu poderia reverter esta trama toda?

— Isso não sei; o que podemos fazer é consultar o doutor Joel. Ele poderá nos dizer se tem alguma maneira de anular o que foi feito.

— Podemos procurá-lo?

— Claro, faremos isto!

— Chega de tanta emoção, meu amigo — disse-lhe Maciel. — Vamos até a padaria tomar um café para você se recompor.

— Bem sugerido — concordaram Jonas e Dito.

CAPÍTULO 22

Na manhã seguinte, Jonas e Gracinha tomavam o desjejum quando esta, observando a fisionomia preocupada do marido, perguntou:

— Jonas, percebo um ar de preocupação em seu rosto. Aconteceu algo que o perturbou ontem na saída com Dito?

— Sim, Gracinha, aconteceu!

— Posso saber do que se trata?

— Claro!

Um pouco emocionado, Jonas explicou:

— Ontem, Gracinha, tomei conhecimento do que na verdade aconteceu com nosso amigo Dito que o levou a morar na rua. É algo tão cruel, que nunca imaginei que uma esposa pudesse agir de maneira tão sórdida com o homem que vive ao seu lado há tantos anos, dando-lhe tudo de melhor que conseguia com o próprio trabalho, sendo o pai de seus filhos;

enfim, tudo por conta de uma ambição desmedida e uma vaidade sem limites.

Assustada, Gracinha falou:

— Por favor, diga-me o que foi!

Sem omitir uma palavra, Jonas colocou sua esposa a par de toda a trama elaborada por Célia.

— E foi isso o que aconteceu e levou nosso amigo à derrota. Ele perdeu a esperança, o gosto pela vida e se entregou ao vazio e à solidão dos dias nas ruas, dias estes que se arrastavam sem permitir que seu coração sofrido e sua mente adormecida enxergassem alguma solução.

Completamente atônita com o que acabara de ouvir, Gracinha respondeu:

— Não sei o que dizer, tamanha é a minha indignação! Como alguém pôde arquitetar um plano tão sórdido? Não seria mais digno terminar o relacionamento e sair em busca do que pensava ser melhor para ela, deixando que ele também fosse em busca dos seus sonhos, dos quais ela já não faria parte?

— Tem razão, Gracinha, penso como você. Mas, quando o desavisado permite que a ganância, o egoísmo, a vaidade se instalem em seu coração, passa a pensar que é merecedor de tudo o que existe de melhor no mundo e começa a buscar suas realizações sem se importar com a dor e as lágrimas que deixa atrás de si. Por que isto acontece? E nem imagina o preço que vai pagar por esse engano, essa imprudência — prosseguiu Jonas —, porque as leis de Deus não falham!

Assustaram-se quando ouviram a voz de Clarinha, que, sentando-se ao lado dos pais, disse-lhes:

— Quando o amor sai do coração das pessoas, elas ficam vulneráveis à entrada de sentimentos vazios, negativos e perigosos, porque somente o sentimento do amor verdadeiro protege o homem de cair no mal.

Jonas e Gracinha olharam surpresos para a filha.

— Como você consegue dizer essas palavras tão verdadeiras, minha filha, sendo ainda uma criança? Onde você aprende tudo o que diz? — perguntou Gracinha.

— Mãe, com minha amiga. Ela sempre me diz que preciso seguir o caminho do bem e passar para as pessoas o que aprendo com ela, mas nunca esquecendo que eu preciso primeiro praticar o que aprendo!

Jonas e Gracinha se emocionaram e, abraçando a filha, disseram ao mesmo tempo:

— Filha, você é uma criança especial; agradecemos a Deus tê-la colocado ao nosso lado para nos ensinar a verdade!

— Não estou ensinando, mãe, apenas falo o que ouço — respondeu Clarinha com simplicidade. — Como minha amiga diz, sou apenas uma pequena aprendiz!

Jonas e Gracinha se olharam e, mesmo sem dizer uma única palavra, os dois compreenderam o sentimento de gratidão e de amor que cada um agasalhava em seu coração. Sorrindo, abraçaram a filha com amor.

O amor é realmente o único sentimento que transforma o homem, enobrece aquele que o tem no coração, impede que as moscas se infiltrem, formando uma colônia onde os sentimentos menores e mesquinhos se instalem, levando o desavisado à dor e ao sofrimento.

Lázaro disse: "O amor resume toda a doutrina de Jesus porque é a doutrina por excelência".

Quem quiser apenas facilidade, sucesso e vantagens materiais, sem molhar o corpo com o suor do trabalho, precisa entender que o sucesso só vem antes do trabalho no dicionário, porque na vida o sucesso digno somente chega por meio do trabalho árduo e edificante. Necessário se faz molhar a camisa para conseguir realizar seus sonhos, mas nunca realizá-los através de mentiras e falsidade.

Após despedir-se de Gracinha e Clarinha, Jonas seguiu ao encontro de Maciel para mais um dia de pescaria.

— Desculpe o atraso, amigo — disse Jonas a Maciel —, mas aconteceu um fato hoje na hora em que eu e Gracinha tomávamos o café que me deixou surpreso até agora.

Interessado, Maciel disse ao amigo:

— Por favor, se puder, conte-me!

— Claro, é o que desejo fazer. Vamos levantar âncora e, assim que pararmos no lugar costumeiro, conversaremos enquanto aguardamos nossa rede encher de peixes... se Deus quiser!

Assim fizeram.

Jogaram a rede com entusiasmo e, em seguida, Jonas colocou o amigo a par de tudo o que Clarinha dissera.

— Não acha estranha essa ligação de Clarinha com a espiritualidade, Maciel? Tenho certo receio.

— Ainda? — perguntou Maciel e completou: — Estranho é você não ter se acostumado nem aceitado de uma vez que sua filha possui mediunidade, o que a faz ter essa ligação com os espíritos.

— Mas as coisas que ela diz são muito fortes para sua cabecinha infantil!

— Jonas, o que de verdade você precisa prestar atenção é se tudo isso que ela diz acontece com naturalidade, sem pressão, sem cobranças, sem você exigir respostas para perguntas feitas por curiosidade. Espiritualidade é coisa séria e simples se estiver inserida no amor, no interesse do bem-estar do próximo, enfim, se as orientações recebidas estiverem relacionadas aos ensinamentos do Cristo, e, pelo que sei, sua filha jamais disse algo que não fosse para o bem.

— Isso é verdade!

— E tem mais — continuou Maciel —, ela se sente bem, está feliz, tranquila, saudável, sem medos, e isso me faz supor que tudo acontece por vontade divina, e não por vaidade do homem. Você entende o que estou querendo lhe dizer?

— Entendo, Maciel, e agradeço por sempre estar abrindo os meus olhos a esse respeito.

— E, por falar nisso, precisamos ir ao centro da dona Cecília!

— Tem razão. Amanhã é dia da reunião; podemos ir.

— Combinado.

Jonas, em silêncio, ficou a observar a imponência da serra que circundava o local; como sempre acontecia, sentia a sensação estranha de já ter estado naquele lugar em algum momento. "Por que sempre tenho esta impressão de já ter estado aqui? Como isso pode acontecer?", perguntava-se.

Maciel, acostumado com essa atitude do amigo sempre que ali ficavam, disse-lhe:

— De novo o mesmo sentimento?

— Sim, amigo, sempre o mesmo sentimento! Não é estranho?

— Não sei! Existem muitos mistérios entre o céu e o mar, meu amigo, que o homem ainda não consegue compreender ou mesmo aceitar. Somos ainda muito limitados.

— Você tem razão, como sempre! — exclamou Jonas. — Mas queria muito que Deus proporcionasse a paz em meu coração. Não raro sinto-me perdido; meu coração se aperta, e não sei a razão desse sentimento, dessa sensação que é tão forte em mim.

— Jonas, em vez de solicitarmos de Deus que nos envie a paz, vamos pedir ao Pai que nos auxilie a conquistá-la por meio da transformação da nossa alma, porque tudo se consegue por merecimento.

Após ficar pensativo por alguns instantes, Jonas respondeu:

— Você tem razão, Maciel; preciso mesmo controlar minha ansiedade!

Aproveitando o momento, Maciel completou:

— Claro, mas só irá conseguir isso através do estudo, Jonas. O conhecimento da verdade que Cristo tanto ensinou aos homens é que nos levará ao caminho seguro, à verdade, à certeza de que as escolhas são nossas e que precisamos ter cautela ao fazê-las, devendo proceder com serenidade e entender que nem tudo é permitido ao homem compreender porque, para todos os propósitos, existe o tempo adequado, o tempo necessário ao ajuste e ao entendimento terreno.

— Muitas vezes impressiono-me com você, meu amigo, com suas palavras corretas; enfim, admiro sua sabedoria.

Com a humildade que lhe era peculiar, Maciel respondeu:

— Não coloque em mim tantas qualidades que estou longe de possuir, Jonas. Falo e sigo apenas o que aprendo, nada mais que isso.

Passado um tempo, resgataram a rede e, com satisfação pelo trabalho realizado, retornaram.

A alegria de Dito foi total ao ver a grande quantidade de peixes que os amigos traziam.

— Que bênção! — exclamou. — Temos peixes para o resto da semana!

— Graças a Deus, Dito, nosso negócio está indo muito bem!

— Verdade, Jonas! — concordou Dito, e em seguida acrescentou: — Desculpe-me tocar nesse assunto, mas quando poderemos ir conversar com seu advogado a respeito do meu caso?

— Não tenho o que desculpar, Dito, você tem razão. Vamos fazer o seguinte: amanhã vamos à reunião do centro de dona Cecília. Você irá conosco; está na hora de começar a entender por que certas coisas acontecem na nossa vida. Posteriormente, iremos conversar com o doutor Joel. Está bem?

— Claro, aguardo ansioso!

CAPÍTULO 23

Assim que adentraram o interior do centro espírita, Dito se surpreendeu com o que viu. Jonas, percebendo a fisionomia do amigo, indagou:

— Está surpreso, Dito?

— Muito! — Dito respondeu.

— Já imagino a razão — falou Jonas em tom baixo. — Imaginava encontrar outra situação que não esta que nos envolve com paz e serenidade.

— Exatamente, Jonas. Sempre ouvi falar de espiritismo e o que ouvia não me atraía, mas aqui o que vejo é exatamente o contrário do que esperava. Na verdade, aceitei vir com vocês porque não queria contrariá-los, mas agora percebo que fiz muito bem em vir. Sinto-me bem!

— Alegro-me com suas palavras; vamos nos acomodar que logo dona Cecília dará início à reunião.

Sem demora, Cecília entrou ao som de doce música que embalava os corações dos presentes. Após singela prece, iniciou:

— Meus irmãos, quando sofremos e nos julgamos incapazes de suportar, devemos aquietar nosso coração para que possamos sentir a vida pulsando em nós, tão vibrante, dando-nos condições de, apesar da dor, falar de amor. Deus nos deu a vida uma vez e nos dará quantas vezes necessário for; o importante é aprender a amar, trabalhar, confiar e, muitas vezes... esperar!

Nesse ponto, Dito falou bem próximo de Jonas:

— Parece que ela está falando para mim!

— Ela fala para todos nós, Dito, porque sempre temos o que aprender.

Cecília continuou:

— A moral dos espíritos superiores se resume, como a de Cristo, nesta máxima evangélica: fazer aos outros o que desejaríamos que os outros nos fizessem, ou seja, fazer o bem e não o mal. O homem encontra nesse princípio a regra universal de conduta, mesmo para as menores ações.

Eles nos ensinam que o egoísmo, o orgulho, a sensualidade são paixões que nos aproximam da natureza animal, prendendo-nos à matéria; que o homem que se liberta da matéria pelo desprezo das futilidades mundanas e pelo cultivo do amor ao próximo aproxima-se da natureza espiritual.

No mundo dos espíritos, nada pode ser escondido; o hipócrita será desmascarado e todas as suas torpezas reveladas; mas nos ensinam também que não há faltas que não possam ser apagadas pela expiação.

O homem encontra o meio necessário nas diferentes existências que lhe permite avançar, segundo o seu desejo e seus esforços, na vida do progresso, em direção à perfeição, que é o seu desejo final.

(O Livro dos Espíritos — Introdução ao Estudo da Doutrina Espírita)

Dito, cada vez mais surpreso, mal acreditava que ouvira palavras tão sensatas e verdadeiras. Pensava: "Meu Deus, como estava enganado em meus conceitos sobre essa doutrina. Se soubesse disso, pode ser que teria agido diferente, lutado em vez de me entregar ao desânimo e ter me jogado nas ruas. Fiz bem em acompanhar meus amigos".

Assim que terminou sua palestra, Cecília disse aos presentes:

— Se alguém tiver alguma pergunta, alguma dúvida que queira esclarecer, estou à disposição para responder.

Jonas, como sempre sem entender direito o que lhe acontecia, pediu licença e perguntou:

— Dona Cecília, a senhora já conhece minhas dúvidas, já me esclareceu muitas coisas, mas não posso deixar de perguntar por que esquecemos o nosso passado. Não seria mais fácil lembrarmos e, assim, nos modificarmos?

Cecília, com seu sorriso sereno, respondeu:

— Meu amigo, você mesmo já respondeu: seria mais fácil!

— Como assim? — questionou Jonas.

— Nosso Criador deseja e sabe que todas as Suas criaturas podem chegar a um final feliz, não importa o tempo que durar essa transformação; se todos nós soubéssemos dos nossos enganos pretéritos, pouco ou nenhum valor alcançaríamos. O mais importante é buscarmos dentro do nosso ser a verdade, o caminho, a direção do bem e de todas as formas de amor; ao conseguirmos isso, estaremos quitando os enganos cometidos no passado e evoluindo em ascensão ao futuro. Essa é a evolução que nosso Pai espera, porque é indício de que conseguimos vencer a nós mesmos.

— Desculpe-me, dona Cecília, mas não é a mesma coisa?

— Vou responder citando as orientações de *O Livro dos Espíritos* — disse Cecília.

A cada nova existência o homem tem mais inteligência e pode distinguir o bem e o mal. Onde estaria o seu mérito se ele se recordasse de todo o passado? Quando o Espírito entra na sua vida de origem, a vida espiritual, toda a sua vida passada se desenrola diante dele; vê as faltas cometidas e que são causa do seu sofrimento, bem como aquilo que poderia tê-lo impedido de cometê-las; compreende a justiça da posição que lhe é dada e procura então a existência necessária a reparar a que acaba de escoar-se. Procura provas semelhantes àquelas por que passou, ou as lutas que acredita apropriadas ao seu adiantamento. (Resposta à questão 393 de O Livro dos Espíritos*.)*

Jonas cada vez mais se surpreendia com a sabedoria de Cecília.

Pensava: "Preciso estudar mais para entender esta doutrina; entender a verdade que Cristo deixou para a humanidade, e não simplesmente viver como se estivesse quite com as leis do progresso, do amor e da caridade... É mesmo como dona Cecília sempre nos ensina: 'O destino de cada um de nós é feito de momentos felizes, e não de épocas felizes'".

Voltou à realidade quando novamente ouviu a voz de Cecília:

— Meus irmãos, somente através do amor praticado poderemos nos encontrar com Deus, porque acima de tudo Deus é amor. Para que voltarmos ao passado se temos o futuro à nossa frente para escrevermos uma história com mais sabedoria, mais ética, mais dignidade e mais amor?

"O amor é uma força gigantesca que se renova sem cessar, enriquecendo ao mesmo tempo aquele que dá e aquele que recebe. É por intermédio desse sentimento e da vontade que atraímos para nós as vibrações positivas. As ondas benfazejas são atraídas infiltrando-se em nosso ser, em nossa matéria, energizando-a, fortalecendo-a para enfrentar os obstáculos encontrados. Não se pode cair no desânimo nem na ociosidade. A vida é um buscar constante, é a luta incessante contra sentimentos mesquinhos e pequenos; mas, se soubermos usar as armas que os sentimentos puros e elevados nos fornecem, sairemos vencedores dessa batalha constante."

Neste instante, Jonas pediu licença e questionou:

— Desculpe, dona Cecília, pode explicar melhor?

— Claro!

Com tranquilidade, ela continuou:

— Veja bem, meus irmãos, se aprendermos a compreender, a tolerar, a ajudar nossos irmãos sem julgar nem condenar, estaremos burilando nosso espírito, elevando nossos sentimentos e, consequentemente, nos aproximando de Deus. Todo irmão que deseja progredir trabalha na obra de solidariedade universal, recebendo dos espíritos mais elevados uma missão particular apropriada às suas aptidões e ao seu grau de adiantamento espiritual; recebe também a proteção, a força e o amparo para que consiga realizar essa missão com alegria, vontade e certeza de estar no caminho do bem, da verdade e do amor.

— E quando encontramos obstáculos no nosso caminho? — perguntou Dito.

— Irmão, é evidente que encontramos obstáculos durante o nosso percurso na Terra; nessas horas em que o desânimo e o desejo de recuar tomam conta do nosso espírito, devemos orar ao Criador; elevar o pensamento até nosso Pai e pedir com humildade e sinceridade Sua proteção, Sua bênção e a força necessária para prosseguirmos. Deus nos espera e deseja nossa evolução; necessário se faz sabermos promover nosso encontro com Deus.

Completou dizendo:

— Vamos orar ao Pai em agradecimento pela reunião de hoje:

Pai de infinita bondade, nós, seus filhos, pecadores e intranquilos
Nos reunimos nesta hora para juntos e em nome do Senhor
Buscar a paz para nossos corações, o alento para nossas dificuldades
A compreensão para nossos dissabores.
Jesus amado,
Receba nossos pensamentos de amor, receba nossa prece!
Queremos muito melhorar e fortalecer nosso espírito, mas

Às vezes nos perdemos; que essas vezes sejam poucas e que nossa fé
Seja maior e mais verdadeira!
Senhor, gostaríamos de saber viver, mas somos tão fracos
Que não conseguimos sentir a força do amor de Cristo nos amparando
Em todas as dificuldades.
Perdoe-nos e ajude-nos!
Fortaleça-nos e ampare-nos!
Auxilie-nos a enxergar a luz radiosa de Jesus
Que mesmo na escuridão
Ilumina nossos passos!
Assim seja!

CAPÍTULO 24

O dia esperado por Dito finalmente chegou.

Acompanhado de Jonas e Maciel, Dito entrou no consultório do doutor Joel sem disfarçar a grande ansiedade que trazia em seu peito.

Após cumprimentar os visitantes, Joel falou:

— Imagino o assunto que os traz aqui; é a respeito da situação de seu amigo, não, Jonas?

— Sim, doutor Joel, é exatamente isso. Meu amigo sofreu um golpe cruel de sua esposa que o levou ao desânimo e consequentemente a morar nas ruas, tanto foi o seu desgosto.

Maciel completou:

— Desejamos saber se existe uma maneira de ele reaver seus bens, ou parte deles.

— Vamos por partes! Primeiramente necessito saber como tudo aconteceu para poder avaliar esta situação.

Jonas se adiantou e disse:

— Doutor Joel, parece coisa de cinema; vou contar-lhe.

Interrompendo, Joel falou:

— Prefiro ouvir do próprio interessado. Poderia explicar, senhor Dito?

— Claro!

De maneira clara, mas sem controlar o nervosismo, Dito colocou Joel ciente de tudo como realmente acontecera.

— E foi assim, doutor; fui escorraçado de minha própria casa, sem ter o direito de pegar minhas roupas ou qualquer objeto que me pertencesse, inclusive meus documentos, mas disso o senhor já tem conhecimento.

— Estou realmente impressionado com este plano executado por sua esposa. Desculpe, mas como conseguiu conviver com esta pessoa tão falsa? Nunca desconfiou de suas reais intenções?

— Envergonho-me de dizer, doutor, mas nunca pensei que fosse capaz de atitude tão sórdida; sempre achei que fôssemos felizes, pelo menos da minha parte eu era. Entretanto, ela arquitetava o golpe em surdina, amparada por um amante.

— Bem, o que passou já não importa. Vamos ao que de fato interessa. Diga-me: vocês eram casados com comunhão de bens?

— Sim.

— Ótimo começo.

— Como assim?

— Vamos conversar com sua esposa e tentar evitar situações conflitantes, brigas; enfim, vou encaminhar o caso para a solução legal e justa, mostrando-lhe que o mal praticado exige reparação.

— Acha isso possível, doutor? — perguntou Dito esperançoso.

— Tudo é possível, Dito, quando encontramos boa vontade no coração das pessoas, ou melhor, quando mostramos que a felicidade é subordinada ao que fazemos dela. Ninguém é feliz de verdade carregando nas costas o peso da traição, da inconsequência, deixando atrás de si lágrimas de sofrimento.

— Estou impressionado com suas palavras, doutor. Pensei que iria abrir um processo, sei lá, alguma atitude mais severa em relação à Célia.

Joel sorriu.

— Sou advogado, mas, antes disso, sou um homem de fé e sempre tento ir para o caminho do acordo quando percebo que isso é possível, e acredito que neste caso existe a possibilidade de entendimento.

— Estou impressionado — exclamou Jonas.

— Eu também — concordou Maciel.

— Vamos fazer o seguinte: amanhã iremos até sua antiga casa e vamos ver o que conseguimos.

— Combinado. - concordou Dito.

— Passem aqui às dezesseis horas; estarei aguardando.

— Meus amigos poderão ir conosco?

— Isso é com você, Dito; por mim, não vejo impedimento algum.

— Obrigado, doutor Joel!

— Até amanhã — respondeu Joel.

Os três amigos saíram.

— Estou impressionado com essa atitude do doutor — disse Dito.

— Eu sempre soube que Joel era um homem de bem, justo, mas não imaginei que chegasse a tanto; afinal, tentar acordo com uma pessoa tão desprezível... achei demais.

— Eu também, Jonas, penso como você; ele é digno de admiração. – acrescentou Maciel.

— Bom, vamos ver o que acontece.

— Gostaria que fossem comigo.

— Infelizmente eu não poderei ir — falou Maciel —, mas vou torcer para que tudo saia a contento para você, meu amigo.

— E você, Jonas?

— Eu irei sim!

— Ótimo!

Assim que chegou, Jonas relatou a Gracinha o que Joel falara.

— Não me surpreendo, Jonas. Joel sempre agiu dessa maneira; creio que conseguirá reverter esta situação de Dito.

Jonas aproveitou a folga de que dispunha e foi deitar na rede da varanda de sua casa com o intuito de pensar e avaliar toda a situação de Dito. Entregue à sua meditação, assustou-se quando ouviu a voz de Clarinha.

— Papai, o senhor está triste?

— Oi, filha. Papai não está triste; por que pergunta?

— Porque vejo o senhor tão sério! Parece triste.

Nesse momento, Clarinha parou e ficou por um tempo pensativa. Em seguida disse:

— É por causa do senhor Dito? Não precisa ficar preocupado, papai, porque tudo vai dar certo.

Surpreso, Jonas falou:

— O que está dizendo, minha filha?

— Estou dizendo que tudo vai dar certo para o senhor Dito.

— Tudo o quê?

— Ora, papai, o senhor sabe o que estou dizendo; o senhor Dito vai conseguir recuperar o que deseja, e é justo. Ele tem um destino útil para o dinheiro que vai voltar para ele.

Ansioso e preocupado, Jonas respondeu:

— Clarinha, não gosto quando fica falando essas coisas. Quem disse que vamos tentar recuperar a fortuna do Dito? E mais: não quero que fique falando essas coisas; tenho receio por você, minha filha.

— Receio de que, papai? Não estou fazendo nada de ruim, que possa prejudicar alguém; ao contrário, digo apenas o que minha amiga fala e eu ouço, e, se ela fala, é porque é coisa boa. Ela nunca falou nada que não fosse para beneficiar alguém, e eu me sinto bem podendo passar para as pessoas o que ela me pede. Que mal há nisso?

— Desculpe, filha, você tem razão; ela sempre fala para o bem, mas é que papai fica preocupado com você, que ainda é muito jovem.

— Mas estou bem, papai; bem e feliz em poder ajudar de alguma forma as pessoas.

— Está bem, filha. Desculpe o papai; venha aqui e me dê um beijo.

Clarinha aproximou-se do pai e, abraçando-o com carinho, deu-lhe um beijo em seu rosto dizendo:

— Papai, eu o amo muito, assim como a mamãe!

— Nós também amamos muito você, filha querida. Desculpe o papai, que às vezes fala coisas sem fundamento, mas é que fico preocupado com você, com sua saúde, enfim, tenho receio.

— Receio de que, papai? Estou bem acompanhada, estou feliz, nada está me incomodando; fique tranquilo. Não importa a minha idade, não procuro nada, tudo é natural.

Jonas, cada vez que conversava com sua filha, mais se surpreendia com suas palavras.

— Está bem, minha filha; papai está tranquilo. Sei que você nunca prejudicou ninguém, somente ajudou — e completou: — Agora vá brincar, papai vai descansar um pouco.

Assim que Clarinha saiu, Jonas elevou o pensamento aos céus e orou: "Senhor, agradeço por haver me dado uma filha como a Clarinha. Que seu caminho seja sempre de luz e de flores, para serem ofertadas a quem precisar. Obrigado!".

Esta faculdade é muito agradável quando o médium só ouve Espíritos bons ou somente aqueles que ele chama. Mas não se dá o mesmo quando um Espírito mau se apega a ele, fazendo-lhe ouvir a cada minuto as coisas mais desagradáveis e algumas vezes as mais inconvenientes. É necessário então tratar de desembaraçar-se.
(O Livro dos Médiuns — *Capítulo XIV - Questão 165*)

A realidade da voz dos Espíritos está hoje cientificamente confirmada.
(Allan Kardec)

෩

Dito, por sua vez, não conseguia aliviar a ansiedade que tomara conta de todo o seu ser.

Pensava: "Meu Deus, será que o doutor Joel conseguirá quebrar a armadura de Célia, tanta maldade em seu coração? Será que irá penetrar naquela couraça cruel? Devo e vou confiar nele; o desfecho pertence a Deus. No que tiver de acontecer por vontade do Pai ninguém poderá interferir. Melhor esquecer o assunto. Amanhã se resolverá; seja de que forma for, vai se resolver".

Levantou-se e, ajoelhando-se, elevou o pensamento até nosso Pai e orou:

Senhor... viva comigo este momento de dor
Ansiedade e incerteza.
Momento em que sinto dentro de mim
O desespero dos descrentes,
A revolta dos fracos,
O medo dos covardes.
Viva comigo, Senhor, para que eu possa sentir
Teus braços me envolvendo e me conduzindo para o descanso.
Sentir tão forte a Tua presença em mim
Dando-me a sensação de estar deitado em Teu colo.
Viva comigo, Senhor
Para que eu transforme o desespero... em aceitação
A revolta... em fé
O Medo... em coragem para enfrentar mais uma vez a desilusão
Se ela novamente vier.
Viva comigo, Senhor, porque junto de Ti
Encontro a força
... que me impulsiona para o Infinito.

Levantou-se e, aconchegando-se, entregou-se ao sono reparador.

CAPÍTULO 25

Dito acordou cedo. Saltou da cama impulsionado pela grande ansiedade que lhe oprimia o peito. "Será, meu Deus, que tudo dará certo?", perguntava-se. "Doutor Joel é um homem bom, ótimo profissional, ético, mas tenho dúvidas quanto a Célia, que sempre foi interesseira e egoísta a ponto de fazer a atrocidade que fez comigo."

Silenciou e logo veio à sua memória o rosto de Vitor, namorado de Célia. "Com certeza", pensou, "ele deve estar ainda ao lado dela, tomando conta da fortuna que me pertence. E meus filhos? Como estarão em meio a tanta mentira? Será que acreditarão na minha inocência, que fui apenas vítima da maldade da própria mãe?".

Sentindo sua angústia aumentar e o medo tomar conta do seu pensamento, lembrou-se de umas palavras lidas em um pequeno livro de mensagens, *A Essência da Alma*[1], que dizia:

1 Sônia Tozzi e Irmão Ivo, Editora Lúmen.

Os olhos que ficam cegos diante do sofrimento alheio sem nada fazer para minimizar a dor de um semelhante, perdidos apenas no seu egoísmo, jamais verão a luz.

"Grande verdade", disse a si mesmo. "Célia e Vitor se prenderam na teia da mentira e da maldade unicamente para conquistar benefícios financeiros, riqueza, opulência e facilidades. Será que conseguirão agora libertar-se de si mesmos? Vamos aguardar; tudo está entregue à justiça divina e às mãos de um homem de bem que tem a força dos justos."

Acalmando seu coração, preparou-se para ir ao encontro de Joel acompanhado de Jonas, seu grande benfeitor.

Após algum tempo, Dito, acompanhado de Jonas e Joel, tocava a campainha da antiga residência de Dito. Seu coração batia acelerado por conta da grande ansiedade que o invadia. Em pouco tempo, a porta se abriu e, antes que falassem uma palavra, ouviram a voz de Vitor, que perguntava:

— Quem está aí, Janete?

— São três homens, senhor Vitor. Eu não os conheço; mando entrar?

— Receba-os no *hall*, eu já vou.

Obedecendo a ordem de Vitor, Janete direcionou-os até o *hall*, onde aguardaram a chegada de Vitor, que não demorou.

Assim que os viu, Vitor reconheceu apenas Dito. Olhou-o com ódio e perguntou:

— Posso saber o que está fazendo aqui? Sabe que não é bem quisto, portanto, pode dar meia-volta e retornar para as ruas, que é o seu lugar.

Joel ficou espantado com o que ouviu. Pensou: "Este deve ser o mentor de toda a armadilha; é com ele que devo me preocupar".

Nesse instante, ouviu a voz de Célia:

— Quem está aí?

— Você não vai acreditar, meu amor: o morador de rua — respondeu, dando uma risada em seguida.

— Dito?! Dito está aí?

— Sim. Veio acompanhado de dois guarda-costas — disse em tom zombeteiro. — Deve estar pretendendo alguma coisa.

— Estou indo aí! — Célia aproximou-se deles e falou: — Bom dia! Quem são vocês?

— Já disse, querida, devem ser guarda-costas dele, ou seja, dois pilantras que nem ele — respondeu Vitor.

Sem se abalar, Joel se apresentou:

— Bom dia, senhora. Meu nome é Joel e sou advogado do senhor Dito; gostaria muito de poder conversar com a senhora; é possível?

Célia se impressionou com a educação de Joel, mas Vitor se apavorou quando ouviu a palavra "advogado". Impensadamente, querendo atacar para se defender, Vitor disse:

— Se o senhor pensa que poderá modificar uma situação, está muito enganado; temos tudo muito bem-feito. Tudo foi bem planejado, portanto, aconselho-o a dar meia-volta e ir embora.

Nenhum dos três fez menção de sair; Joel, mais experiente nessas situações, disse de maneira calma:

— Desculpe, senhor, mas o nosso interesse é falar com dona Célia, e não com o senhor.

— Estou a sua disposição, doutor — falou Célia visivelmente nervosa.

Vitor adiantou-se à companheira e disse:

— Célia, você não precisa falar com esse sujeito, ou melhor, com ninguém, portanto, queiram se retirar.

— Espere, Vitor, vamos saber o que eles desejam!

— Ora, Célia, sei bem o que desejam: resgatar a fortuna desse morador de rua; mas vou dizendo que não tem nada mais a se fazer e por isso volto a pedir que se retirem.

— Por que tem tanto medo de falar sobre isso, Vitor? — perguntou Dito. — Pensando bem, não precisa responder; eu sei bem a razão.

— Do que você está falando, seu joão-ninguém?

— Da trama sórdida que vocês armaram contra mim para ficar com todos os direitos sobre a fortuna que eu construí com esforço e muito trabalho. Acho que chegou a hora de resolvermos esta questão.

Joel escutava com atenção as palavras que Vitor proferia; este, sem se dar conta do que falava, continuava atacando Dito com palavras fortes e comprometedoras.

— Quer dizer que você veio reivindicar seus direitos, é isso? Se for, vamos acabar com essa palhaçada agora mesmo, e vou começar dizendo que nem capacidade para sustentar seu casamento você teve; tirei de você até sua esposa com a maior facilidade, do mesmo jeito que tomei posse de sua fortuna, e, acredite, não devolverei nem uma, nem outra, porque agora me pertencem.

Célia, surpresa com as palavras do companheiro, disse em um ímpeto:

— O que você está dizendo, Vitor? Que eu sou um objeto que você adquiriu e não quer devolver, é isso?

— Célia, não se faça de desentendida; eu elaborei essa trama para ganhar e ganhamos. Até seus filhos acreditaram na história que contamos a respeito deste morador de rua, tanto que nos apoiaram.

— Cale a boca, Vitor! — exclamou Célia, entrando em desespero.

— Não — retrucou Joel. — Pode continuar, Vitor, sei que tem coragem para tanto.

— Sim. Tenho e farei, assim nos deixarão em paz, porque vão perceber que nada podem fazer para anular o que está feito.

Com ares de superioridade, acreditando ser o dono da situação, Vitor, sem omitir um fato sequer, relatou exatamente como tudo acontecera.

Ao terminar, soltando um sorriso cínico, completou:

— Sou muito grato a você, Dito, por sua burrice, afinal, foi ela que propiciou a mim e a Célia vivermos na opulência, tendo o mundo a nossos pés.

Com voz emocionada, Dito, dirigindo-se a Célia, perguntou:
— E nossos filhos, como estão? Perguntam por mim?

Imediatamente e de maneira arrogante, Vitor respondeu, antecedendo-se a Célia:

— Claro que não! Tivemos o cuidado de deixar claro o quanto você traiu e fez a mãe deles sofrer; isso os trouxe para nossos braços.

Ao acabar de dizer isso, Vitor e todos os presentes foram surpreendidos com a entrada dos filhos de Dito, que, revoltados, correram impetuosamente em direção ao pai, e o mais velho, aproximando-se de Vitor, deu-lhe um soco no rosto, fazendo seus lábios sangrarem.

Célia, atordoada, segurou-o pelo braço, implorando:

— Filho, por que isso?

— Isso ainda é pouco, mãe. Este verme merece muito mais, e a senhora merece o mesmo, mas vou respeitá-la porque é minha mãe.

Correram e abraçaram o pai, misturando as lágrimas deles com as de Dito.

Joel aproximou-se de Célia e perguntou:

— Foi por causa deste cafajeste que a senhora destruiu a vida de um homem de bem? Não está na hora de reverter toda essa sujeira e devolver tudo a quem de direito; permitir a felicidade de seus filhos ao lado de seu verdadeiro pai?

Célia ouvia as palavras de Joel com atenção e começou a perceber a enorme teia de maldade na qual se enroscara em nome do amor que Vitor dizia sentir por ela.

— Meu Deus, o que foi que eu fiz?

Joel, percebendo que tocara o coração de Célia, continuou:

— Dona Célia, quando deixamos rastros de maldade, lágrimas e sofrimento por onde passamos, jamais iremos conseguir viver plenamente a felicidade, porque ela está relacionada às nossas atitudes em relação ao próximo. Ser uma pessoa de bem não é somente deixar de fazer o mal, mas sim fazer o bem ao semelhante; é limpar nosso coração dos sentimentos mesquinhos que nos derrubam ao lamaçal da dor.

— Cale essa boca! — ouviram a voz de Vitor.

— Não! Continue, doutor Joel, eu mereço ouvir; fui tola em dar atenção às ideias de Vitor e me tornei cruel. Após conhecê-lo me tornei fútil, vaidosa e ambiciosa, a ponto de chegar a este nível de crueldade. — Olhou para Dito e disse: — Perdoe-me se puder e conseguir!

Antes de ouvir a resposta de Dito, Joel continuou:

— Dona Célia, se o seu arrependimento for sincero, vamos reverter esta situação devolvendo a Dito o que lhe é de direito; como são casados com comunhão total de bens, ninguém sairá prejudicado. O que a senhora acha?

— Está certo. Faça o que for necessário, doutor Joel, concordo com tudo.

Vitor, movido pela raiva, gritou:

— Você não vai fazer nada e pode parar com essa cena de arrependimento porque sei que não é verdadeiro. O que é meu eu não devolvo!

— E o que é seu? — perguntou Joel. — O que fez para conquistar este lugar?

— O que fiz já deixei claro; o resto não interessa ao senhor. E agora, Célia, ponha estes senhores para fora e vamos voltar à nossa vida normal.

— Não, Vitor, errei tanto que mal posso acreditar, mas agora vejo claramente que o que me uniu a você não era amor, mas sim desejo de ser admirada, cortejada, estimulada na minha vaidade. O véu caiu e meus olhos se abriram, portanto, quem vai deixar esta casa é você.

— Não, minha cara, engano seu; daqui não saio.

— Posso saber por quê?

— Com certeza não é por amor a você nem a esses filhos que mal suporto, mas sim porque tenho um documento assinado por você, lembra?

— Mas você me forçou a assinar!

— Claro, sei disso! Porém, agora é o que menos importa, porque, na verdade, posso provar que tenho direito a esta bela e confortável casa, uma vez que a ganhei de você. — Ao dizer isso, deu uma risada.

Jonas ficou paralisado. Percebeu que Dito não tinha demonstrado nenhuma reação. Joel, com sua experiência, continuou e perguntou:

— Posso ver este documento?

— Claro — respondeu Vitor, indo de imediato buscá-lo.

— A senhora possui os documentos da propriedade? — Joel perguntou a Célia.

— Sim, doutor.

— Pode mostrar-me este documento?

— Vou buscá-lo.

Ao ler com atenção, Joel disse, entregando a Vitor o que lhe pertencia:

— Este documento não tem valor algum!

— Como assim? Está com firma reconhecida!

— Dona Célia não é proprietária desta casa, Vitor.

— Posso saber por quê?

— A casa está em nome dos filhos, que são menores, e somente poderá ser vendida ou doada a quem quer que seja quando todos forem maiores de idade, portanto, esse seu documento não tem validade alguma.

— Você sabia disso, sua...

— Não, Vitor, não sabia, mas que sorte a minha!

— Eu sabia — falou Dito. — Quando fiz este documento, minha preocupação era preservar o imóvel para as crianças, garantir que somente eles pudessem resolver o que quisessem quando tivessem idade para isso — e continuou: — Agora que não tem mais nada a fazer aqui, faça o favor de se retirar.

Vitor olhou para Célia e, com raiva, disse-lhe:

— Você não perde por esperar... Aguarde-me, porque não sou homem de perder.

— Está ameaçando dona Célia?

— Entenda como quiser, doutor Joel.

— Antes de sair quero apenas lhe dizer que será prudente esquecer esta ameaça porque desde que cheguei aqui e o conheci tive uma intuição e gravei tudo o que você falou durante este tempo todo; portanto, meu amigo, esqueça qualquer ideia contra quem quer que seja desta família, senão facilmente eu o coloco atrás das grades.

— Vou pegar minhas roupas e algumas peças que me pertencem.

Dito adiantou-se e falou:

— Não! Como você mesmo disse para mim um dia, vai sair somente com a roupa do corpo, sem levar nada.

— Célia, vai permitir isso?

— Ele voltou a ser o dono da casa; ele decide!

Vitor saiu levando o ódio em seu coração, ódio esse que o levaria às amarguras do sofrimento.

Célia, timidamente, aproximou-se de Dito.

— Sei que tem todos os motivos para não me perdoar, mas mesmo assim eu lhe peço perdão! Envergonho-me do que fiz; meu coração em algum momento caiu na escuridão e deixei-me levar pela ambição, pelo sucesso, pelos galanteios, enfim, queria cada vez mais e mais, e confiei apenas nos aplausos que recebia. Agora percebo nitidamente o quanto errei, fui fraca, machuquei você, feri meus filhos; sei que não mereço reaver tudo o que perdi. Se você quiser, Dito, saio hoje mesmo desta casa e você volta a assumir, ao lado de nossos filhos, o controle de sua vida.

Os filhos de Dito, com lágrimas nos olhos, pediram:

— Pai, perdoe a mamãe. Vamos voltar a ser uma família; precisamos dos dois.

Dito lembrou-se das palavras do Evangelho ditas por Jesus e tão bem explicadas por dona Cecília: "Quem nunca pecou que atire a primeira pedra". Emocionado respondeu:

— Fiquem tranquilos, filhos; papai perdoa e permite que mamãe fique sempre conosco. Vamos todos aprender que a disciplina do amor não se aprende em livros, pois só se aprende a amar... amando!

Jonas e Joel se olharam, e Jonas disse:

— Que a partir de agora a felicidade seja real e os sentimentos, sinceros.

— Serão! — exclamou Joel.

Com timidez, Célia disse a Dito:

— Obrigada, Dito, por perdoar minha fraqueza, minha leviandade e minha ambição, que ocasionaram tanto sofrimento a você; eu devia estar louca em me deixar levar pelas palavras românticas mais ferinas de Vitor. Só conseguia enxergar o que ele queria; obedecia cegamente ao que mandava, enfim, não quero me justificar e culpar somente ele, não; tenho muita culpa também. Se não tivesse agasalhado em meu coração tanta vaidade e futilidade, talvez não tivesse me metido nesta trama, mas fui fraca, bem o sei, egoísta o suficiente para somente enxergar a mim mesma. Mas, acredite, estou arrependida sinceramente e só me dei conta disso quando ouvi as palavras de Vitor, seu comportamento autoritário, cruel, sem nenhum respeito com o sofrimento alheio; senti vergonha de mim mesma.

Dito, sensível às palavras da esposa, falou:

— Célia, vamos encerrar este assunto. Perdoei você, portanto, vamos retomar nossa vida sem mágoas ou rancor; temos nossos filhos que precisam de nós, e desejam e merecem uma vida feliz e tranquila.

Célia olhou para Dito e perguntou:

— Quando você volta para casa?

— Não sei!

— Não sabe? — perguntou Célia, surpresa, e acrescentou: — Imaginei que estivesse ansioso para retornar, para assumirmos nosso casamento, enfim...

— Célia — respondeu Dito com delicadeza —, é cedo para pensarmos nisso; precisamos dar o tempo necessário para investirmos em nosso relacionamento, ou seja, compreender o que de verdade queremos para nós de agora em diante.

— Como assim? O que está querendo dizer?

— Célia, doutor Joel vai cuidar de todos os trâmites legais, que não sei quais são, para que eu volte a gerenciar todos os meus negócios; enquanto isso, vou continuar ao lado dos meus amigos, que me acolheram no momento mais difícil de minha vida.

Continuou:

— Após tudo concluído, vou comprar uma casa para eu morar. Durante esse período, você e as crianças continuam morando nesta casa, que, em um futuro bem próximo, será transformada em um projeto que tenho guardado em meu coração ao longo destes meses em que morei nas ruas.

— Posso saber do que se trata? – Célia questionou.

— Por enquanto ainda não!

Assim dizendo, Dito abraçou as crianças, despediu-se de Célia e aguardou que tanto Jonas quanto Joel se despedissem.

— Dona Célia, esta semana entrarei em contato com a senhora para deixarmos tudo solucionado.

— Está bem, doutor, estarei aguardando.

— Se precisar de alguma coisa, se Vitor a incomodar, é só me avisar, está bem?

— Sim! Obrigada.

Assim que entraram no carro de Joel, Dito lhe disse:

— Obrigado! Na verdade, não sei o que dizer para demonstrar meu agradecimento. Tudo saiu melhor do que esperava; estava quase perdendo a esperança de retomar minha vida de antigamente.

— Não precisa agradecer — respondeu Joel. — Vou lhe dizer uma coisa, Dito: a sua mágoa o levou para as ruas, entregou-se sem ao menos lutar, recebeu passivamente o ato infame de Célia e Vitor e foi para o caminho do desânimo; enfim, entregou-se totalmente e fez exatamente o que eles queriam e esperavam — e completou: — Quem dá importância a um morador de rua? Poucas pessoas se envolvem neste processo, porque, antes da pena que sentem, vêm o medo, o receio da violência, enfim, sentimentos que se abrigam no coração do homem.

— Tem razão, doutor. Se não fosse a sorte de ter encontrado meus amigos Jonas e Maciel, nada disso estaria acontecendo.

Sou muito grato a eles porque, na verdade, trouxeram-me de volta à vida e a dignidade que todo ser humano deve ter.

Jonas, que até então nada dissera, falou:

— Meu amigo, nada acontece por acaso; na verdade, quem o viu primeiro e pediu ajuda foi minha filha Clarinha, uma criança que, perdoe-me o que vou dizer, nasceu com a luz que irá iluminar o caminho das pessoas que, por um motivo ou outro, caem na escuridão — e completou: — Daqui para frente, meu amigo, depende somente de você escolher o caminho que irá seguir.

— Foi muito nobre de sua parte perdoar Célia! — exclamou Joel.

Humildemente, Dito respondeu:

— Se Jesus me deu nova oportunidade para seguir em frente, por que não daria a ela?

— Gosto do que disse, Dito; não nos enganamos com você — exclamou Jonas.

> *O perdão não significa a libertação da culpa, mas a oportunidade, concedida pela misericórdia divina, para ressarcir, reparar, reabilitar-se.*
> *(Allan Kardec)*

> *Perdoar é a ação de esquecer a ofensa recebida não somente com palavras, mas pelo coração, pois o verdadeiro perdão se reconhece pelos atos. Aquele que perdoa é capaz de anular qualquer sentimento de vingança ou de desforra que possa surgir contra o agressor; ele pratica o bem mesmo a quem lhe tenha feito o mal.*
> *(Allan Kardec)*

CAPÍTULO 26

Gracinha, assim que soube do que acontecera no encontro de Dito com sua esposa, surpreendeu-se por sua atitude nobre.

— Admiro a atitude de Dito perdoando sua esposa após ter passado tanto sofrimento por conta da sua maldade — disse a Jonas.

Antes que ele respondesse, ouviram a voz de Clarinha que, aproximando-se dos pais, falou com tranquilidade:

— Mãe, a sua surpresa vem do fato de todos nós encarnados agirmos com vingança e desejo de responder com a mesma moeda quando somos atingidos. Essa atitude do senhor Dito deveria ser normal entre os homens, mas, ao contrário, o que se vê não é assim, infelizmente; aprendi que feliz é aquele que consegue enxergar além de si mesmo, e foi isso que o senhor Dito fez, portanto, merece todo o nosso respeito.

Gracinha e Jonas não sabiam o que dizer diante das palavras de Clarinha. Gracinha abriu os braços e chamou a filha.

— Venha aqui, filha, sente-se em meu colo e me diga onde aprende tudo isso que diz; não acha que é muito para uma criança? Como consegue dizer palavras tão verdadeiras?

— Mãe, as palavras vêm naturalmente em minha cabeça e eu sei que estão certas, que são verdadeiras, que podem ajudar quem as ouve, só isso.

— Você é muito especial, minha filha — respondeu Gracinha, abraçando-a com carinho.

— Sua mãe tem razão — completou Jonas —; você é uma criança especial, inspirada, e temos muito orgulho de sermos seus pais.

— Pai — falou Clarinha —, Deus é o dono da nossa vida; Ele nos mostra o caminho seguro e cabe a nós o percorrermos; se seguirmos Sua direção, seremos felizes. É simples, pai; precisamos apenas aprender a ser bons!

Jonas e Gracinha se olharam e cada um percebeu uma lágrima nos olhos do outro. Abraçaram a filha e disseram o quanto a amavam.

Dois meses se passaram desde esses acontecimentos.

Dito continuava morando no mesmo quarto da lanchonete de Chico — apesar de tudo haver sido resolvido por Joel —, fato que deixava todos os seus amigos intrigados.

— Por que não volta para sua casa, Dito? — perguntava Jonas. — Continua morando aqui neste quarto, sem nenhum conforto, enquanto possui uma casa grande e confortável ao lado de sua família?

Com serenidade, Dito respondia:

— Jonas, vou dizer-lhe a razão. Tenho em andamento um projeto na minha cabeça que gostaria de tornar realidade; aliás, quero consultar o doutor Joel a respeito.

— Explique melhor!

— É o seguinte: durante o tempo em que morei nas ruas pude sentir na pele o sofrimento daqueles que, por um motivo ou outro, se encontram perdidos em si mesmos, agindo como agi, ou seja, sem esperança, entregues à desilusão, que muitas vezes os impede de reagir. Cada vez mais eles se distanciam da possibilidade de recuperação.

— Prossiga — disse-lhe Jonas.

— Possuo uma casa enorme que apenas despertou a cobiça, a vaidade, enfim, quero dar a ela uma utilidade, ou seja, pretendo transformá-la em um abrigo para os abandonados.

Surpreso Jonas retrucou:

— Você ficou maluco, Dito? Uma mansão daquelas! E seus filhos?

— Primeiro, não fiquei maluco; agora sim acho que estou no meu juízo perfeito. Quero, ao mesmo tempo, recuperar a dignidade daqueles que se perderam, tornando-se párias da sociedade. Segundo, desejo ensinar a meus filhos e minha esposa que não precisamos de tanta pompa para sermos felizes; quando Deus coloca em nossas mãos a fortuna, espera que façamos dela um veículo que poderá enxugar muitas lágrimas. É preciso dar à riqueza uma utilidade, não somente para quem a possui, mas para quantos necessitarem dela para viver com dignidade.

— E seus filhos?

— Ora, Jonas, tenho dinheiro suficiente para beneficiar a todos. Vou comprar uma casa confortável e, no momento adequado, moraremos todos juntos, voltando a ser uma família.

— E qual é o momento adequado?

— Quando perceber que tanto meus filhos quanto Célia aprenderam que a felicidade está subordinada ao que fazemos dela; o rico se esquece de que, quando um pássaro está vivo, ele come as formigas, mas, quando ele morre, as formigas o comem.

— Você está certo, meu amigo, conte comigo para o que precisar.

— Sei que posso contar com você assim como com o Maciel — e completou: — São homens de bem, os melhores que conheci em minha vida.

— Não coloque muitas qualidades em nós, Dito — falou Jonas. — Somos pessoas comuns, como muitas outras; apenas tentamos levar nossa vida inserida no que aprendemos com as palavras de Cristo, nada mais que isso.

— Quando pretende trabalhar nesse projeto?

— Quero conversar com o doutor Joel a respeito dos trâmites legais; assim que tudo estiver em ordem, iniciarei uma pequena reforma na casa para adequá-la às novas funções.

— Precisará de funcionários, Dito. Será trabalhoso; você sabe, não? — indagou Jonas.

— Claro, mas farei tudo para dar certo, inclusive estou pensando em transformar o projeto em uma fundação. O que você acha?

— Penso que é uma boa ideia; você tem sustentação financeira para isso!

Jonas, após alguns instantes, perguntou:

— Você já comunicou sua decisão para sua esposa e filhos? Será que irão concordar?

— Essa será a prova de que preciso para saber se, de fato, como diz Célia, se desapegaram de tanto luxo; esta foi a minha condição para voltar a morar com eles. Quanto aos meus filhos, não tenho dúvida: querem muito que eu volte, sentem a minha falta; quanto a Célia, tenho receio de novamente ser vítima de sua inconsequência.

— E quando pretende comunicar esse seu desejo?

— No próximo domingo irei almoçar com eles; pretendo então falar a respeito. Você e Maciel não querem ir comigo?

Surpreso, Jonas respondeu:

— Obrigado, Dito, mas é melhor não misturarmos as coisas; você irá conversar um assunto importante com sua família e acho melhor ir sozinho. Sei que Maciel responderia a mesma coisa, mas, quanto ao seu projeto, tenha certeza de que poderá contar conosco para o que precisar.

— Está certo, Jonas, será como quiser.

Despediram-se.

∞

Jonas foi ao encontro de Maciel combinar a próxima pescaria. Assim que chegou, encontrou o amigo sentado em frente à sua casa com o aspecto abatido. Preocupado, Jonas perguntou:

— Maciel, o que aconteceu para estar assim tão cabisbaixo, entregue ao desânimo?

— Nada de importante; bobagem minha!

Jonas não aceitou a resposta e insistiu:

— Por favor, Maciel, somos amigos de longa data. Gostaria que confiasse em mim; talvez eu possa ajudar.

— Descobri que Lurdes está muito doente, precisando de tratamento ostensivo, e, como você sabe, não tenho condições para arcar com essas despesas. Não passo de um pescador!

— Maciel, por que o desânimo? Esquece que possui amigos? Afinal, para que servem os amigos de verdade? — Jonas mesmo respondeu: — Para caminharem lado a lado em todas as circunstâncias, boas ou não! — e completou: — Pode me dizer o que na verdade Lurdes tem?

Com lágrimas nos olhos, Maciel falou:

— Ela está com um tumor nos seios em estado avançado; estou receoso, Jonas. Posso perder minha esposa, minha companheira de tantos anos!

Jonas se condoeu da dor do seu melhor amigo.

— Maciel, diga-me o que posso fazer para ajudá-lo.

— Não sei! Por enquanto, seja apenas meu amigo!

Como dois irmãos, abraçaram-se e Jonas disse:

— Vamos lutar juntos, proporcionar a ela tudo o que precisar, mas sem perder a fé, a coragem e a esperança em nosso Pai!

— Obrigado, meu "irmão"!

Assim que Dito soube da dificuldade pela qual Maciel passava, prontificou-se a custear todas as despesas necessárias. A luta pelo restabelecimento de Lurdes durou três meses, sem o sucesso esperado; em uma tarde de outono, rodeada de pessoas que a amavam, Lurdes fechou seus olhos para o mundo terreno e retornou à casa de nosso Pai!

A tristeza se abateu sobre o coração de Maciel. Ele se entregou ao desânimo, perdendo a força para continuar vivendo.

Trinta dias haviam se passado e Maciel não conseguia se equilibrar novamente; alimentava pensamentos fúnebres, melancólicos, enfim, em nada lembrava o homem de fé que sempre fora.

— Onde estão suas palavras de incentivo, Maciel? Palavras sábias, que sempre ouvia de você; explicações verdadeiras que me foram tão úteis? — perguntou Jonas.

Timidamente, Maciel respondeu:

— Não sei, Jonas; sinto um vazio, uma saudade que me consome. Não tenho forças para reagir.

— Já sei — exclamou Jonas. — Vamos falar com dona Cecília!

— Vamos! — concordou Maciel. — Vamos sim!

Ao cair da tarde, lá estavam Jonas, Maciel e Dito, que fizera questão de acompanhá-los.

Cecília, como sempre, recebeu-os com gentileza e disposição para ouvi-los. Após tomar conhecimento do que havia acontecido, ela fez uma oração e, com todo o seu conhecimento e fé, esclareceu:

— Meus irmãos, durante toda a nossa permanência no plano físico, afirmamos crer em Deus, na Sua sabedoria, justiça e misericórdia, mas geralmente essas afirmações estão inseridas na vida tranquila que levamos, quando vivemos na calmaria, sem grandes vendavais; vamos dizer assim: quando sofremos dores passageiras, pequenas, enfim, quando não somos atingidos por grandes perdas. Quando a dor maior nos atinge como um violento terremoto, nossa fé enfraquece, e julgamos que não somos merecedores de tamanho sofrimento. Puro engano; é exatamente nessa hora de intensa dor que devemos aumentar a nossa fé, acreditando em tudo o que dizíamos acreditar. É nesta hora que devemos lutar contra as ondas gigantescas que teimam em nos levar para a descrença, a revolta, o desânimo, achando que Deus foi cruel conosco. A separação é dolorosa, sim, mas necessária, e somente Deus sabe a razão e o momento da nossa volta à Pátria Espiritual.

Neste instante, Maciel perguntou:

— Mas Lurdes tinha ainda muita vida pela frente, dona Cecília!

— Isso é sempre o que nós pensamos, mas somente nosso Pai que está no céu sabe a razão e a hora do nosso retorno. Você já imaginou o quanto sua esposa poderia sofrer por conta dessa doença tão cruel? Já pensou que foi uma bênção para ela ter partido? Deus fez o que julgou ser o melhor para ela, agora é hora de você fazer a sua parte.

— Como assim?

— Maciel, quem ama liberta! Deixe-a livre para seguir o rumo da sua evolução. A estadia dela na Terra chegou ao fim, sua missão já foi cumprida, mas a sua ainda não; o que lhe resta é apenas viver e cumprir com alegria e entusiasmo o que lhe falta cumprir.

Jonas perguntou ao amigo:

— Entendeu as sábias palavras de dona Cecília? Está se sentindo melhor?

— Entendi! Estou, sim, me sentindo melhor, mais confortado. Peço desculpas por ter me abalado tanto, a ponto de esquecer tudo o que sempre disse e tudo em que sempre acreditei.

— Não peça desculpas, Maciel — interveio Cecília. — Você agiu como a maioria das pessoas diante de uma dor tão grande; o importante é lutar para retomar sua vida, sua crença e sua confiança na vida e em Deus, que é o Senhor do universo e de todas as formas de vida.

Maciel levantou-se e, pedindo licença, deu um abraço em Cecília dizendo:

— Obrigado! Que Jesus a ilumine sempre!

— A todos nós — respondeu Cecília.

É muito comum durante toda a nossa existência dizermos da nossa fé, da nossa confiança em Deus e da certeza que temos de uma vida espiritual. Isso geralmente acontece quando estamos felizes, quando tudo transcorre de uma maneira tranquila, com problemas banais. Quando nosso Pai resolve retirar da nossa vida um ser que amamos, a nossa fé enfraquece, perdemos a confiança em Deus e já colocamos em dúvida se a vida espiritual realmente existe.

É justamente nesta hora que devemos nos aproximar mais de Deus, saber que Ele não nos faria sofrer tanto se não fosse para nosso melhoramento espiritual ou para o resgate de débitos passados. É preciso nos aprofundar em nossa fé e reavivar a confiança em nosso Pai.

Não nos revoltarmos, mas sim orarmos, pedindo que abençoe nosso ente querido para que ele possa a cada minuto se elevar no mundo espiritual.

Cremos na justiça divina e por isso acreditamos que o nosso sofrimento de hoje será a nossa vitória de amanhã. O Senhor não nos dá nenhuma prova que não merecemos e que não podemos suportar.

(Encontro com Deus, *do mesmo autor espiritual*)

CAPÍTULO 27

Oito meses se passaram desde então. A mansão de Dito se transformara no recanto Luz da Alma.

A finalidade era acolher moradores de rua propiciando--lhes banho, refeição e quartos para dormir; pela manhã, após o café, todos eram convidados a participar de uma pequena palestra ministrada por Dito, que tinha a intenção de poder, de alguma forma, inserir aquele que se identificasse com suas orientações na vida digna que por algum motivo abandonara.

Ilustrava seus comentários com sua própria experiência de vida, exemplificando que, quando temos vontade e disposição para melhorar nossa situação, conseguimos nos reabilitar do mal que fazemos a nós mesmos; mas, se nos entregamos ao desânimo e à preguiça de lutar para modificar o que podemos, seremos nosso próprio algoz. Dito dizia:

— A autopiedade é nossa inimiga e nos leva a crer que somos injustiçados pela vida, mas posso lhes garantir que não existe no mundo um só ser injustiçado, porque tudo segue a lei que rege o universo — e completava: — A vida é bela e sempre vale a pena viver. Aprendi isso e acreditei nessa possibilidade com a ajuda de amigos aos quais serei grato pelo resto de minha existência.

Suas palavras, ditas com tanta sinceridade, causavam impacto a quantos o ouvissem.

Aos poucos, Dito ia se aprofundando e se firmando como amigo daqueles seres sofridos e perdidos em si mesmos.

Tudo acontecera conforme Dito planejara; seus filhos e Célia aceitaram sua vontade sem lamentações e se mudaram para outra confortável residência, gozando da presença de Dito, que retornara para junto da família. Entenderam a importância de enxergar além de si mesmos; de perceber que, enquanto alguns sorriem, outros tantos choram; que a nossa felicidade está inserida na felicidade que proporcionamos ao nosso semelhante. A paz e o equilíbrio se instalaram na família de Dito.

Certa manhã, ao terminar sua palestra, ele se dirigiu à sua sala e, orando, disse ao Senhor:

— Senhor, entristece-me ver que após todos os meus esforços não consegui ainda que ninguém se interessasse em voltar a lutar pela própria vida. Entregam-se à inércia e ao pouco que posso proporcionar a eles. Será que estou no caminho certo?

Entregando-se à meditação com o intuito de acalmar seu coração, demorou a perceber a chegada de José, que, em silêncio, esperava ser notado pelo seu benfeitor.

Assim que o viu, Dito perguntou:

— Desculpe-me, o que deseja?

— Senhor Dito, tenho pensado em tudo o que o senhor nos ensina e gostaria de perguntar se poderia ajudar-me a encontrar um trabalho, qualquer que seja, porque quero mudar minha vida, voltar a ser uma pessoa por inteiro, e não essa meia pessoa que me tornei; direcionar minha vida com dignidade. Assim que conseguir, vou ver um quarto para eu morar e tocar minha vida.

Dito mal podia acreditar no que acabara de ouvir. Com entusiasmo, respondeu:

— O que sabe fazer? Em que trabalhava anteriormente?

— Sou ajudante geral, faço qualquer serviço.

— Está empregado! Vou levá-lo para trabalhar na minha empresa; preciso mesmo dos seus serviços.

— O senhor está falando sério?

— Claro, José, não brincaria com um assunto tão sério!

— Eu aceito e agradeço muito.

— Amanhã veremos isso.

Assim que José se afastou, Dito, elevando seu pensamento, agradeceu ao Senhor. O espírito que o inspirava sem que ele mesmo soubesse aproximou-se e disse-lhe:

— *Dito... Se uma fonte no deserto durante cem anos matar a sede de um só sedento, valeu a pena a fonte.*

Sem entender como esse ensinamento tomara conta de seu pensamento, Dito pensou: "É verdade... Pura verdade... Vai valer a pena todo o meu esforço; esse é apenas o primeiro. O importante é não desistir, é trabalhar... confiar... e aguardar! Deus me deu a oportunidade de renovação através dos amigos que encontrei; amigos que confiaram em mim sem ao menos me conhecerem de verdade, portanto quero fazer o mesmo com essas pessoas que aqui estão e que se perderam na confusão dos próprios pensamentos".

Rico, dá o teu supérfluo; faze melhor: dá o teu necessário, porque o teu necessário ainda é supérfluo, mais dá com sabedoria. Não repilas o queixume com medo de seres enganado, mas vai à fonte do mal; alivia primeiro, informa-te em seguida e vê se o trabalho, os conselhos, a afeição mesma não serão mais eficazes do que a sua esmola.

Espalha ao redor de ti, com o bem-estar, o amor de Deus, o amor ao trabalho e o amor ao próximo. Coloca tuas riquezas sobre um capital que não te faltará jamais e te trará grandes interesses: as boas obras.

A riqueza da inteligência deve te servir como a do ouro; espalha ao redor de ti os tesouros da instrução; espalha sobre os teus irmãos os tesouros do teu amor, e eles frutificarão.

(O Evangelho segundo o Espiritismo, Cheverus, Bordéus, 1861 – Capítulo XVI – Item 11)

Ao homem, sendo o depositário, o gerente dos bens que Deus depositou em suas mãos, lhe será pedida severa conta do emprego que deles tiver feito em virtude do seu livre-arbítrio. O mau emprego consiste em não fazê-los servir senão à satisfação pessoal; ao contrário, o emprego é bom todas as vezes que dele resulta um bem qualquer para outrem; o mérito é proporcional ao sacrifício que se impõe.

(O Evangelho segundo o Espiritismo – Capítulo XVI – Item 13)

Enquanto Dito seguia dando vida a todos os seus pensamentos nobres, auxiliado por Célia, que tudo fazia para conquistar novamente o marido, Jonas e Maciel seguiam com o comércio de peixes.

Desde a saída de Dito, sentiam falta de alguém para tomar conta da peixaria.

— Estamos ficando muito tempo com a peixaria fechada — Jonas comentou com Maciel. — Isto não é bom; precisamos arranjar alguém para cuidar das vendas dos peixes.

— Tem razão — concordou Maciel. — Por que não procuramos Dito e verificamos se não tem alguém que possa ocupar esse cargo?

— Bem pensado, vamos procurá-lo! — exclamou Jonas, gostando da ideia.

Assim o fizeram. Para surpresa de ambos, ouviram Dito dizer:

— Mas é claro que tenho.

Saiu em seguida e foi falar com um rapaz que, embora tivesse apenas 42 anos, ostentava a aparência de bem mais idade, devido à vida sofrida que tivera até ser levado à Luz da Alma.

— E é isso, Antônio — disse Dito, após ter explicado do que se tratava. — Você está aqui há algum tempo, sei que dará conta do serviço que lhe ofereço. Esta é a hora de colocar em prática tudo o que aprendeu, reentrar novamente na vida lá fora com dignidade, ser o seu próprio provedor. O que acha? Aceita?

— Aceito sim, doutor. Chegou mesmo a hora de caminhar sozinho; sou muito grato ao senhor por haver me dado esta oportunidade de reviver e, quem sabe, construir minha família.

Dito gostou do que ouviu.

Antônio voltou a falar:

— Só vejo um problema!

— Qual?

— Não tenho roupas adequadas. Minha aparência não é boa; receio que não me aceitem.

— Isto não é problema, Antônio. Cuidarei disso hoje mesmo e amanhã você inicia sua nova vida; tenho certeza de que eles o aceitarão com alegria.

— Mas também não tenho onde morar se tiver de sair daqui.

— Antônio, você poderá ficar aqui o tempo que quiser. Quando se sentir seguro para procurar um local para morar e se tornar seu próprio provedor; quando a força da esperança e da fé preencher seu coração, isso acontecerá naturalmente.

— Então aceito; quero muito voltar à minha vida de antigamente.

— Ótimo!

Levou-o até Jonas e Maciel e apresentou-o aos amigos dizendo:

— Está aqui a pessoa de que precisam. Podem confiar; amanhã ele estará se apresentando no local.

Jonas e Maciel simpatizaram com Antônio, e, com a gentileza que lhes era peculiar, estenderam-lhe as mãos.

— Seja bem-vindo, Antônio; será muito útil para nós! Esperamos que se sinta bem conosco.

— Obrigado! Tenho certeza de que me sentirei muito bem trabalhando para os senhores!

Depois de tudo resolvido, Dito retornou à sua empresa, sentou-se em frente à mesa onde havia um pequeno crucifixo e disse em pensamento: "Senhor... a fonte matou a sede de mais um sedento! Obrigado!".

CAPÍTULO 28

O tempo passava célere, cumprindo sua missão no universo.

Dito retomara seu relacionamento com Célia, que aprendera com o marido a ser generosa; passara a acompanhá-lo nas reuniões da casa espírita de Cecília, sempre ao lado dos amigos Jonas e Maciel. Tornara-se amiga de Gracinha, e seus filhos iniciaram uma sólida amizade com Clarinha. Formavam um grupo cujo interesse maior era colocar em prática o que aprendiam nas palestras de Cecília.

— A fraternidade não se resume somente a horas boas, em que não há nenhum esforço, mas sim também, e principalmente, a todas as horas tristes, dificultosas, nas quais o esforço muitas vezes é gigantesco; a fraternidade real está naquele que, perto ou longe, está sempre atento para enxergar as lágrimas que caem, muitas vezes no escuro — explicava Cecília, e continuava com serenidade: — Os olhos que ficam cegos diante do sofrimento alheio, sem nada fazer para minimizar a dor do semelhante, perdidos apenas no seu egoísmo, jamais verão a luz. De que valem a beleza, a riqueza ou a inteligência se o coração permanece na escuridão, ignorando, maltratando aqueles que, como ele, pertencem à mesma criação de Deus?

Dito, com discrição, levantou a mão, dando sinal de que queria fazer uma pergunta. Cecília logo entendeu seu objetivo e disse:

— Tem alguma dúvida, meu irmão?

— Sim, dona Cecília!

— Pergunte!

— A senhora sabe que tenho uma casa de acolhimento a moradores de rua. Pois bem, havia vinte e cinco alojados. Desse número, durante alguns meses, conseguimos encaminhar, após todo o trabalho de conscientização que ministramos com especialistas da área, somente oito irmãos, que, graças a Deus, estão hoje trabalhando e desfrutando de uma nova vida com dignidade. Eu gostaria de entender a razão de os outros não quererem ainda assumir a direção da própria vida e se acomodarem com o pouco que recebem em relação ao muito que poderiam realizar através da coragem de enfrentar a vida lá fora, direcionando sua existência para a dignidade que o ser humano deve ter — e concluiu: — Tenho dificuldade em entender. A senhora sabe da minha história, o sofrimento por que passei, enfim, por que permanecer inerte quando a luz clareia seu caminho?

Cecília silenciou por alguns instantes e disse:

— Meu irmão, em primeiro lugar, vamos considerar o mais importante: todos nós temos nosso livre-arbítrio, que é a liberdade que o homem possui de agir e de pensar conforme sua vontade nas diferentes situações que a vida lhe apresenta e que devemos respeitar. Nem todos conseguem fazer escolhas acertadas; nem todos conseguem entender a porta que se abre à sua frente; muitos estão presos a enganos do passado e à dificuldade de libertação. Em O Livro dos Espíritos, questão 399, encontramos — continuou Cecília —: "É no plano espiritual que o espírito programa sua vida terrena; assim, o espírito goza sempre do seu livre-arbítrio e é em virtude dessa liberdade que, no estado do espírito, escolhe as provas da vida corporal e que, no estado de encarnado, delibera se as cumpre ou não, escolhendo entre o bem e o mal. Denegar ao homem o seu livre-arbítrio será reduzi-lo à condição de máquina." Meus irmãos, conseguiram entender a dificuldade de alguns em perceber a luz que clareia sua escuridão interna? — perguntou Cecília.

E continuou:

— Somos criaturas imperfeitas e todos nós em algum momento de nossa existência sentimos dificuldade, barreiras que nos prendem a enganos do pretérito. Aquele que se propõe a auxiliar seu semelhante precisa, antes de tudo, entender o bloqueio de cada um e, dentro do possível, ajudar essa pessoa a encontrar a saída; nunca devemos julgar, porque não sabemos o que se passa no coração e na mente do ser que ajudamos. É preciso orientar e aguardar o tempo de cada um com paciência e caridade no coração, e não desistir do bem.

Ela prosseguiu:

— No livro ... E as Vozes Falaram[1] diz: "Erra e deserta dos compromissos, tanto aquele que pode oferecer um instante de consolo moral a seu irmão e deixa de fazê-lo, quanto quem nega o recurso do dinheiro ao indigente ou pobre que não tem pão, que não tem luz, que não tem teto".

— Obrigado, dona Cecília — disse Dito. — Suas palavras trouxeram esclarecimento e acalmaram minha ansiedade.

— Alegra-me, Dito, saber que de alguma forma pude auxiliá-lo.

Cecília pensava em encerrar quando Maciel a interrogou:

— É do conhecimento da senhora o infortúnio que se abateu sobre mim com a perda de minha esposa. Às vezes me pego questionando onde Lurdes poderá estar e se sofre; isto machuca meu coração.

— Maciel, não posso dizer onde sua esposa está, mas posso lhe dizer que nenhuma criatura fica desamparada no Reino

---

1 E as Vozes Falaram: Fernando do Ó, FEB

do Senhor. Lurdes era uma pessoa do bem, vivia a verdade de Cristo com clareza, e isto deve tê-la levado a uma zona feliz, ou seja, às colônias espirituais, onde receberá amparo, orientações e amor dos responsáveis por aqueles que retornam à casa do Pai. Tranquilize o seu coração, liberte-a para que ela siga sua evolução até o reencontro que se dará um dia. Guarde-a na sua memória e no seu amor.

— Mas, dona Cecília, o que é na verdade a morte tão temida por todos os homens? — voltou Maciel a perguntar.

— Vou tentar explicar de um jeito mais simples — respondeu Cecília. — O fenômeno da morte é assim exposto pelo Codificador na Gênese: "Sendo o corpo exclusivamente material sofre as vicissitudes da matéria. Depois de haver funcionado durante certo tempo ele se desorganiza e se decompõe; o princípio vital, não encontrando mais elemento para sua atividade, extingue-se e o corpo morre. O espírito, visto que o corpo privado de vida é, a partir de então, sem utilidade, deixa-o como se abandona uma casa em ruínas ou uma vestimenta imprestável".

Com a morte do corpo o espírito não perde jamais a sua individualidade, portanto, carreia consigo um outro envoltório, embora fluídico, etéreo, vaporoso, invisível para nós em seu estado normal e também material.
(Allan Kardec)

A morte não é senão um tempo de parada na prova terrestre.

— Então, na verdade ninguém morre? — perguntou Jonas.
— Sim! O espírito continua vivo em outra dimensão, aprendendo e se preparando para, se Deus assim o quiser, outra encarnação.

Satisfeito, Maciel falou:
— Obrigado, dona Cecília. Minha Lurdes deve estar em algum lugar de paz!

— Sim, Maciel, deve estar em algum lugar de paz — repetiu. — Vamos fazer nossa prece de encerramento — disse a orientadora. — Alguém deseja fazê-la? — perguntou.

Maciel, aliviado em suas dúvidas, respondeu:

— Eu gostaria!

Com o consentimento de Cecília, iniciou:

Pai de infinita bondade
Nós, seus filhos, pecadores e intranquilos
Nos reunimos nesta hora para juntos e em nome do Senhor
Buscar a paz para nossos corações,
O alento para nossas dificuldades,
A compreensão para nossos dissabores.
Jesus amado,
Receba nossos pensamentos de amor, receba nossa prece.
Queremos muito melhorar e fortalecer nosso espírito
Mas às vezes nos perdemos; que essas vezes sejam poucas
E que nossa fé seja maior e verdadeira.
Ah, Senhor! Gostaríamos de saber viver, mas somos tão fracos
Que não conseguimos sentir a força do amor de Cristo
Nos amparando em todas as dificuldades.
Perdoe-nos e ajude-nos,
Auxilie-nos a enxergar a luz radiosa
Que, mesmo na escuridão, ilumina nossos passos.
Assim seja!

Em silêncio, todos se retiraram. As luzes se apagaram para o mundo físico, mas na espiritualidade continuaram brilhando e iluminando quantos espíritos ali se achavam para o aprendizado.

CAPÍTULO 29

— Muitas vezes nos perguntamos o porquê de tanto sofrimento; a causa de tantas amarguras e lágrimas; a razão do desânimo que muitas vezes se abate sobre nós, trazendo, não raro, a descrença, a revolta e as lágrimas. Na maioria dos casos, achamos que não merecemos as provas pelas quais passamos, julgando precipitadamente que são injustas.

"Mas esquecemos da lei que diz: "Toda ação provoca uma reação". Isto quer dizer que, se hoje sofremos o que julgamos ser injusto, com toda a certeza não passa de uma reação provocada pelas nossas ações de vidas anteriores.

"Deus, na sua infinita bondade e sabedoria, nos proporciona a oportunidade de nos redimir junto às pessoas que por ignorância ou insensatez prejudicamos de alguma maneira colocando-as novamente junto de nós.

"Os empecilhos que encontramos pelo nosso caminho devem nos ajudar a crescer e nos fortalecer, e é de uma maneira resignada e humilde que devemos aceitá-los para não correr o risco de contrair mais dívidas ao invés de saldá-las.

"Deus não nos condena; Ele, como pai amoroso e justo, nos dá a oportunidade maravilhosa do resgate através da nossa reencarnação. Por isso, devemos aproveitar essa chance de redenção cuidando do nosso espírito, da nossa elevação, do ajustamento diante das provas que foram para nós designadas.

"Sabemos que, se cumprirmos fielmente a missão que nos foi confiada, receberemos a recompensa por ocasião do nosso retorno à casa do Pai. Deus não nos dá as provas acima de nossas forças e não permite aquelas que não conseguimos cumprir, portanto, se falharmos, não será pela falta de possibilidade, e sim pela falta da nossa vontade.

"Volto a dizer da importância de se viver dentro de um conceito de generosidade, resignação e compreensão das leis de Deus. Elas são soberanas, justas e infalíveis, e os méritos consistem em suportar com paciência, sem murmurações nem blasfêmias, as consequências dos males que não podemos evitar.

"Não raro, julgamos difícil caminhar na doutrina do bem; pensamos ser mais fácil, mais cômodo desistir de pensar no enobrecimento do espírito e nos entregarmos aos prazeres materiais.

"Engano. É nessas horas que se deve lembrar dos ensinamentos deixados por Jesus; de todos os sofrimentos por Ele vivenciados sem uma queixa ou um lamento. É o momento de elevar o pensamento até nosso pai e orar – orar com o sentimento de gratidão, orar com a certeza de ser ouvido, com o desprendimento das almas humildes e generosas, porque nesse instante de encontro com Deus nosso coração estará aberto para receber os fluidos de amor que serão enviados por nosso Pai; as bênçãos que, como um bálsamo, recairão sobre nossas cabeças, iluminando nossos pensamentos, reavivando a vontade de lutar e aprender, dando-nos novamente a certeza de que apenas por meio do amor, da resignação e da fé alcançaremos a glória eterna."

O tempo passou.

O dia tão esperado por Clarinha chegou.

Finalmente, completaria quinze anos!

Seu coração, antes simples e generoso, batia descompassado diante da realização de um sonho que alimentara durante todos esses anos: impensadamente, começara a agasalhar em seu íntimo, por conta dos aplausos que recebia, a vaidade de se sentir diferenciada dos jovens de sua idade e o orgulho por sua capacidade de se comunicar com a espiritualidade.

Tudo corria conforme planejado por Gracinha, com o intuito de trazer para sua filha a felicidade que ela sonhava.

— Ela merece, Jonas — dizia ao marido. — É uma filha como poucas; tivemos muita sorte.

— Verdade — concordava o marido. — Graças a Deus, conseguimos realizar sua festa da maneira que sonhou.

Clarinha rodopiava no salão nos braços do pai, exibindo sua beleza física ao som de linda música executada ao violino, e o que menos lhe importava eram os convidados; perdia-se na vaidade de ver a admiração nos olhos de todos os presentes. Tinha consciência da sua beleza física e a exibia, rodopiando no salão. Todos em volta vibravam de alegria, emitindo para a jovem energia de paz, saúde e felicidade. Quando tudo parecia sonho, o inesperado aconteceu. Clarinha, feliz, fixou seus olhos nos de seu pai, encostou sua cabecinha no peito de Jonas e apenas falou:

— Pai, obrigada! Creia em Deus sempre e nunca perca sua fé! Há tempos deixei de ser a pessoa que imagina; ingressei nos enganos de mim mesma e...

Jonas sentiu o corpo da filha amolecer e sua cabecinha pender para frente; sem entender nada do que acontecia, gritou:

— Por Deus, chamem um médico!

Antes que todos entendessem o que de verdade ocorria, Clarinha deixou o mundo físico aconchegada nos braços de seu pai. Partiu por meio de um enfarto fulminante. Jonas, abraçado à filha, entregava-se ao pranto; Gracinha correu para junto daquela que era toda a sua alegria e os dois se entregaram à dor mais profunda que podiam aguentar.

— O que aconteceu? Por Deus, o que aconteceu? — perguntavam os presentes.

O silêncio era a resposta! Ninguém entendia; ninguém acreditava no que estava acontecendo; ninguém ousava dizer uma só palavra.

Clarinha deixava o mundo físico; recebera a bênção de partir antes que seu espírito caísse no engano da inconsequência.

A partir desse dia, Jonas e Gracinha viviam isolados de todos; perderam o entusiasmo pela vida; entregaram-se ao desânimo e à melancolia. Nada mais para eles fazia sentido. Gracinha não tivera ainda coragem para mexer nos pertences da filha e alimentava o desejo de permanecer com o quarto de Clarinha exatamente como ela o deixara, embora Cecília lhes aconselhasse o contrário.

— Quantas crianças pobres sonham com esses brinquedos, essas roupas — dizia. Mas suas palavras soavam em vão.

Os olhos opacos de Gracinha mostravam o quanto aquele coração sofria; não entendia nem aceitava que a vida iria seguir seu curso independentemente de sua vontade e que só dependia dela aceitar o que não podia mudar. Passava horas dentro do quarto que tinha sido de sua filha, arrumava, limpava e o conservava do jeito que Clarinha gostava; entregava-se totalmente à dor que a consumia.

Jonas tentava ajudar a esposa da maneira que sabia, apesar de viver com intensidade o mesmo sofrimento. Pensava nas últimas palavras da filha e não entendia o que ela queria lhe dizer. Tentando consolar sua esposa, falou:

— Gracinha, nossa filha partiu em meio à alegria da festa que sonhara, ao lado das pessoas que amava e a amavam também; isto foi um merecimento dela por conta da bondade que a acompanhava desde pequena, sempre carinhosa; enfim, era um espírito de Deus, e isto deve nos servir de conforto.

— De que adianta tudo isso, Jonas, se ela nos deixou na mais tenra idade? Não quero lembranças; o que eu quero é minha filha ao meu lado — disse com revolta.

Jonas, movido pela própria dor e tentando ajudar sua esposa a suportar tamanho sofrimento, pegou delicadamente as mãos de Gracinha e disse:

— Venha, vamos conversar com a pessoa que poderá nos ajudar a passar por essa tormenta.

— Aonde quer me levar?

— Vamos procurar dona Cecília; ela dirá as palavras certas para nos confortar.

Assim fizeram. Gracinha docilmente acompanhava o marido em silêncio. Dirigiram-se à casa espírita onde Cecília permanecia todas as tardes em atendimento aos necessitados. Assim que Cecília os viu, logo compreendeu a razão que os trouxera até ali.

Recebeu-os com atenção e levou-os até a sala apropriada. Após se acomodarem, Gracinha permitiu que as lágrimas escorressem pelo seu rosto, cuja expressão era de intenso sofrimento.

— Ajude-me, dona Cecília; não posso suportar tamanha dor! — exclamou.

Entendendo e respeitando a dor daquela mãe, Cecília falou:

— Gracinha, todos nós somos passageiros no trem da vida. Um dia teremos que partir; essa é uma verdade da qual não podemos fugir. Se entendermos e aceitarmos que nosso Pai é soberanamente justo, sábio e misericordioso, jamais nos revoltaremos com suas decisões; passaremos a aceitar com resignação o que Ele reserva para nós. Como Criador, Ele conhece cada uma de suas criaturas e sabe exatamente o que precisamos aprender para resgatar nossos débitos do pretérito e prosseguir rumo à evolução.

Nessa hora, Gracinha disse:

— Mas é justo levar embora uma criança que mal começou a viver, deixando tanto sofrimento no coração de seus pais?

Tranquilamente, Cecília levantou-se, pediu licença e saiu, retornando minutos após com o Evangelho nas mãos. Disse:

— Vou responder à sua pergunta, Gracinha, com as palavras contidas neste livro: *O Evangelho segundo o Espiritismo.*

Com visível emoção, Cecília leu:

Crede-me, a morte é preferível para a encarnação de vinte anos, a esses desregramentos vergonhosos que desolam as famílias honradas e partem o coração de uma mãe. A morte prematura, frequentemente, é um grande benefício que Deus concede àquele que se vai e que se encontra assim preservado das misérias da vida, ou das seduções que teriam podido arrastá-lo à sua perdição. Aquele que morre na flor da idade não é vítima da fatalidade, mas Deus julga que lhe é útil não permanecer por mais tempo na Terra.

Regozijai-vos ao invés de vos lamentar, quando apraz a Deus retirar um de seus filhos desse vale de lágrimas. Essa dor se concebe naquele que não tem fé e que vê na morte uma separação eterna; mães, sabeis que vossos filhos bem-amados estão perto de vós; sim, bem perto; seus corpos fluídicos vos cercam, seus pensamentos vos protegem, vossa lembrança os embriaga de alegria; mas também vossas dores desarrazoadas os afligem, porque elas denotam uma falta de fé e são uma revolta contra a vontade de Deus.

(O Evangelho segundo o Espiritismo – Capítulo V – Item 21)

Cecília calou-se e percebeu as lágrimas que escorriam pela face de Gracinha e Jonas.

Passados alguns instantes em que o silêncio reinara, Gracinha falou emocionada:

— Dona Cecília, o que devemos fazer agora se não temos mais motivo para viver: trabalhar, sorrir ou desistir?

Jonas completou:

— É verdade, dona Cecília, nossa vida se tornou vazia, sem estímulo; mostre-nos um caminho!

— Desistir nunca! Posso mostrar-lhes um caminho, mas percorrê-lo vai depender de vocês, se realmente ele tocar seus corações. Não podemos escolher nada por ninguém; podemos apenas ajudar a enxergar as possibilidades para tornarmos nossa vida útil, para nós e para quantos precisarem.

— Como assim? Não estou entendendo — falou Jonas.

— Nem eu — completou Gracinha.

— Sigam o meu raciocínio — disse-lhes Cecília. — Gracinha quer perpetuar a vida de Clarinha na Terra deixando seu quarto, seus pertences exatamente como ela deixou. Pergunto: que utilidade isso irá trazer para vocês? Nenhuma; apenas prendê-los cada vez mais na solidão e no desânimo. E para Clarinha, o que levará? A tristeza de constatar que seus entes queridos se esqueceram das boas orientações que receberam na casa espírita que frequentavam assiduamente e se entregaram ao desânimo e à falta de fé no Criador. Lembram-se como Maciel aceitou a separação de sua esposa com fé e esperança, apesar do sofrimento? Deu a si mesmo a oportunidade de continuar vivendo com equilíbrio e paz, porque Deus espera que cada um de nós cumpra sua missão, o propósito de vida que trazemos quando nos encarnamos na Terra, apesar das pedras que poderemos encontrar no caminho.

Cecília percebeu que tocara fundo o coração de Gracinha e Jonas. Os dois permaneceram em silêncio por algum tempo e, surpreendendo Cecília, Gracinha perguntou:

— Por favor, dona Cecília, o que podemos fazer com tudo o que pertenceu à Clarinha? Não queremos que, onde ela estiver, sofra por nossa causa.

Cecília se comoveu com a simplicidade de Gracinha e respondeu:

— Por que não doam para alguma casa que cuida de crianças abandonadas? Estariam dando utilidade a tudo o que ela deixou através do bem e da alegria que proporcionariam aos pequenos desamparados.

— Gostei disso — falou Jonas. — Ocorreu-me uma ideia! — exclamou.

— Diga — pediu Gracinha.

— Não sei se devo; é meio maluca!

— Diga, Jonas — incentivou Cecília. — Talvez não seja maluca como pensa, mas sim algo de suma importância.

— Dona Cecília tem razão; fale e deixe que nós mesmas possamos analisar e ver se realmente é maluca.

Jonas se animou e disse:

— Gracinha, desde que nossa filha se foi, você vive demonstrando o desejo de sair da nossa casa e irmos para o apartamento menor, não é isso?

— Sim — confirmou Gracinha. — Mas o que tem isso a ver com o que estamos falando?

— Tem muito a ver! Acompanhe meu raciocínio: temos um apartamento pequeno que está alugado; pedimos ao inquilino que nos devolva e vamos morar nele. A nossa casa, que é grande, poderemos transformar no Lar de Clarinha, que acolherá crianças órfãs ou mesmo as que foram abandonadas pelos pais, ou seja, crianças em situação de risco por viverem nas ruas sem nenhum amparo afetivo. Daremos utilidade a nossa vida e à vida de muitas crianças. O que você acha?

Cecília mal podia acreditar no que acabara de ouvir.

— O que a senhora pensa disso, dona Cecília?

— Jonas, penso que isso só pode ser inspiração do Mais Alto, se realmente saiu do seu coração e foi ao encontro do coração de Gracinha. O que você tem a dizer, Gracinha?

— Dona Cecília, tenho a dizer que foi a melhor sugestão que já ouvi; quero mesmo dar um rumo a minha vida e cuidar de crianças trará alegria ao meu coração. Só vejo uma dificuldade.

— Qual? — perguntou Jonas.

— Não sei se terei condições de tomar conta desse projeto sozinha.

Cecília se adiantou:

— Quanto a isso, não terá problema algum se quiserem fazer uma parceria com a nossa casa espírita.

— Como assim? — perguntou Jonas.

— Temos aqui na casa pessoas, profissionais que já fazem esse trabalho como voluntários em orfanatos. Poderíamos trazê-los para esse projeto, fundar legalmente o Lar de Clarinha, com você, Jonas, presidente e Gracinha diretora; manteríamos as despesas por meio dos eventos que já fazemos periodicamente e cuja renda destinamos a projetos sociais. Passaríamos a destinar toda a verba arrecadada, assim como as doações, para o Lar de Clarinha. O que acham? Estaríamos unidos pelo mesmo desejo do bem, do amor ao próximo, levando aos menos favorecidos condições de uma vida melhor, onde encontrariam o afeto que lhes falta.

Jonas e Gracinha ficaram tocados com a exposição de Cecília. Por meio do olhar que trocaram, entenderam que era esse o caminho para suportar tamanha dor. Gracinha segurou as mãos de Cecília e lhe disse emocionada:

— Obrigada, dona Cecília, por nos haver mostrado o caminho. Aceitamos sim, com o coração cheio de alegria. Sei que a nossa felicidade, a felicidade que poderemos ter daqui para frente, sem a presença física de nossa filha, reinará em nós através da felicidade que proporcionarmos às crianças deserdadas da sorte.

— Não me agradeça; apenas indiquei um caminho. Segui-lo é escolha de vocês, e, se o fizerem, foi por conta do coração generoso que possuem, o qual, apesar de haver sido atingido por dor tão profunda, não se apagou, mas sim reluziu para seguir as palavras de Cristo. Creia, sua filha estará presente, vibrando de amor por vocês.

Neste capítulo, tomo a liberdade de transcrever uma carta escrita por mim para meu filho Ricardo Luiz, desencarnado no dia 11 de outubro de 1989 em um acidente de moto. Meu desejo é que ela possa levar um pouco de consolo, de esperança e de fé a muitas mães que, como eu, sofreram a dor da separação. Aceitar a vontade de Deus sem revolta é se aconchegar no amor de Jesus.

Ricardo Luiz

Endereço: Eternidade.

Filho querido, que Jesus esteja junto de você através dos amigos espirituais que bondosamente estão lhe assistindo, confortando, energizando o seu espírito, dando-lhe a força necessária para os seus primeiros dias no mundo espiritual.

Permaneça com seu pensamento e o seu coração voltados para nosso Pai, humilde, resignado, aceitando a vontade de Deus, porque assim Ele o quis.

Foi determinado que nós nos separássemos agora; você, com apenas 26 anos de idade, com toda a energia própria da juventude, e nós, quando ainda esperávamos vê-lo realizar todas as suas aspirações junto de sua família.

Mas nós sabemos, porque cremos em Deus e na Sua sabedoria e justiça, que a separação é apenas física e temporária. Nós estamos mais juntos do que nunca, porque meu coração está aí com você, filho querido, palpitando de amor por você a cada segundo, sentindo a dor mais profunda que um ser humano pode aguentar, mas agradecida a Deus por ter nos dado durante 26 anos o filho maravilhoso que você foi.

Não se preocupe conosco; tenha a certeza de que tudo faremos pelo Bruno e pela Camila, seus filhos, para que eles se sintam amados e felizes.

Seja paciente e se fortaleça, meu filho, para que mais tarde, no momento propício, possa nos ajudar e nos orientar sempre para o caminho do bem, da verdade e da caridade cristã.

Tenho certeza de que nossos amigos espirituais farão chegar até você essas minhas palavras de saudade e de amor, e que sejam um bálsamo para você como estão sendo para mim.
Ricardo, Deus é soberano, é Pai e nos ama profundamente; vamos entregar nossa dor a Ele sem reservas e sem dúvidas, para que possamos um dia nos encontrar e nos abraçar no plano espiritual. Beijos no seu coração, filho amado; tenha a certeza de que você permanecerá vivo e inteiro dentro de nós, e principalmente dos seus filhos, porque nosso amor é grande demais.

Mamãe Sônia

20 de outubro de 1989

Àquelas mães que passam pelo sofrimento da separação, lembrem-se de que a distância existe para os olhos e não para o coração.
Muita paz!

CAPÍTULO 30

Por que abordamos por duas vezes o fenômeno da morte? Para que os encarnados possam perceber que a morte na realidade não existe, apenas representa o momento de transição quando o espírito encerra mais uma experiência terrena e retorna para sua pátria de origem. É o momento de parar; chama-se o espírito para novamente se recolher no mundo invisível aos encarnados, porém um lugar onde o espírito se prepara, seja reconhecendo suas faltas e lamentando, ou com salutares resoluções para retornar à prova da vida terrena.

Com a morte do corpo físico, o espírito não perde jamais sua individualidade; envolve-se em outro envoltório, fluídico, etéreo, invisível para nós.

Joanna de Ângelis, no livro *Estudos Espíritas*[1], pela mediunidade de Divaldo Franco, esclarece-nos:

---

1 Estudos Espíritas, de Divaldo Pereira Franco/Joanna de Ângelis, FEB

Jesus, indubitavelmente, o Senhor do Mundo e o Herói da Sepultura vazia, foi o mais nobre pregoeiro da vida com excelente realidade da morte. Depois dele coube ao Espiritismo a inapreciável tarefa de interpretar a morte, libertando-a dos infelizes conceitos de vários matizes que foram tecidos multimilenarmente na plenitude da ignorância sobre a sua legítima feição.

Assim como Dito fizera, Jonas e Gracinha dedicaram-se com afinco à preparação do Lar de Clarinha, o que aconteceu dois meses após o encontro com Cecília.

No dia da inauguração, em meio às pessoas que estavam presentes, compartilhando da alegria que reinava no ambiente, Gracinha pediu licença para dizer algumas palavras, o que surpreendeu Jonas, que sabia o quanto sua esposa era tímida para falar em público. Todos silenciaram para ouvi-la e Gracinha disse:

— Agradeço a presença de todos vocês e gostaria de dizer umas palavras que traduzem o sentimento que se abriga em meu coração.

Cerrou seus olhos e com emoção disse:

Senhor, Pai de misericórdia, mais uma vez abro meu coração
Marcado pelo sofrimento e pela angústia
E Vos imploro... tranquilize-o
Acalme-o com Vosso amor e Vossa bênção
Permita que minha prece flua pura e resignada
Para que possa chegar até Vós!
Sofro, Senhor, talvez a dor mais profunda que posso aguentar
Mas não quero me perder no desespero
Não quero que minha fé se esmoreça
Para não perder a força que me impulsiona para Vós,
Porque só Vós, Senhor,
Me faz compreender... e aceitar que a separação é provisória
E que um dia nos reuniremos unidos no amor

E na fé em Vós, Senhor
Que eu consiga tirar dos fragmentos do meu coração a coragem
Para continuar vivendo e seguindo em Vossa direção.
Que esta casa seja o farol a iluminar a direção de cada um que
aqui chegar.
Assim seja.

Em meio às lágrimas dos presentes, Gracinha se entregou de coração à alegria que reinava.

Gracinha e Jonas passaram a dedicar a cada criança que chegava o amor e a atenção que deram à filha quando encarnada; sentiam novamente a vida pulsando em seus corações e tiveram certeza do que sempre ouviram Cecília dizer: "a felicidade é subordinada ao que fazemos dela".

Não há razão para buscarmos o sofrimento, mas, se por destino ele chegar a nossa vida, não devemos nos entregar ao medo, à desesperança, ao sentimento de que tudo foi destruído e que nada mais podemos fazer para modificar a situação. O que se deve fazer é encarar de frente, com a cabeça erguida e com dignidade cristã, confiando que, mesmo quando as lágrimas molharem nossa face, Jesus nunca irá nos abandonar; somos nós que esquecemos de buscar consolo em Seu amor.

Não raro teimamos em trazer o passado para perto de nós, porque acreditamos que naquela época éramos felizes, mas nosso destino é feito de momentos felizes, e não de épocas felizes; somos construtores do nosso bem-estar, da felicidade que almejamos e da paz que queremos implantar em nossa família. Muitas vezes teimamos em querer que os outros pensem como nós, sonhem os nossos sonhos, enfim, a tarefa é nossa, as escolhas também, e cada um está no lugar que Deus achou que deveria estar.

Nem sempre o erro, o engano estão no outro como pensamos, mas é prudente entender que temos livre-arbítrio, ou seja, temos a liberdade de escolha e devemos respeitar a liberdade de pensamento do semelhante tal como queremos ser respeitados.

Os empecilhos que encontramos no caminho ajudam-nos a crescer e nos fortalecer se entendermos a mensagem contida neles; o que a vida está nos mostrando; onde nos perdemos, enfim, que tenhamos olhos para ver e ouvidos para ouvir, para não cairmos em lamentações intermináveis que só levam, quase sempre, à revolta, à mágoa e ao sentimento de sermos abandonados ou discriminados.

Sejamos fiéis seguidores do bem. Que a generosidade faça morada nos corações de cada um; esse é o caminho da felicidade real.

A vida seguia seu curso.

Cada um, a sua maneira, encontrara a paz e o equilíbrio; o sorriso voltara ao rosto de Gracinha e Jonas, fruto da alegria que notavam nos rostinhos de seus "filhos adotivos", como chamavam as crianças do Lar de Clarinha.

Todas as semanas marcavam presença nas reuniões orientadas por Cecília, que, como sempre incansável, ministrava palestras de amor a quantos a ouvissem.

Em uma dessas reuniões, Jonas, que sempre alimentara o desejo de entender a questão das colônias espirituais, pedindo licença, perguntou:

— Dona Cecília, a senhora não poderia abordar o tema das colônias do mundo espiritual? Esse assunto persiste em minha mente porque não consigo entender quando Jesus disse que há muitas moradas na casa do Pai. O céu não é um só? É possível?

— Claro, Jonas, faço questão de deixar bem claro; de tirar as dúvidas que, acredite, não são somente suas.

Com serenidade, Cecília iniciou:

— Primeiro, devemos entender que céu é apenas uma denominação do lugar onde acreditamos gozar da felicidade celestial; entretanto, essa felicidade existe não em um céu único, mas nas muitas moradas da casa de Deus, assim também como o sofrimento.

"Podemos entender a grande casa de meu Pai como o universo; as moradas são os mundos que circulam no espaço infinito e oferecem aos espíritos as moradas apropriadas ao seu progresso espiritual. Ao nos reencarnarmos, chegamos ao mundo terreno vindos de algum lugar, não é assim? Quando nos desfazemos do nosso corpo físico, retornamos para o nosso lugar de origem, e os espíritos vão viver em acordo com as atitudes que tomaram quando encarnados no mundo material.

"Cada um de nós será levado pelas reações de suas ações aos lugares com os quais se afina. Felicidade ou sofrimento depende do que cada um fez de sua experiência na Terra.

"Na erraticidade, o espírito aprende e se prepara para uma nova encarnação, se fortalece para resgatar seus débitos gerados na imprudência e na inutilidade que implantou em sua existência terrena. A presença de Deus em nosso coração nos propicia limites que irão nos resguardar dos atos nocivos à nossa evolução."

— Qual é o tamanho de Deus em nossa vida? — perguntou com inocência um adolescente presente.

— Jovem, o tamanho de Deus vai depender da distância que você estiver Dele; quanto mais perto estiver de Deus, maior Ele será em sua vida.

Ao ouvir essas palavras, Jonas pensou: "Que interessante! No dia em que conheci Roberto, ele falou da distância de Deus, contou-me uma história a esse respeito... Que coincidência!". Voltou a prestar atenção nas palavras do jovem.

— Por que o homem adulto se torna senhor de si, achando-se dono da verdade, dizendo palavras que machucam principalmente os adolescentes, que, creio eu, pouco ou nada sabem ainda, mas que, assim como eu, anseiam em aprender?

Como sempre tranquila e confiante no que dizia, Cecília respondeu:

— Qual o seu nome, meu jovem?

— André! — exclamou o jovem, feliz em receber a atenção esperada.

— O que infelizmente acontece, André, é que muitos homens se esqueceram de Deus e caminham por estradas turvas, às vezes sem saber o que fazer e muitas vezes fazendo o que não devem, mutilando sua alma e permitindo que o desamor se apodere dela. Gritam pela paz, entretanto, conservam o coração violento; seu caminhar é perdido, seus olhos se tornam frios e suas palavras, ditas imprudentemente, ferem como chicotes os corações do próximo — e continuou: — Mas existem aqueles que quebram os grilhões da indiferença e caminham seguros para falar de amor. Com coragem praticam a lei da caridade, do amor e da justiça. Devemos orar tanto para um quanto para outro, André. Quem conhece o Criador manterá os braços estendidos para amenizar a dor de quantos sofram com coragem e fé; os inconsequentes que vivem perdidos nas trevas de si mesmos enxergarão no final do túnel, quando as luzes terrenas se apagarem, a luz intensa do amor de Jesus e se arrependerão dos momentos perdidos na ambição e na vaidade; na escuridão de seu coração, que os impediu de escutar o chamado de Jesus para uma vida nova, de paz e de trabalho digno.

Cecília, sentindo a energia salutar que beneficiava todos os presentes, calou-se por alguns instantes.

Voltou a dizer:

— A grandeza do Amor Infinito nasceu entre nós, mas até hoje o homem tem dificuldade em reconhecê-Lo; a mensagem de paz e fraternidade paira em todos os cantos do universo, emanando do Criador, mas os olhos da humanidade não se acostumaram ainda à luz divina, perdidos que estão em lamentos, exigências e conquistas que irão garantir um bom lugar entre os homens, e se esquecem de garantir um bom lugar entre os escolhidos.

Continuou:

— Meus irmãos, é hora do silêncio! O silêncio faz a nossa voz interna gritar à procura de Deus, e Deus está aqui entre nós, misturado às coisas simples que não raro esquecemos de observar, mas que encerram a essência do amor fraternal. Basta-nos aprender a senti-Lo... Basta-nos aprender a segui-Lo, e a felicidade se fará!

André dirigiu-se a Cecília dizendo:

— Obrigado, dona Cecília; foi um aprendizado para mim.

— Não me agradeça, André; estou aqui para passar a vocês tudo o que aprendo com a espiritualidade. Alegra-me ver o interesse de um jovem em se tornar uma pessoa melhor. Você gostaria de fazer a prece de encerramento?

— Não sei dizer preces bonitas, mas fico feliz em ser alvo da confiança da senhora.

— As preces, André, não são feitas de palavras bonitas, mas sim de sentimentos nobres e sinceros. Faça-a!

— Senhor, agradeço por viver estes momentos de luz e Vos peço: ilumine os homens com o Teu olhar e auxilia-os a enxergá-Lo, assim a paz florescerá em seus corações, deixando-os fortes para sentir o cheiro do amor impregnando-lhes a alma e tornando-os criaturas de Deus.

— Assim seja! — exclamou Cecília.

CAPÍTULO 31

Os dias se passavam e cada vez mais tanto a obra social de Dito quanto a de Jonas e Gracinha cresciam. A alegria voltara ao coração de cada um deles. Realmente entenderam a importância da prática da caridade real, o auxílio que chega sem humilhar quem o recebe, respeitando o sentimento que se abriga no coração do necessitado; essa é a caridade que Jesus nos ensinou, é a caridade que nasce do coração generoso que compreende que cada um de nós segue seu rumo, mas nem todos têm a força e a fé necessárias para mudar a direção do seu caminho.

Clarinha, conforme o tempo passava, tornava-se mais equilibrada, harmonizada com sua nova vida. Entendera e aceitara seu desencarne precoce quando ainda mal começara sua tarefa. Fora beneficiada ao ser retirada do mundo físico quando a vaidade e o orgulho começavam a se infiltrar em seu coração, derrubando a humildade que sempre fizera parte de sua vida, levando-a ao encontro dos espíritos que trabalham no Evangelho de Jesus.

A mediunidade é aquela luz que seria derramada sobre toda a carne e prometida pelo Divino Mestre aos tempos do Consolador, atualmente em curso na Terra. A missão mediúnica, se tem os seus percalços e as suas lutas dolorosas, é uma das mais belas oportunidades de progresso e de redenção concedidas por Deus aos seus filhos misérrimos.
Sendo luz que brilha na carne, a mediunidade é atributo do espírito, patrimônio da alma imortal, elemento renovador da posição moral na criatura terrena, enriquecendo todos os seus valores no capítulo da virtude e da inteligência, sempre que se encontre ligada aos princípios evangélicos na sua trajetória pela face do mundo.
(O Consolador, de Emmanuel/Chico, FEB)

Frequentava as palestras de Madre Teresa e sentia seu espírito se fortalecer no amor de Jesus. O caminhar de seus pais terrenos a deixava feliz por constatar que ambos tinham entendido e permitido que o amor ao próximo trouxesse novamente o sorriso a seus lábios.

Certa tarde, procurou Justino, o espírito responsável pelo setor do qual ela fazia parte, e questionou:

— Gostaria muito de visitar meu antigo lar terreno, ver meus pais, senti-los felizes; isto já é permitido para mim?

Justino sorriu e respondeu:

— Sim, irmã, já é possível; esperava mesmo que viesse pedir isso. Você já está desligada das sensações terrenas e apta a doar energias positivas para o trabalho edificante de seus pais.

Feliz, Clarinha respondeu:

— Quando poderei ir, irmão Justino?

— Daqui a três dias iremos em missão ao orbe terrestre; poderá nos acompanhar. Aconselho-a a se preparar durante essa espera; ore a Jesus, acalme seu espírito e agradeça a bênção recebida.

— Obrigada, irmão!

Foi até o salão onde às dezoito horas aconteceria a palestra de Madre Teresa e, enquanto aguardava, entrou em oração. Voltou a si ao ouvir o som do sino indicando o início da palestra.

Suave música embalava os pensamentos dos presentes com seus acordes delicados e envolventes. O silêncio reinava absoluto. Com todo o seu amor, Madre Teresa iniciou:

— Meus irmãos, somente através do amor entendido e exercitado poderemos nos encontrar com o Criador, porque Deus, acima de tudo, é amor. Esse sentimento possui uma força gigantesca, que se renova sem cessar, enriquecendo ao mesmo tempo aquele que dá e aquele que recebe.

"É por intermédio do amor que atraímos para nós vibrações positivas; as ondas benfazejas são atraídas, infiltrando-se em nosso ser, em nossa matéria, energizando-a e fortalecendo-a para enfrentar os obstáculos encontrados.

"Não devemos cair no desânimo nem na ociosidade; a vida é um buscar constante, é a luta incessante contra os sentimentos mesquinhos e pequenos que nos levam com certeza a lágrimas futuras. Se soubermos usar as armas que os sentimentos puros e elevados nos fornecem, sairemos vencedores dessa batalha constante.

"Necessário se faz aprender a amar com pureza; a compreender e tolerar as fraquezas alheias; auxiliar sem julgamentos nem condenações. Estaremos burilando nosso espírito, elevando nossos sentimentos e, consequentemente, aproximando-nos de Deus.

"Todo aquele que deseja progredir trabalha na obra de solidariedade universal, recebendo dos espíritos mais elevados uma missão particular apropriada às suas aptidões, ao seu grau de adiantamento espiritual, e também proteção, força e amparo para que consiga cumprir sua missão com alegria, vontade e humildade, com a certeza de estar no caminho do bem, da verdade e do amor."

E continuou:

— É evidente que todos encontram obstáculos durante seu percurso na Terra, mas é nessa hora que se deve orar ao Senhor e se entregar ao Seu amor com humildade e sinceridade, recebendo assim a força para continuar firme no caminho seguro da evolução. Deus espera seus filhos e deseja que todos evoluam; cabe a cada um promover seu encontro com Deus.

Madre Teresa se retirou.

As luzes se apagaram e, em silêncio, todos saíram do recinto levando em seu espírito, cada vez mais forte, a certeza do amparo divino; a misericórdia de Deus se faz presente sempre em nossa existência, esteja o espírito encarnado ou desencarnado, propiciando-lhe a oportunidade de renovação.

Durante o período em que permanece na erraticidade, o espírito se fortalece por meio do aprendizado, que o faz perceber as faltas e os enganos cometidos quando no orbe terreno. O arrependimento sincero o faz desejar uma nova oportunidade para quitar seus débitos, e solicita ao Mais Alto uma nova encarnação, que lhe é concedida no momento em que o Mestre julga oportuno.

Normalmente, o espírito permanece na erraticidade um período mais ou menos longo, dependendo do seu estado evolutivo.

O número de encarnações varia de acordo com a rapidez ou lentidão com que caminha o espírito. Aquele que caminha depressa se poupa das provas. Todavia, as encarnações sucessivas são sempre muito numerosas porque o progresso é quase infinito; o intervalo pode variar de algumas horas a alguns milhares de séculos.

(O Livro dos Espíritos — *Segunda Parte* — *Capítulo IV* – Questão 169 – *Capítulo VI* – Questão 224)

Clarinha seguiu rumo ao lago Azul, onde se entregava à meditação, analisando a si mesma.

Pensava: "Como pude deixar a vaidade me dominar? Ninguém percebia o quanto eu gostava de ser elogiada por todos os que me conheciam; pensava ser uma pessoa especial, diferente, superior. Enquanto meus pais me julgavam um anjo, no meu íntimo acalentava o orgulho de me considerar melhor que os demais. Não sei em qual momento me perdi e deixei que esses sentimentos tomassem conta do meu ser. Realmente foi uma bênção ter sido retirada do mundo terreno antes que caísse na confusão de mim mesma e provocasse grande decepção aos meus pais. O íntimo verdadeiro de uma pessoa somente Deus conhece; fui fraca e coloquei tudo a perder, deixei para trás a missão para a qual fui destinada".

Tão absorta estava que não percebeu a chegada de Rodrigo, jovem desencarnado aos 22 anos por um acidente.

— Incomodo, irmã?

Clarinha, surpresa, respondeu:

— Não, de forma alguma! Sente-se.

Rodrigo sentou-se ao lado de Clarinha, e esta de imediato percebeu o olhar tristonho do jovem.

— Posso me abrir com você? — perguntou o jovem.

— Se você quiser e achar que deve, claro que sim. Percebo uma tristeza em seu semblante! — exclamou Clarinha.

— Tem razão! Sofro muito e me arrependo dos meus erros e enganos enquanto estive encarnado. Fui um tolo; não consegui perceber que me entregava às armadilhas do mal, da inconsequência, enfim, consegui destruir a sagrada oportunidade da minha encarnação terrena.

— Não tenho o direito nem quero te julgar, Rodrigo, mas penso que, se você se arrependeu e entendeu o mal que fez para você mesmo, com certeza agirá com mais prudência em uma nova oportunidade de encarnação.

— Estou me preparando para isso; pedi essa nova oportunidade de retornar à Terra, mas ainda não me julgaram forte o suficiente para enfrentar novas provas. Tenho a tendência de novamente cometer os mesmos enganos, portanto, me aconselharam a aguardar um tempo maior.

— Então, meu amigo, o melhor a fazer é se esforçar para aprender a impulsionar seu espírito para o bem, a prudência, a responsabilidade; enfim, trazer consigo as palavras de Jesus, que sempre irão nos direcionar para o rumo certo, seja aqui ou no orbe terrestre.

— Envergonho-me muito, Clarinha, quando me lembro da insensatez com a qual dirigi minha vida terrena. O sofrimento que infligi aos meus pais; as lágrimas que provoquei nos olhos de minha mãe, que, até hoje, ora por mim.

Clarinha pensou na própria vida e disse-lhe:

— Rodrigo, também me perdi na vaidade e no orgulho; pior: deixei que todos pensassem que eu fosse quem na verdade não era.

— Como assim? — perguntou Rodrigo.

— Desde criança, convivi com uma mediunidade muito clara; conseguia ouvir a voz dos espíritos, tinha ao meu lado uma amiga espiritual que me aconselhava sempre para o bem, a verdade; enfim, direcionei os meus passos com humildade. Embora criança, era feliz em poder ser útil através das palavras de amor que ouvia. Seguia meu caminho de uma maneira correta e digna, como deve ser a trajetória de um médium. Quando completei treze anos, comecei a mudar; embora não deixasse que ninguém percebesse, sentia a vaidade e o orgulho crescerem dentro de mim, tomando conta do meu coração. Comecei a me julgar melhor e superior às demais criaturas; trazia no rosto a falsa modéstia que encantava todos os que me conheciam, entretanto, me entregava aos aplausos que recebia e comecei a usar minha mediunidade a meu favor.

— Como assim? — perguntou de novo Rodrigo.

— Quando queria alguma coisa, usava o dom para conseguir; nem gosto de lembrar, meu irmão. — Parou... Deu um suspiro e disse: — Como me arrependo! Vê por que não posso julgar você ou qualquer outro irmão?

— E como você retornou?

— Quando completei quinze anos, ganhei uma linda festa de meus pais. Desfilava pelo salão encantando todos os presentes e cada vez mais me sentindo envaidecida. Era como se o mundo me pertencesse! Em determinado momento, dançava a valsa com meu pai; senti uma fraqueza imensa, para todos inexplicável. Olhei para meu pai e apenas disse-lhe: "Obrigada". Minha cabeça pendeu em seu ombro e desencarnei em meio à festa tão sonhada por mim.

Continuou:

— Quando me dei conta de que não pertencia mais ao mundo terreno, não aceitei de imediato, mas o amor que recebi no hospital de refazimento para onde fui transportada fez com que aos poucos fosse me acostumando e aceitando minha nova existência. As orações que recebia de meus pais traziam paz para meu espírito. Passei a assistir as palestras de Madre Teresa; ouvir os seus sábios ensinamentos fez-me compreender, aceitar minha realidade, e aprendi a aquecer o meu espírito no amor de Jesus. Há algum tempo tive a felicidade de saber que meus pais estão bem, trabalhando na casa que fundaram com meu nome: Lar de Clarinha. Isso me fortalece!

— Que história bonita, minha irmã! — exclamou Rodrigo.

— Aprendi que vaidade, orgulho, egoísmo são sentimentos menores que nos levam a enganos pelos quais pagamos muito caro. Sinto-me livre para dizer que hoje vivo e quero viver para sempre aqui, ou encarnada no amor de Jesus, porque este é o caminho que nos leva ao Criador.

— Você já visitou seu antigo lar terreno? — perguntou Rodrigo.

— Ainda não! Vou visitar meus pais daqui a três dias, acompanhando uma corrente de irmãos que irão à Terra em missão. E você, já visitou?

— Não! Já solicitei por duas vezes, mas não fui autorizado ainda. Estou aguardando.

— Vai chegar o momento adequado. Confie!

Separaram-se, cada um levando em seu íntimo a certeza do amparo divino.

A alma no instante da morte volta a ser Espírito, ou seja, retorna ao mundo dos Espíritos, que ela havia deixado temporariamente. A alma conserva sua individualidade e não a perde jamais.

A alma constata sua individualidade através de um fluido que lhe é próprio, que tira da atmosfera do seu planeta e que representa a aparência da sua última encarnação: seu perispírito.

A alma não leva nada deste mundo a não ser a lembrança e o desejo de ir para um lugar melhor. Essa lembrança é cheia de doçura ou de amargor, segundo o emprego que tenha dado à vida. Quanto mais pura ela for, mais compreenderá a futilidade daquilo que deixou na Terra.

(O Livro dos Espíritos — Capítulo III — Segunda Parte — Questões 149 a 150-B)

CAPÍTULO 32

Finalmente, o momento esperado por Clarinha chegou. Com grande expectativa, juntou-se à comitiva de Tomás e, amparada, desceu volitando pela primeira vez até o orbe terrestre.

Para ela, tudo era uma grande novidade, e Tomás, percebendo o estado em que Clarinha se encontrava, disse-lhe:

— Irmã, acalme-se. A ansiedade não irá contribuir para o seu equilíbrio. Ore a Jesus e se entregue ao Seu amor; este momento é para todos nós uma grande bênção do Divino Amigo.

— Onde vou encontrar os meus pais? — perguntou.

— Pelo horário da Terra, vamos encontrá-los praticando a caridade no Lar de Clarinha! — exclamou Tomás, prestando atenção na reação de sua pupila.

Ele não se enganou; Clarinha foi tomada por grande emoção, o que fez Tomás energizá-la com vibração salutar, equilibrando-a e dizendo:

— Minha irmã, se não conseguir se acalmar, não poderei deixá-la entrar; pense em Jesus, como já lhe disse, e mantenha seu pensamento na felicidade conquistada de poder estar perto de seus pais terrenos, usufruindo desse momento mágico, feliz e reconfortante para o seu espírito.

Após alguns instantes de oração, Clarinha sentiu-se segura para entrar na casa que amorosamente seus pais criaram em sua homenagem e vê-los novamente, sentir a presença de seres tão especiais que haviam conseguido, apesar da imensa dor, promover a felicidade de crianças que pouco ou nada tinham de afeto.

Entraram.

Encontraram Gracinha e Jonas ao lado de duas funcionárias servindo a merenda para as crianças internas na casa. Percebeu a paz que aquecia o coração de ambos. Com o consentimento de Tomás, aproximou-se dos dois, beijou-os suavemente e agradeceu pelos anos que passara ao lado de pais tão amorosos.

Orou:

— Jesus, abençoe estes irmãos, meus pais terrenos, que conseguiram vencer a tristeza e transformaram sua imensa dor na alegria destes espíritos jovens que apenas iniciam sua caminhada na Terra.

Aproximou-se mais e, abraçando um de cada vez, disse-lhes:

— Pai... Mãe... Perdoem-me, não sou a filha que imaginam; infelizmente deixei-me levar pela vaidade, agasalhei o orgulho em meu coração, mas o grande amor que sinto por vocês é verdadeiro, real, intenso. Sou-lhes grata por haverem colocado meu nome neste trabalho tão generoso, tão fraterno, exemplo de amor ao próximo. Estou bem em minha nova vida. Hoje entendo a razão da minha volta precoce à espiritualidade; o que parecia uma fatalidade foi, na verdade, uma grande bênção para mim.

Silenciou.

Sorriu quando ouviu sua mãe dizer:

— Jonas, tive uma sensação estranha... Senti a presença de Clarinha tão forte que parecia real!

— Que estranho, Gracinha, senti a mesma coisa! Onde ela estiver, deve estar nos abençoando e também a esta casa, que afinal é dela — e completou: — Vamos aos nossos afazeres para não cairmos na lamentação!

— Tem razão, vamos!

Clarinha, vendo-os se afastarem, elevou seu pensamento ao Pai e pediu bênçãos para aqueles dois seres que conseguiram ver além de si mesmos, além da dor que dilacerava seus corações, entregando-se à prática da caridade real e sincera. "Nem sempre", pensava, "percebemos as possibilidades que se apresentam em nossa vida para superarmos o sofrimento que se abate sobre nós; esquecemos que o auxílio pode vir, não raro, por meio de um aperto de mão. Meus pais terrenos encontraram o caminho... Que Jesus os abençoe sempre!".

Ao ouvir o chamado de Tomás, afastou-se, levando seu espírito harmonizado e feliz em razão de tudo o que vira.

Clarinha, com simplicidade, indagou:

— Tomás, poderia falar-me a respeito do amor, explicar-me que sentimento mágico é esse que une as pessoas e renova o nosso espírito?

— Querida irmã, o amor é o sentimento por excelência; aprendemos com nosso Divino Amigo que somente esse sentimento transforma a criatura, esteja ela encarnada ou desencarnada. É ele que abre o caminho para as conquistas espirituais.

— E por que reluta-se tanto em aceitar e amar o nosso próximo como nosso irmão em Cristo?

— Clarinha, a humanidade não gosta de perder; ao contrário, quer sempre ganhar, não quer repartir o que possui. As pessoas julgam-se poderosas com suas conquistas, mas esquecem que, na verdade, nada na Terra lhes pertence realmente, porque nada mais possuem além do usufruto de tudo o que conseguiram guardar. No dia do retorno, nada poderão levar, a não ser suas conquistas espirituais.

— Por que somos assim?

— Porque somos espíritos comuns que viemos à Terra para aprender a amar, e não a sermos amados.

Tomás continuou:

— Quantas possibilidades existem para nosso engrandecimento espiritual, e em todas elas o agente principal é o exercício do amor. Mas é bem verdade que em muitas delas nos negamos a enxergar a luz e continuamos na autopiedade. Clarinha, o amor é verdade! O amor é esperança! O amor é a paz que a humanidade almeja e que mora no coração de cada um, mas poucos conseguem perceber, porque se encontram perdidos dentro de si mesmos.

— Irmão Tomás, o que é necessário fazer para viver esse sentimento em toda a sua grandeza?

— Primeiro, irmã Clarinha, é necessário estar em harmonia com as leis divinas; são elas que nos levam ao caminho seguro do amor! Agora — prosseguiu Tomás —, vamos cumprir a missão para a qual viemos à Terra.

Clarinha despediu-se de seus pais, beijou-os com carinho e ternura e partiu, levando consigo o maior aprendizado, o único que leva o homem ao seu encontro com Deus... o amor!

Gracinha, aproximando-se de Jonas, disse-lhe:

— Hoje, especialmente, sinto-me tranquila; não sei bem explicar, mas é uma leveza na alma, uma vontade maior de seguir em frente sem esmorecer. Em cada rostinho dessas crianças é como se visse o rostinho de nossa filha quando pequena; é como se estivesse novamente cuidando dela... Não acha isso incrível?

— Acho, mas não estranho, porque tenho essa mesma sensação; parece que adquiri uma força maior, uma certeza de estar no caminho certo, enfim, é como se alguma coisa crescesse dentro de mim... Não sei, só o que tenho é a certeza de que tomamos a atitude certa, que nos trouxe paz ao fundarmos esta casa.

— Tem razão!

Jonas, antes de se afastar, disse:

— Amanhã venho somente na parte da tarde. Vou com Maciel à pescaria; precisamos reabastecer a peixaria.

— Claro! E como vai Antônio?

— Muito bem, Gracinha; esforçado, consciente da sua tarefa na peixaria, enfim, Dito está fazendo um bom trabalho com os moradores de rua. Soube por ele que mais um está empregado; trabalha como ajudante em um mercado do bairro.

— A história de Dito, que gerou tanto sofrimento para ele, no final se transformou em uma grande oportunidade para quantos se encontrem abandonados, sem rumo e sem nenhuma possibilidade de se reerguer na sociedade.

— É verdade, Gracinha. Se todos os que possuem mais do que o necessário lembrassem de olhar à sua volta, veriam que o supérfluo para eles é o essencial para muitos, mas nem todos estão dispostos a praticar o que Jesus ensinou; preferem fechar os olhos e se enganar, fingindo que nada estão vendo; fecham os ouvidos para não ouvirem os lamentos... Estão surdos; conseguem prosseguir muitas vezes na frivolidade de suas atitudes, sem estender as mãos para aqueles que vivem na confusão de si mesmos.

Gracinha pegou as mãos do marido e lhe disse com todo o carinho:

— Jonas, eu o amo muito; sinto orgulho de compartilhar minha vida com alguém assim como você, que, mesmo sem esclarecer suas dúvidas, dúvidas essas que sei o quanto o atormentam, pensa e impulsiona o seu coração para a prática do bem e da caridade ao próximo.

Jonas, emocionado, respondeu:

— Obrigado, querida; eu também a amo muito e, se você sente orgulho por estar comigo, eu também sinto orgulho por dividir minha vida com uma esposa que, apesar de passar por um sofrimento tão grande e avassalador, conseguiu abrir os braços e abrigar os pequenos que viviam no abandono. Aceitou abraçá-los como uma verdadeira mãe, devolvendo o sorriso aos rostinhos antes tão tristes.

Sem mais nada a dizer, abraçaram-se, reafirmando assim o quanto amavam um ao outro.

Amemo-nos uns aos outros e façamos aos outros o que queríamos que nos fosse feito.
(*O* Evangelho segundo o Espiritismo – *Capítulo XIII – Item 9*)

A caridade é um sentimento que as almas puras e desprendidas conseguem sentir; ela não consiste somente em dar esmolas. Não é isso que Deus espera de suas criaturas, mas também a benevolência concedida sempre e em todas as coisas ao nosso próximo.

Existem várias maneiras de se fazer a caridade: por meio de ações, pensamentos, gestos e palavras. No Evangelho encontramos a seguinte mensagem: "Amemo-nos uns aos outros e façamos a outrem o que queríamos que nos fosse feito". Esse pensamento encerra exatamente o que queremos para nós: praticar a caridade sem humilhações. Deixar de praticar o bem é um grande mal.

É importante matar a fome e a sede de um irmão, assim como agasalhar os bracinhos frios de uma criança; mas também é prudente lembrar de acariciar um idoso que vive de recordações nos asilos ou mesmo no quarto dos fundos da casa dos próprios filhos.

Caridade é doação; é amar sem reservas o nosso próximo; orarmos em favor de um necessitado, um enfermo; e, sobretudo, perdoar as fraquezas do nosso semelhante.

São Vicente de Paulo, com toda a sua sabedoria e humildade, certa feita disse:

Homens de bem, de boa e forte vontade, uni-vos para continuar amplamente a obra da propagação da caridade; encontrareis a recompensa dessa virtude no seu próprio exercício; não há alegria espiritual que ela não dê desde a vida presente. Sede unidos; amai-vos uns aos outros segundo os preceitos do Cristo. Assim seja!

Meus irmãos, espelhem-se nesta grandeza de sentimentos e jamais esqueçam que hoje podem estar ajudando as mesmas pessoas que, um dia, em vidas passadas prejudicaram.

Que o exemplo de Jesus impulsione todos para uma vida de verdadeira caridade cristã.

Reflexão

De onde vem você, meu irmão?
Que traz você em sua bagagem para ofertar ao Criador?
Que faz você para merecer a glória divina?
Por qual caminho você anda que não a sua volta?
Tantos irmãos necessitados... Que criança você ampara?
Que enfermo socorre...? Pare!
Olhe atrás de si quantas crianças chorando
— Enxugue suas lágrimas.
Veja quantos irmãos que morrem de fome
— Dê-lhes o alimento.
Sinta a solidão daqueles que vivem em trevas
— Leve a eles um pouco de luz.
Pense... na grandiosidade do amor de Deus
E se transforme em um mensageiro da lei divina
Pregue o amor... a bondade... a compreensão
Mas... antes de fazê-lo, sinta em você mesmo
O que são esses sentimentos que elevam o homem

Tudo o que dermos ao próximo é preciso que saia do fundo do nosso ser
Da nossa vontade de amar e servir
Da nossa completa integração com o mundo espiritual
Ame... dê de si a todos os que precisam de você.
Quando se apresentar diante de Deus levará uma bagagem
Cheia de amor... de doações...
E... repleta de espiritualidade.

CAPÍTULO 33

Célia, sentada na varanda de sua casa, pensava em sua vida e em tudo o que fizera contra Dito somente para agradar Vitor; a trama que ele arquitetara com a conivência dela.

"Por que aceitei tomar parte nessa loucura? Hoje percebo que tudo não passou de uma grande e sórdida crueldade. Vitor apenas me usou para conseguir o que queria, ou seja, usufruir de uma vida de luxo, e eu, tola, não percebi sua real intenção. Acabei com a dignidade de Dito, jogando-o na rua; tirei de nossos filhos o direito de conviver com o pai e perdi o homem que me amava de verdade, que é o pai de meus filhos, por uma ilusão efêmera, por alguém que dizia me amar, mas que somente queria meu dinheiro."

Continuava entregue aos seus pensamentos. "A generosidade de Dito é tão grande e verdadeira que me perdoou; formamos novamente uma família, mas o que de verdade eu desejo até hoje não consegui. Dito trata-me com educação e respeito, mas não se entrega ao meu amor, à minha vontade de tê-lo novamente em meus braços... Acho que isso jamais irá acontecer!"

Tão absorta estava que não percebeu quando Dito se aproximou.

— O que está acontecendo, Célia? Vejo-a tão séria, pensativa... Posso ajudá-la?

— Não sei! Talvez sim e talvez não!

— Não entendi! Pode explicar?

— Não sei se devo, Dito; é algo íntimo e não quero pressioná-lo.

— Por favor, Célia, gostaria que confiasse em mim, afinal, somos um casal, temos nossos filhos, reestruturamos nossa família. O que deve existir agora é a união e a confiança; se não houver isto, de que adianta estarmos juntos?

Célia, aproveitando a abertura de Dito, disse esperançosa:

— Está bem, Dito, vou ser sincera com você. Como você mesmo acabou de dizer, somos um casal, não é isso?

— Claro, é isso!

— Pois bem. Como somos um casal se dormimos em quartos separados; se você nunca se aproximou de mim com a intenção de ficarmos juntos? Arrependi-me do que fiz e você diz que me perdoou, mas o seu perdão não foi forte o suficiente para retomar nossa vida conjugal, e isto está me fazendo sofrer, porque, creia, eu o amo com sinceridade. O que fiz foi uma tolice que só consegui enxergar agora; enfim, acabei destruindo os seus sonhos e os meus.

Dito escutava com o coração palpitando; a cada palavra de Célia, pensava que nunca deixara de amá-la.

Célia continuava:

— Quando o vejo conversando, apoiando, orientando os moradores de rua que estão hospedados no lar Luz da Alma, sinto um orgulho enorme de você, Dito; posso perceber o quanto você é importante para mim e o quanto fui tola em perdê-lo.

Nesse momento, Dito percebeu duas lágrimas no canto dos olhos de Célia; levantou-se e, aproximando-se dela, pegou suas mãos entre as dele e lhe disse:

— Célia, há tempo esperava por estas palavras que acabou de dizer; precisava ouvir de você primeiro, para poder dizer que nunca deixei de amá-la, mesmo no tormento no qual você me jogou. Minha boca dizia palavras de revolta, de mágoa, de profunda tristeza, mas o meu coração se calava, porque entendia que jamais iríamos nos entender novamente; que tudo estava perdido para sempre. Eu a perdoei sim de coração; voltei a viver com você com separação de corpos porque sentia em mim a necessidade de testá-la; sim, testá-la, para me certificar de se a sua transformação era real ou apenas para desferir novo golpe em mim. Nestes meses que se passaram, pude observar que pouco a pouco você voltava a ser aquela menina que conheci, por quem me apaixonei e com a qual me casei. Também sinto orgulho de você ao vê-la cuidando dos internos da Luz da Alma; essa atitude significa para mim que seu coração foi impulsionado para o bem, que os sentimentos que a levaram a cair na mesquinhez deixaram livre o caminho para que a generosidade entrasse, soberana, no seu coração. Creia, Célia, este é o caminho para que a felicidade real se faça em nossa vida.

Célia, não suportando mais, falou emocionada:

— Dito... Acredite... Eu o amo e quero você de volta para mim, para meu coração... para minha vida. Quero voltar a ser sua esposa de verdade.

Dito, também emocionado, respondeu:

— Será! E desta vez para sempre!

— Para sempre! — repetiu Célia.

Dito, abraçando sua esposa, disse-lhe ao ouvido:

— Eu a amo e amarei pela eternidade!

Beijaram-se com total entrega de sentimentos.

No percurso da existência terrena, enfrentam-se vendavais e calmarias. O importante é o homem não perder a fé durante os tormentos e lutar para passar pelas adversidades com coragem e determinação, sabendo que está aqui para aprender a amar e respeitar os seus irmãos, que, como ele, também lutam para se tornarem melhores; e, durante as calmarias, não se esquecer de agradecer todos os dias ao Criador a oportunidade de crescimento espiritual; os benefícios recebidos; a família, os amigos, as conquistas, tendo consciência de que, quando se compartilha, quando se doa, quando se perdoa e se é sensível à dor alheia, a felicidade alcançada se torna maior.

Todos um dia encontrarão obstáculos durante seu percurso na Terra. Nessas horas, deve-se orar, elevar o pensamento até o Pai e pedir com humildade e sinceridade Sua proteção, Sua bênção e a força necessária para prosseguir.

O que mais enfeita o rosto de um ser é o sorriso, e o necessitado não raro espera apenas o sorriso complacente, a luz que emana do coração e se espalha através do sorriso, que diz sem palavras: estou aqui!

A partir daquele encontro de almas entre Dito e Célia, a vida na residência se transformou; a energia salutar reinava absoluta entre a família de Dito. Seus filhos, felizes com o retorno do pai, sentiam-se novamente amparados pela família que, por leviandade de Célia, havia sido destruída. O vendaval passara; o trabalho junto aos deserdados da sorte seguia cada vez mais fortalecido, embora Dito às vezes se entristecesse por conta da relutância de alguns moradores em retomar sua vida de outrora, mas então lembrava-se sempre das palavras de dona Cecília: É preciso respeitar o livre-arbítrio de cada um. Todos os propósitos têm um tempo para acontecer; o importante é você não desistir, seguir sempre em frente, exemplificando as palavras de Jesus.

Nesses momentos, ele pensava: "Dona Cecília tem razão; não posso querer que todos pensem igual a mim ou sonhem os meus sonhos. O que na verdade importa é não deixar nenhum sonho morrer, porque um dia a luz pode acender no coração de cada um".

Nesses instantes, lembrava-se dos dias cinzentos que passara nas ruas e na felicidade de ter encontrado os amigos que haviam lhe estendido a mão. "Não vou me abater, ao contrário, seguirei sempre em frente, porque esta é a minha missão nesta vida; sei o que o abandono causa em nossa mente e em nosso coração; vivi isso por meio de um ato de grande ambição e crueldade. Graças a Deus, minha história se reverteu e hoje sou feliz novamente, portanto, lutarei por esses irmãos enquanto tiver forças para isso. Não importa quão difícil será a luta; importa é vivenciar a lei de amor como tantas vezes ouvi nas palestras de dona Cecília."

> *A lei de amor substitui a personalidade pela fusão dos seres e aniquila as misérias sociais. Feliz aquele que, ultrapassando sua humanidade, ama com amplo amor seus irmãos em dores. Feliz aquele que ama porque não conhece nem a angústia da alma, nem a miséria do corpo; seus pés são leves e vive transportado para fora de si mesmo. O amor é essência divina, e, desde o primeiro até o ultimo, possuis no coração a chama desse fogo sagrado.*
> (O Evangelho segundo o Espiritismo — *Capítulo XI*)

CAPÍTULO 34

Clarinha, desde o instante em que estivera em seu lar terreno e presenciara os pais envolvidos no trabalho de amor e dedicação com crianças deserdadas de amparo familiar, percebera com mais nitidez o quanto fora imprudente em se deixar levar pela vaidade e pelo orgulho de se julgar importante com uma aptidão que recebera de Deus.

Sentia-se envergonhada por haver levianamente perdido a oportunidade de trabalhar na seara de Cristo, levando consolo e incentivo a quantos a procurassem.

Pensava: "Como fui tola! Interrompi minha caminhada quando ainda nem havia de verdade começado".

Tão absorta estava que não percebeu a chegada de Rodrigo.

— Posso lhe fazer companhia? — perguntou Rodrigo.

— Claro, meu amigo; sente-se. Preciso mesmo conversar com alguém.

— Vejo-a pensativa. Algo a incomoda?

Com simplicidade, Clarinha expôs o que a deixava entristecida.

— E é isso, meu amigo; fui tola o suficiente para não perceber que era apenas um instrumento da espiritualidade. Hoje sei que minha desencarnação precoce foi uma bênção de Deus para evitar que eu caísse nas malhas da imprudência em relação à minha mediunidade.

— Pelo que estou aprendendo — disse Rodrigo —, sempre podemos recomeçar, não é?

— Verdade! Quando aqui estamos, nos damos conta das nossas leviandades como encarnados e nos envergonhamos; mas podemos aspirar e desejar nova oportunidade de recomeço, por isso, frequentamos as palestras, aprendemos estudando os ensinamentos de Jesus, enfim, nos preparamos para uma nova oportunidade que, no seu devido tempo, chegará.

— Soube que seus pais terrenos dirigem uma casa de crianças que leva o seu nome.

— É verdade; recebo esse amor imenso deles, e isso me faz muito bem, mas não quero me deixar envolver de um modo errado com essa homenagem para não cair novamente nos sentimentos que quase me levaram a atitudes desastrosas. O mérito é deles, o amor é deles, a confiança e a fé que mantiveram apesar do sofrimento da minha partida é deles; portanto, eu nada fiz para merecer tanto amor.

— Mas você proporcionou a eles muita alegria, muito orgulho em serem seus pais. Foram felizes com você enquanto esteve ao lado deles; tão felizes que nem perceberam sua mudança.

— Pois é isso que me atormenta, Rodrigo. Na verdade, eu não era o que eles pensavam que eu fosse.

Nesse momento ouviram Tomás, que chegava e logo foi dizendo:

— Desculpem-me, irmãos, mas senti que precisavam de mim e vim auxiliá-los. O que a preocupa, irmã Clarinha?

Em poucas palavras, Clarinha expôs a Tomás sua dúvida. Ele, com calma e sabedoria, respondeu:

— Minha irmã, nem sempre temos o domínio total sobre nossos pensamentos e sentimentos; o que lhe aconteceu foi o seguinte: devido à sua pouca idade e inexperiência, deixou-se levar pelas palavras de elogio, pelos aplausos que lhe direcionavam com insistência. A fantasia sobrepôs-se à realidade e se envolveu no sonho de que acreditou ser merecedora, esquecendo-se de que era apenas o veículo para que o espírito se comunicasse com os encarnados. Teve ao seu lado um espírito que a amava desde outras encarnações, e o propósito era realizar uma grande missão de atendimento aos deserdados da sorte, irmãos que sofreriam com os tormentos avassaladores da natureza. Seus pais a viam com os olhos do amor, sonhavam em dar-lhe o mundo; apenas se esqueceram de que não somente você, mas todas as criaturas estão em processo de aprendizado e comumente deixam-se levar pela correnteza da vaidade. Você não os enganou; foram eles que não quiseram ver o que se infiltrava em seu coração, tamanho o amor que lhe devotavam. Isto é comum entre os encarnados, minha irmã; deixam-se levar muitas vezes pelos holofotes da vida terrena.

Clarinha perguntou:

— Irmão Tomás, por que tive que retornar tão cedo; por que não me ajudaram a continuar sendo o que fui na infância e seguir com a missão destinada a esta minha encarnação?

— Irmã, podemos ajudar quem quer ser ajudado; quando o coração se abre, livre e sincero, podemos sim auxiliar, mas, ao sentirmos a rejeição inserida no orgulho e na vaidade, afastamo-nos porque devemos sempre respeitar o livre-arbítrio de cada um.

Tomás silenciou por alguns instantes e voltou a dizer:

— O que você recebeu ao voltar, embora cedo, à sua pátria de origem, irmã, foi a grande bênção que nosso Pai lhe concedeu.

— Bênção?! Como assim, irmão? Não estou conseguindo entender.

— Irmã, se continuasse na Terra, dificilmente conseguiria cumprir o que lhe foi planejado; cairia fatalmente no engano do brilho terreno, da falsa claridade que ofusca os olhos dos incautos. Deus, nosso Criador, concedeu-lhe o benefício da morte física para poupar-lhe dos sofrimentos que certamente viriam em sua caminhada, colocando em risco a missão que lhe foi confiada.

— O que posso fazer para me redimir, irmão Tomás? — perguntou Clarinha com simplicidade.

— Ame! Ore! Confie em nosso Divino Amigo e aprenda; identifique-se na humildade demonstrada por Ele em Sua estada no mundo terreno. A manjedoura recebeu o rebento, e o Amor Maior se fez presente entre os homens. Cabe a cada um de nós seguir Seus passos, ouvir Suas palavras e enxergar com olhos generosos as lágrimas no rosto de um irmão necessitado, como Jesus nos ensinou.

Rodrigo, que até então apenas acompanhava as explicações de Tomás, perguntou:

— Irmão Tomás, eu preciso de ajuda. Sou um perdedor; anulei minha encarnação na Terra com uma atitude que levou sofrimento aos meus pais e a mim principalmente. Permaneci durante dez anos nas zonas de sofrimento; pela bênção de Deus, fui resgatado e trazido para esta colônia. Desejo ardentemente visitar meus pais na Terra, mas não consegui ainda permissão para isto, como aconteceu com Clarinha. O que devo fazer para receber esse benefício? Por que ela o recebeu e eu não?

— Irmão Rodrigo, para todos os propósitos existe o tempo necessário; você ainda está frágil, não suportaria esse encontro, e ele não traria benefício nem para você, nem para seus pais. É preciso ter paciência, aprender e se fortalecer, extinguir os rastros da energia terrena que ainda traz em seu perispírito; no momento adequado, poderá realizar seu desejo.

— O que posso fazer então?

— Frequentar as palestras ministradas todas as tardes, estudar e aprender as leis de Deus para entender que tudo se faz com planejamento, responsabilidade, amor e benevolência; ter a humildade de se reconhecer ainda enfraquecido e se fortalecer por meio de orações, do trabalho de atendimento aos irmãos que chegam do orbe terrestre; praticar a lei do amor e da caridade. Assim irá promover sua elevação espiritual e seu desejo será atendido.

— E seu eu me rebelar e for sozinho até meu antigo lar terreno?

— Se você ainda abriga esse pensamento, meu irmão, está longe do caminho da evolução. Ninguém pode tirar de você o seu livre-arbítrio; é seu direito de escolha. Você mesmo respondeu por que Clarinha conseguiu e você ainda não! Aconselho-o a orar; na prece sincera encontrará respostas para suas perguntas e entenderá que, antes de exigirmos alguma coisa, necessário se faz trabalharmos e nos elevarmos para conseguir nosso intento. Todas as coisas no reino de Deus são conquistadas com o esforço, o aprendizado e a sinceridade com os quais expressamos nossos pensamentos e atitudes.

Rodrigo sentiu em seu ser o quanto ainda precisava aprender. Disse então a Tomás:

— Perdoe-me! Ajude-me!

— Rodrigo e Clarinha — disse Tomás —, ninguém se aproxima de Deus, seja aqui ou na Terra, se não conservar seu espírito limpo; se não valorizar o dom sagrado da vida; se não enxergar o seu semelhante como seu irmão, que também habita a casa de Deus e que, como nós, busca a sua evolução; se não respeitar esse irmão e amá-lo o suficiente para ampará-lo quando a dor se fizer presente.

Silenciou.

Após alguns segundos, elevou seu pensamento ao Alto e convidou-os a orar.

Senhor... Olho para a humanidade e vejo pequenos seres
Que andam sem rumo pelas ruas da cidade.
Vagam sem destino independentemente da idade
Roupas sujas... Pés no chão... Mãos que se estendem

Em busca de auxílio... Corações carentes
Vivendo na solidão e desejando um amigo
Então, Senhor, eu penso
Que fazem os homens para sanar este problema tão antigo,
Por que olham para estes rostos tão aflitos e imaginam
... São bandidos!
Por que não estendem as mãos para auxiliar... Afagar
Ao invés de condenar!
Por que não se esforçam para entender que a fome machuca
Que o frio é intenso e a luta pela sobrevivência,
Para alguns, é o carrasco que mata a ilusão!
Por que não conseguem perceber que neste corpinho
Sujo e fraco... Também bate um coração!

Ao terminar, percebeu uma tênue luz azul clareando o espírito de Rodrigo, que, sem se intimidar, deixou sentidas lágrimas descerem por sua face.

Sem mais nada a dizer, Tomás dirigiu-se às suas tarefas seguido de Clarinha e Rodrigo, que ostentavam a paz em seu espírito.

CAPÍTULO 35

Jesus mostrou à humanidade o caminho que leva a Seu Pai; percorrê-lo é tarefa de cada um. Feliz aquele que consegue perceber a luz que brilha incessantemente, mostrando aos homens a direção a seguir; quantos não veem... estão cegos... Quantos não ouvem... estão surdos!

A humanidade caminha a passos ligeiros em busca da felicidade, sem se importar com os rastros, muitas vezes de tristezas e sofrimentos, que deixa atrás de si. Esquece-se de que felicidade é ter Deus presente em sua vida; saber que existe porque Deus assim o quis; sentir a força desse amor tão grande que impulsiona nossa alma para a glória divina; conseguir ouvir Seus passos atrás dos seus; voltar-se e sentir Sua divina sombra os acompanhando; enfim, felicidade é poder retornar em direção ao infinito levando consigo a glória do amor exercitado.

꩜

Jonas e Gracinha seguiam com seu trabalho beneficente. Cada criança que chegava, Gracinha a recebia com alegria. Em cada uma via sua filha voltando para ela.

— Gracinha — dizia-lhe Jonas —, às vezes percebo em seu olhar uma nuvem de tristeza; neste momento, é em nossa filha que você pensa?

— Não vou mentir, Jonas. Penso sim em Clarinha; meu coração se aperta diante da imensa saudade que sinto da nossa filha.

— Meu bem, é preciso esquecer e pensar somente neste trabalho que fazemos, cuidando de quem nada ou muito pouco possui; acredito que assim nos aproximamos mais de Deus e harmonizamos mais nossos sentimentos.

— Concordo com você, Jonas, também penso assim; mas não me peça para esquecer, porque não se esquece do amor. Ele permanece vivo e inteiro dentro de mim, embora esse sentimento não me impeça de amar nem acariciar as crianças internas nesta casa; ao contrário, é esse sentimento que me impulsiona sempre para frente, caminhando em direção ao nosso Pai e recebendo quantas meus braços suportem abraçar.

Jonas olhou amorosamente para sua esposa e pensou: "Obrigado, Senhor, por ter colocado em minha vida uma companheira especial".

Logo em seguida, ouviu a voz de Gracinha, que perguntava:

— Jonas, não vejo mais você falar a respeito das suas sensações quando vai à pescaria; já encontrou todas as respostas que procurava?

— Encontrei algumas, mas nenhuma me satisfez plenamente; quero saber mais a respeito dessas colônias das quais todos falam.

— Como assim?

— Gracinha, quanto tempo já se passou, quantas conversas tive com dona Cecília, que, a bem da verdade, foram esclarecedoras? Mas quero mais, muito mais.

— Jonas, essa sua curiosidade não procede; tudo já foi dito a respeito, pelo menos tudo o que temos condições de aprender, porque nosso entendimento ainda é muito pequeno para saber tudo do reino de Deus.

— Talvez você tenha razão... É, pode ser; vou me contentar com o que sei... por enquanto!

Separaram-se e cada um foi cuidar de suas tarefas; Jonas dirigiu-se à peixaria para ver se Antônio precisava de alguma coisa. Chegando, avistou Maciel e Antônio conversando e, de imediato, inteirou-se do assunto.

— Que bom que chegou, amigo — disse-lhe Maciel. — Tenho certeza de que irá gostar do que estamos conversando.

— E sobre o que estão conversando?

— Um assunto pelo qual você se interessa muito... colônias espirituais! — exclamou.

— O que está me dizendo?

— Isso mesmo que ouviu. Antônio disse-me que há algum tempo, ou melhor, desde que veio trabalhar aqui conosco, conheceu, por intermédio de um amigo, uma casa espírita que ele frequentava com assiduidade. Foi conhecê-la e, por curiosidade, acabou se interessando e gostando tanto, que comparece às reuniões uma vez por semana.

Maciel continuou:

— Ele assiste às palestras e aos cursos que são ministrados. Fiquei impressionado com a sua maneira de falar a respeito do mundo espiritual.

Jonas se interessou.

— Podemos ir algum dia assistir às reuniões, Antônio?

— Claro, senhor Jonas, as portas estão abertas para todos; aliás, na próxima semana, o tema da palestra será sobre as colônias espirituais.

Jonas não conteve o seu entusiasmo. Dirigindo-se ao amigo, perguntou:

— Vamos assistir, Maciel?

Notando o entusiasmo de Jonas, Maciel respondeu:

— Claro, Jonas, vamos sim; o assunto é muito interessante.

— Vou levar Gracinha; sei que irá gostar.

— Com certeza. Você poderá nos acompanhar, Antônio?

— Com prazer!

Jonas não conseguiu deter a ansiedade que tomou conta de seu coração. Pensava: "Chegou o momento; vou finalmente entender ao certo essa questão".

Questionada, Gracinha aceitou de imediato a sugestão do marido.

— Claro que quero ir, Jonas!

O dia finalmente chegou. Na hora marcada, os três amigos foram ao encontro de Antônio, que já os esperava no portão.

Chegando ao recinto, puderam reparar a semelhança do ambiente com a casa espírita de dona Cecília. O silêncio, a energia de paz que tocava a todos os presentes e o amor que pairava no ar por meio das preces que ouviam traziam-lhes a certeza da morada do bem.

Acomodaram-se e aguardavam em silêncio o início da palestra, o que aconteceu em poucos instantes.

Senhor Jairo deu entrada ao recinto; seus cabelos grisalhos, compatíveis com seus sessenta anos, emolduravam a fisionomia simpática que lhe era peculiar. Após as apresentações e a prece feita pelo orientador da casa, Jairo deu início à palestra.

— Meus irmãos — começou —, hoje falaremos de um assunto que curiosidade causa em muitos irmãos: colônias espirituais. Existem realmente colônias neste universo infinito de Deus? Alguns de vocês possuem dúvidas quanto a isso?

Jonas impulsivamente levantou a mão dizendo:

— Eu tenho, senhor, muitas. E gostaria que elucidasse esse tema.

— É o que pretendo fazer, senhor...

— Jonas!

— Muito bem, senhor Jonas; sem sombra de dúvida chegará o dia em que seremos reconduzidos ao mundo espiritual, e essa é uma verdade incontestável. A luminosidade ou sombra desse mundo astral dependerá de como o espírito desencarnado regressa do mundo material; se foi um homem de bem, se cultivou as virtudes elevadas e benditas, com certeza sua volta será coroada de bênçãos, luz e amparo; mas, se foi um homem que se deixou perder pelos prazeres fáceis, em meio aos quais não houve lugar para as palavras e as obras de Deus, afundando-se no emaranhado de enganos proporcionados pelo egoísmo, orgulho, inveja, maldades e mentiras, cairá fatalmente nas sombras umbralinas.

— Mas onde fica esse lugar? — perguntou Jonas impressionado.

— André Luiz nos diz que a vida terrena é uma cópia imperfeita da vida espiritual e foi organizada pelas recordações que trazemos da espiritualidade; com isso, ele afirma a existência das cidades, as colônias com seus trabalhos socorristas e os hospitais de refazimento. Ao desencarnarmos, voltamos para nossa pátria de origem. A grande casa de Deus é infinita, meus irmãos.

Jonas cada vez mais se impressionava com a explanação de Jairo; tudo começava a fazer sentido para ele. Cada vez mais se interessava pelo assunto.

Jairo continuou:

— Todos nós, algumas vezes, já sentimos a estranha sensação de já termos estado em algum lugar, embora estejamos ali pela primeira vez; são reminiscências de vidas passadas guardadas em nosso espírito.

Nesse momento, Jonas sentiu-se estremecer. "Não é possível", pensou, "é exatamente o que acontece comigo. Pela primeira vez escuto uma explicação que faz sentido, e tem razão, porque a sensação é muito forte".

Voltou a prestar atenção nas palavras de Jairo.

— Os espíritos mais adiantados socorrem os mais necessitados, trabalham em favor do próximo, do irmão desencarnado e encarnado, um agrupamento de verdadeira fraternidade. Céu e inferno nós criamos para nós mesmos, dependendo dos atos bons ou maus que inserimos em nossa vida. Jesus disse: "A cada um segundo suas obras". O mundo espiritual é repleto de lógica e justiça; não encarnamos no orbe terreno para falharmos nos propósitos elaborados para nossa evolução, mas, sim, aqui chegamos com o único propósito de vencermos, quitando os débitos do passado e promovendo a nossa evolução espiritual.

"O espírito, ao desencarnar, chega ao mundo espiritual exatamente como era aqui na Terra, ou seja, com a mesma personalidade, os mesmos conhecimentos e os mesmos vícios; o que muda é apenas o seu corpo físico, de matéria densa para matéria fluídica."

Jonas assimilava cada palavra de Jairo. As respostas para suas perguntas chegavam uma a uma, de maneira clara e lógica, esclarecendo suas dúvidas. Voltou sua atenção para Jairo, que continuava. Com simplicidade, perguntou:

— O que é na verdade chegar ao mundo espiritual vitorioso, tranquilo e sem medo?

— A resposta é simples — disse Jairo —: aquele que viveu em acordo com as leis de Deus, cumpriu com serenidade, amor e boa vontade os mandamentos e ensinamentos de Jesus não tem receio em voltar, porque sabe que está em harmonia com o bem exercitado; não sente medo porque não leva consigo os enganos cometidos por meio da vaidade, do orgulho, do egoísmo e da ambição desmedida. Sabe que cumpriu a lei do trabalho através do trabalho redentor e da fé renovadora. São esses irmãos que receberão a oportunidade maravilhosa de estarem juntos aos eleitos, porque colocaram a palavra de Cristo acima de suas próprias vontades, espiritualizando-se e crescendo na bondade e na moral cristã.

"Portanto, meus irmãos, os espíritos que retornam possuem morada certa na espiritualidade. Dependendo do que fizeram com sua existência terrena irão para as colônias felizes ou para as zonas infelizes, porque tudo segue a lei de causa e efeito; do merecimento de cada ser."

Para finalizar, disse Jairo:

— Agora, meus irmãos em Cristo, que aprendemos um pouco sobre este mundo maravilhoso para o qual todos voltaremos um dia, acreditando ou não, porque foi deste mundo que viemos, vamos cultivar em nosso íntimo os valores que nos farão retornar a uma faixa vibratória mais elevada, sintonizada com o mais Alto, através de pensamentos nobres, sentimentos puros e obras edificantes.

— Posso fazer uma última pergunta?

— Claro, Jonas, faça!

— Onde na verdade encontramos Deus?

Jairo sorriu e respondeu:

— Sempre no lugar onde menos procuramos!

— Como assim? Que lugar é esse?

— No nosso coração, meu irmão! Deus está onde nós O colocamos; quanto mais ficamos perto Dele, mais gigante Ele será em nossa vida! — e continuou: — Se me permitem, vou ler para vocês um poema que nos mostra claramente onde encontrá-Lo.

Busca

Disseram-me que encontraria o Senhor
No mais alto pico da montanha!
Armei-me de esperança e saí em busca de meu Pai.
No caminho encontrei vozes que me falaram,
Mas meus ouvidos fechados fizeram-me seguir.
Luzes claras apareceram, mas meus olhos cegos
Empurraram-me para frente.
Mãos se estenderam em minha direção,
Mas não tive tempo de segurá-las porque seguia em busca de meu Pai.
Ao chegar ao mais alto pico da montanha, olhei ao meu redor

E... Estranho... Não consegui vê-Lo, Senhor.
Senti frio e medo... desamparo e solidão!
Vi-me só!
Entristecido, tomei o caminho de volta e, cansado,
Sentei-me à beira do caminho...
Olhando para o chão, vi uma pequena flor que acabara de de-
sabrochar
Senti seu perfume impregnando o ar
Mãos fraternas acariciaram-me, aquecendo-me o coração
Enxerguei meu Pai ao meu lado!
Compreendi por que na minha busca
Não consegui encontrá-Lo.
Enquanto O procurei no mais alto pico da montanha
Deixei-O, Senhor, para trás
Perdido nas vozes... nas luzes... e nas mãos
Que cruzaram meu caminho!

Após leitura do poema, ninguém ousou falar mais nada. Saíram em silêncio, levando no coração a certeza de que Jesus não invade nosso coração; somos nós que temos de abrir a porta da nossa alma e deixar que Ele entre. Somente assim podemos dizer: somos cristãos!

CAPÍTULO 36

Vivência

Viver...
É perceber a existência do Ser,
É sentir a grandiosidade do existir
Através do amor e do bem-querer.

Viver...
É estar atento às tempestades do percurso
E conseguir acostumar os olhos à escuridão
Para... apesar dela... enxergar a luz!

Viver...
É ter consciência da volta
E por isso valorizar a vida.

Enfim, viver...
É emanar amor
Pela eternidade!

Jonas, após a palestra de Jairo, sentiu em seu coração bater mais forte o desejo de cada vez mais se dedicar às crianças do Lar de Clarinha.

Pensava: "Algo mudou em mim; não sei realmente o que pode ser e por que isso aconteceu; o que sei é que não sinto mais as dúvidas que tanto me incomodavam. Sinto como se uma luz tivesse acendido dentro de mim, mostrando-me um caminho, e é ele que vou seguir, com fé e certeza de estar no caminho seguro".

Gracinha, aproximando-se do marido, percebeu seu ar pensativo e perguntou:

— Sinto que está preocupado com alguma coisa. Posso saber com o quê?

— Não estou preocupado, Gracinha. Estava pensando nas palavras do senhor Jairo, que me fizeram muito bem; esclareceram minhas dúvidas, mostraram-me de maneira clara e simples que o que na verdade precisamos é praticar a lei do amor e da caridade se quisermos alcançar o reino de Deus.

— Concordo com você, Jonas; eu também fiquei impressionada e ao mesmo tempo feliz.

— Feliz? Por quê?

— Porque estamos fazendo exatamente o que você acabou de dizer: praticando a lei do amor e da caridade com o Lar de Clarinha; acolhemos crianças abandonadas pelos pais, outras órfãs, enfim, damos o aconchego afetivo necessário para que se sintam amadas.

Jonas pensou e voltou a dizer:

— É... Você tem razão. Agora, mais do que nunca, devemos nos dedicar a elas.

— Alegra-me perceber que você finalmente se livrou das dúvidas que o incomodavam; estou certa?

— Sim, está! Sinto meu coração livre!

Gracinha abraçou o marido, e o amor que os unia fortaleceu ainda mais aqueles corações sofridos pela separação da única filha que tinham. Conseguiram perceber que a existência terrena era uma prova passageira; que um dia todos nos reuniremos com aqueles que amamos e que partiram, mas, para que isso aconteça, necessário se faz permitir que esses seres amados sigam o caminho da evolução espiritual, livres e soltos para encontrar o Pai.

A saudade ficará no coração e o sofrimento também, mas aquele que sofre com Jesus no coração abençoa suas lágrimas. Jesus nos ensina que devemos enterrar nossos mortos, mas não a esperança e a nossa fé.

Quinze dias se passaram.

O entusiasmo e a alegria voltaram aos corações de Jonas e Gracinha. O sorriso em seus lábios era constante; estar ao lado daquelas crianças tornou-se para eles o motivo maior de sua existência.

Enquanto na Terra seus pais seguiam a trajetória que os conduzia ao equilíbrio, na espiritualidade Clarinha também evoluía por meio do aprendizado que recebia dos seus mentores. Sonhava em poder visitar seus pais livremente e auxiliá-los na tarefa empenhada com as crianças, para a qual ainda não havia conseguido autorização.

— Minha irmã — dizia-lhe Justino —, ainda é cedo para tal tarefa. A evolução anda a passos lentos; é preciso equilíbrio, estar consciente da linha que separa o encarnado de nós, para agirmos com segurança e poder ajudá-lo com a permissão do Mais Alto.

— Mas acredito que não iria prejudicá-los! — exclamava Clarinha.

— Propositadamente não, mas a ansiedade, a emoção e o ímpeto que provavelmente acometeriam seu espírito poderia angustiá-los, desequilibrando-os, e a você também.

— E o que devo fazer?

— Orar... aprender... evoluir e, principalmente, amar além de si mesma com humildade, não querendo ir além do permitido por Jesus.

Clarinha entendeu o recado de Justino.

— Obrigada, irmão Justino; entendi. Ninguém pode dar aquilo que ainda não possui em si mesmo.

— Exatamente, minha irmã; siga seu caminho aqui na espiritualidade. Posteriormente, no momento certo, receberá a missão adequada ao seu conhecimento.

— E meus pais?

— São pessoas de bem; praticam o amor e a caridade, estão amparados por espíritos responsáveis. Aqui, minha irmã, nada é feito sem planejamento.

— Posso lhe fazer uma última pergunta?

— Sim!

— Gostaria de conhecer o espírito que me inspirava quando encarnada. Isso é possível?

— Sim. Irá conhecer em breve.

— Obrigada, irmão Justino!

Clarinha, satisfeita com as explicações de Justino, seguiu feliz para o local onde recebia orientações a respeito da vida na espiritualidade. No caminho, encontrou com Rodrigo, percebendo como ele estava abalado, desorientado, sem saber ao certo para onde ia.

— Meu amigo, o que aconteceu que o deixou neste estado?

— Clarinha, eu tento mas não consigo aceitar ficar aqui sem poder ir visitar meus pais, pedir perdão a eles, enfim, fazer alguma coisa para aliviar a dor de minha mãe, porque eu fui o causador desse sofrimento.

— Irmão, acabei de receber do nosso irmão Justino explicações a esse respeito, porque também desejava ir ajudar meus pais. Por que não vai pedir a ele que o ajude?

— Você acha que devo?

— Claro! Percebo que você tem dificuldade em aceitar o que lhe aconteceu. Isso não lhe dá equilíbrio, e necessário se faz procurar ajuda, mas também aceitar as orientações que recebe.

— Você pode me acompanhar?

— Claro!

Voltou acompanhada de Rodrigo ao encontro de Justino. Este os recebeu com a gentileza que lhe era peculiar.

— Esperava mesmo que me procurasse, Rodrigo; está na hora de mudar seu pensamento e aceitar sua nova condição de vida, entender que nem todas as situações podem ser mudadas, e esta é uma delas.

— Eu só queria ir ao encontro de minha mãe para pedir perdão!

— Meu irmão, sua mãe não poderá ouvi-lo, mas com certeza irá sentir um desconforto muito grande, angústia e sofrimento, porque são esses sentimentos que você irá passar para ela, visto estar ainda desarmonizado com seu estado. A aceitação é fundamental; equilibrar-se através do conhecimento é importante, entendendo que cabe a você, somente a você, promover sua evolução pouco a pouco para, no futuro, poder auxiliar aqueles que deixou na Terra.

— E quanto tempo leva isso?

— Somente você poderá dizer; dependerá de sua escolha, da submissão à vontade de nosso Pai, do seu esforço em querer se equilibrar e retirar do seu espírito essa revolta que impede seu crescimento, substituindo-a por sentimentos mais nobres, como o amor.

— Mas o arrependimento está me consumindo! — exclamou Rodrigo com tristeza.

— Seu arrependimento é sincero, por isso foi resgatado; agora é construir um novo caminho, aprender a lei do amor e do respeito para, no momento em que Jesus achar proveitoso, conceder-lhe nova oportunidade para resgatar os débitos deixados na Terra, secar as lágrimas de sofrimento que provocou, enfim, seguir seu caminho de evolução.

— Isso demora?

Sorrindo, Justino respondeu:

— Não sei, meu irmão. Como disse, vai depender unicamente de você.

— E o que faço enquanto aguardo?

— Ore e estude; saiba que ninguém evolui se não praticar a lei do amor, do trabalho, da caridade e do respeito por seus irmãos, que, como você, também procuram sua evolução. Portanto, entregue-se a esses sentimentos de verdade para se fortalecer e conseguir de Jesus uma nova oportunidade na Terra.

Rodrigo olhou para Clarinha, que até então permanecera em silêncio, esperando que ela dissesse alguma coisa, mas Clarinha apenas sorriu e falou-lhe:

— Esse é o caminho, Rodrigo. Só se chega ao Pai seguindo Jesus, praticando Seus ensinamentos com humildade, como Ele ensinou.

Justino interveio:

— Liberte-se dessa mágoa; deixe suas atitudes do passado irem embora para o passado e viva o presente. Agora é a oportunidade de sua renovação; sempre se pode recomeçar! A espiritualidade é a nossa verdadeira pátria, Rodrigo; é aqui que tudo começa. O tempo que se passa na Terra é um segundo se comparado com a eternidade, portanto, você dispõe de muito tempo para aprender.

Rodrigo começou a entender as palavras ditas por Justino. Percebeu que a magia divina, a sabedoria, a misericórdia, a justiça e o amor infinito por todas as criaturas só poderiam vir de um Ser Supremo com o poder de criar para todo o sempre a maravilha chamada vida!

Emocionado, disse a Justino:

— Perdoe-me. Continuo sendo o tolo que fui quando encarnado, mas quero progredir, elevar meu espírito à condição de verdadeiro filho de Deus; quando chegar a hora de voltar à Terra, quero estar preparado para cumprir o que me for destinado, quitar meus débitos e acrescentar à minha vida os créditos do verdadeiro amor exercitado.

Por que nunca pensara assim?, Rodrigo se perguntava. De repente, as palavras de Justino clarearam seus pensamentos, permitindo-lhe ver a vida sob outro ângulo — o ângulo da esperança e da fé.

Disse a Justino:

— Obrigado, meu irmão. Agora só me resta refletir sobre mim mesmo e começar de novo uma existência de trabalho e de amor.

Justino sorriu e emitiu energia salutar para os dois espíritos, fortalecendo-os no equilíbrio espiritual.

A partir desse dia, Clarinha e Rodrigo ocupavam todo o seu tempo em ajudar os espíritos que retornavam da Terra, ainda enfraquecidos pela desencarnação; todas as tardes, ouviam as palestras de Madre Teresa e assim iam se fortalecendo e cada vez mais se equilibrando.

O tempo foi passando célere. Nem Rodrigo nem Clarinha solicitavam mais a ida à crosta terrena; aguardavam confiantes o momento em que os chamariam para essa visita. Oravam por seus entes queridos ainda encarnados e recebiam notícias de como estavam.

Dez anos se passaram.

As crianças do Lar de Clarinha cresceram e se tornaram adolescentes, algumas se preparando para enfrentar o mundo lá fora, outras ainda brincando com bonecas e carrinhos.

Jonas e Gracinha, preocupados com a saída de algumas, pediram a Jairo que fosse dar uma palestra para elas, orientando-as para a vida, no que foram prontamente atendidos.

No dia combinado, Jairo chegou levando no coração o sentimento maior por aqueles jovens que se preparavam para iniciar sua vida fora da proteção da casa que os tinha acolhido com tanto amor. Elevou seu pensamento ao Pai e iniciou:

— Hoje quero dirigir a palavra do Cristo para os jovens, para que possam sentir e avaliar a responsabilidade que têm diante de si e do mundo. Os jovens são a esperança de um mundo melhor e mais humano; mas, se trazem dentro de si a leviandade de costumes negativos, se estão presos em si mesmos pelo egoísmo, entregando-se aos prazeres físicos desregrados que os levam à perdição, veremos com tristeza os jovens se afundando nos próprios desatinos.

"Ser cristão não implica esquecer totalmente as satisfações do mundo; é necessário apenas que todas as atitudes sejam regradas e saudáveis.

"Jovens, empreguem sua juventude para o bem; não sintam vergonha de serem bons, não se acanhem em dizer que necessitam ter Deus em sua vida. Empreguem seus esforços em construir o mundo do futuro, um mundo onde as pessoas se respeitem, um mundo de paz, amor, tolerância e solidariedade, auxiliando em vez de julgar; este é o mundo que Deus espera que os encarnados construam.

"Vejam: podemos auxiliar nosso próximo sem que com isso seja necessário esquecermos de nós, e podemos cuidar de nós sem que precisemos esquecer de nossos irmãos necessitados, porque somos um todo sem que deixemos de ser um.

"O jovem é valente e competente; destemido e audacioso — que essas qualidades sejam empregadas para a luta em favor do bem e da verdade.

"Vocês são o presente e o futuro; construam esse futuro de paz para que, um dia, de mãos dadas e coração aberto, possam todos entoar o cântico dos cânticos e viverem em acordo com o Evangelho de Jesus.

"Vivam com intensidade o amor cristão, e a felicidade se fará em suas vidas."

Jairo silenciou. Surpreendeu-se quando uma garota levantou-se e disse:

— Senhor Jairo, o que devo fazer para ser esse jovem?

— Qual o seu nome?

— Isabel!

— A sua idade, Isabel?

— Dezesseis anos!

— Para se tornar esse jovem, Isabel, é preciso apenas amar; esse sentimento, quando sincero, fará o resto dentro do seu coração.

— Mas como a gente aprende a amar?

— Isabel, aprendemos a amar... amando!

Jonas e Gracinha ficaram contentes em perceber o interesse de todos pelas palavras de Jairo.

Aproximando-se de Jairo, Jonas lhe disse:

— Obrigado, meu amigo; suas palavras calaram fundo no coração desses jovens e nos nossos também! Mostraram o início de um caminho.

Jairo, com humildade, agradeceu e, com o coração em paz, retornou ao seu lar.

CAPÍTULO 37

A vida transcorria de maneira tranquila para Jonas e Gracinha; a cada dia, sentiam-se mais motivados com o trabalho no Lar de Clarinha. A dor da separação com o tempo foi se acalmando, e Clarinha ficou sendo uma saudade que eles gostavam de ter. O tempo não consegue apagar o amor quando este é verdadeiro; recordavam os dias ao lado da filha querida, os momentos de intensa alegria, e essas lembranças davam-lhes forças para continuar trabalhando no lar, acolhendo as crianças que chegavam carentes de afeto, e suas mãos generosas aqueciam aqueles corações que ansiavam por um afago.

Aprenderam que, quando a dor chega como um vendaval, fazendo-nos acreditar que não iremos suportar tamanho sofrimento, é o momento de aquietar o coração para poder sentir a vida pulsando em nós, vibrante e dando-nos condições de, apesar da dor, conseguir falar de amor; e é esse amor que

Jonas, Gracinha e Dito conseguiram encontrar dentro de si mesmos; buscaram refúgio na fonte inesgotável de amor que é o Criador!

Em cada oração pronunciada com fé, promovemos o encontro com Deus e sentimos a paz de Cristo impulsionando o coração com a força necessária para prosseguir.

Todos somos responsáveis pelos nossos atos, e a resolução dos problemas está dentro de nós mesmos; a bondade de Deus permite que muitas vezes espíritos amigos nos orientem, mostrando-nos a maneira certa de atingir a elevação e, consequentemente, a felicidade interior. Mas eles não podem ficar à mercê do comodismo dos encarnados; a decisão, a determinação da mudança, da reforma interior, é exclusivamente nossa.

Somos o comandante do navio que é a nossa existência e é preciso ter cuidado para não sermos afundados pelos piratas que encontramos pelo caminho, que são os vícios, a cólera, a intolerância e o desamor.

Deus é a própria essência do amor!

A jornada de cada um pertence a cada um, a responsabilidade também, pois temos o livre-arbítrio; mas, se nos aconselharmos com nosso Pai por meio das preces, teremos melhores condições de acertar.

Mais cinco anos se passaram.

Jonas, com uma idade um pouco avançada, contraiu uma doença que o deixou acamado.

Gracinha, preocupada com o marido, dividia seu tempo entre as crianças e ele, que necessitava de atenção e cuidados. Contava com a presença diária e o carinho dos amigos Dito e Maciel, que, como Gracinha, estavam também preocupados com o amigo por saberem da gravidade da doença. Jonas a cada dia parecia mais fraco e abatido.

Certa tarde, estando Dito e Maciel ao seu lado, perceberam que ele cochilava. Resolvendo deixá-lo descansar, iam saindo do quarto quando ouviram a voz de Jonas, que dizia com um pouco de dificuldade:

Senhor, tantas funções me destes
E dentro do que posso ser... ou fazer
Procuro me aproximar do melhor, se me perco no caminho
Não é por falta de fé ou descrença no amanhã.
Mas, Senhor,
A solidão às vezes bate tão profunda em meu peito
Que chego a perder a força de mim mesmo.
Vejo-me tão distante e tão sozinho
Tento fazer-me entender, jogo para os meus olhos
A tristeza que me vai à alma
Mas ninguém me sente como sou preso neste corpo
Que se arrasta em dores, mas não perde a fé
E o amor por Vós, Senhor!
Olhe para mim, meu Pai, e permita-me senti-Lo tão próximo
Ensinando-me a desempenhar todas as funções que me destes
E... principalmente, ajudando-me a me esquecer de mim!

Dito e Maciel, surpresos com o que tinham acabado de ouvir, aproximaram-se do amigo e, tocando levemente sua mão, chamaram-no com suavidade para não assustá-lo. Após várias tentativas, perceberam que ele não dava nenhum sinal; sentiram-no imóvel. Aflitos, chamaram Gracinha, que, assim que entrou no quarto, teve a intuição da partida do grande amor de sua vida. Chamaram o doutor, que, examinando Jonas, constatou sua partida para o mundo espiritual.

— Sinto dizer, dona Gracinha, mas nosso amigo nos deixou; partiu da maneira como sempre viveu: sem dar trabalho a ninguém.

Maciel, olhando para seu grande amigo, disse com lágrimas nos olhos:

— Você nos deixou, meu amigo; jamais o esquecerei. Partiu, mas deixou sua presença em nosso coração.

Dito estava tão surpreso que mal conseguia falar. Apenas disse com emoção:

— Obrigado por ter salvo a minha vida! Que Jesus o receba.

Gracinha, segurando suas mãos, chorava de dor; não podia ver nem sentir a equipe socorrista que o acolhia. Clarinha, que acompanhava a equipe, abriu os braços dizendo:

— Vem, meu pai, chegou a hora do reencontro!

Jonas deixava o mundo físico. Vivera certezas e enganos, fé e dúvidas, mas a prática do bem fora constante em sua vida. Por meio da dor da separação, fortalecera-se e, a partir da felicidade proporcionada ao semelhante, encontrara sua paz. Agora, após seu restabelecimento como espírito, teria todas as respostas para suas perguntas.

Gracinha, com os olhos vermelhos pelas lágrimas constantes, despediu-se do homem que amava.

— Obrigada, meu amor, por tudo o que me proporcionou nesta vida; continuarei nosso trabalho como sempre fizemos. Vou esperar nosso reencontro com a certeza de que se dará um dia no reino de Deus.

Jonas foi levado, deixando para trás a saudade nos corações daqueles que com ele haviam convivido.

Aqueles que se foram já cumpriram sua missão, e aqueles que ficam, muitas vezes, nem começaram a sua. Nossos afetos que partem permanecem em nossa lembrança a todo o instante, porque o amor sempre nos unirá. Mas o verdadeiro amor não aprisiona; liberta para que o ente amado seja feliz e busque sua evolução no reino de Deus.

Quanto mais aceitamos a vontade de Deus e sofremos sem revolta ou desespero, mais esses seres que amamos serão felizes e se unirão a nós com harmonia e equilíbrio, porque o amor constrói, o amor une, o amor elimina distâncias.

Luz divina

Senhor, dá-me a Tua luz,
Que eu saiba retirar a trave dos meus olhos
E conseguir ver a Tua luz irradiando em mim.
Que eu consiga vencer os sentimentos menores
E manter livre e limpo o meu espírito
A fim de sentir e perceber Tuas mãos me acariciando
A cada dor que experimento.
Senhor, veja-me pequena como sou
Mergulhada em medos e angústias
Mas pronta para seguir...
Livre para escolher...
Segura para dizer...
Eu Te amo, Senhor!

O universo está cheio de vida. Entre o céu e a terra existe o amor de Deus amparando Suas criaturas; Sua luz brilhando com intensidade, mostrando à humanidade o caminho. Que veja quem tem olhos... Que escute quem tem ouvidos... Que ame quem tem coração!

Até mais ver!

Irmão Ivo

No limite da
ilusão

PSICOGRAFIA DE SÔNIA TOZZI
PELO ESPÍRITO IRMÃO IVO

Romance
Páginas: 344 | 14x21 cm

LÚMEN
EDITORIAL

MARÍLIA QUERIA SER MODELO, MUDAR-SE PARA A CIDADE GRANDE, CONQUISTAR A FAMA, O SUCESSO E FICAR RICA. PARA SUA ALEGRIA, EM UMA FESTA DE ANIVERSÁRIO, ELA CONHECE MARCELO, DONO DE UMA AGÊNCIA DE MODELOS. IMEDIATAMENTE MARÍLIA "APAIXONA-SE" POR MARCELO E ROMPE SEU NAMORO COM LUIZ, UM BOM MOÇO DE SEU BAIRRO. E AÍ COMEÇAM OS PROBLEMAS E A RUÍNA DE MARÍLIA...

📞 17 3531.4444 | 💬 17 99777.7413
📷 @boanovaed | f boanovaed | ▶ boanovaeditora

O Preço da Ambição

PSICOGRAFIA DE SÔNIA TOZZI   PELO ESPÍRITO IRMÃO IVO

Romance
Páginas: 456 |14x21 cm

Três casais ricos e bem situados socialmente desfrutam de um cruzeiro em luxuoso navio pelos mares da costa brasileira. Dinheiro não é problema para essas pessoas abastadas. A vida é sinônimo de ganância e futilidade. Mas um casal entre eles começa a sentir a cobrança da consciência. Leandro e Andréia, tocados pelas necessidades urgentes de crianças carentes da comunidade, decidem dar um novo rumo para suas vidas e para sua fortuna: resolvem materializar um projeto social de amparo àquela gente. Buscam apoio em Jaime e Alberto. Mas aí os problemas começam... Estremecem as relações de amizade devido aos objetivos diferentes. Em O Preço da Ambição, o espírito Irmão Ivo, por intermédio da psicografia de Sônia Tozzi, mais uma vez nos ensina que somos aquilo que vivemos e pensamos. Fala, com clareza, que a Lei de Ação e Reação é implacável e que a vida cobra sua fatura, momento em que todos terão de pagar o preço da ambição, com exceção daqueles que viveram o amor puro.

LÚMEN
EDITORIAL

📞 17 3531.4444 | 🟢 17 99777.7413

📷 @boanovaed | f boanovaed | ▶ boanovaeditora

RENASCENDO DA DOR

PSICOGRAFIA DE SÔNIA TOZZI   PELO ESPÍRITO IRMÃO IVO

Romance
Páginas: 256 |14x21 cm

LÚMEN
EDITORIAL

Raul e Solange são namorados. Ele, médico, sensível e humano, trata de doentes vítimas da aids, proporcionando aos pacientes, além dos cuidados físicos, o apoio emocional e o conforto espiritual. Ajudado por Márcia, uma amiga psicóloga, ele leva alento àqueles enfermos que tanto necessitam de carinho. Solange, frívola, egoísta e preconceituosa, é o oposto de Raul: acha que aproveitar a vida é viver em badalações, festas e viagens. Com pensamentos tão diferentes, eles acabam por se separar. Raul, vai viver da maneira que sempre sonhou, auxiliando a todos, sem preconceitos e com muita boa vontade. Solange inicia um namoro com Murilo, que compartilha das mesmas ideias da parceira. Ambos, só pensam em se divertir, não se preocupam com nada nemcom ninguém. Mas, uma notícia tira o sossego de Solange. Ele descobre que está grávida de Murilo.

📞 17 3531.4444 | 🟢 17 99777.7413

📷 @boanovaed | f boanovaed | ▶ boanovaeditora

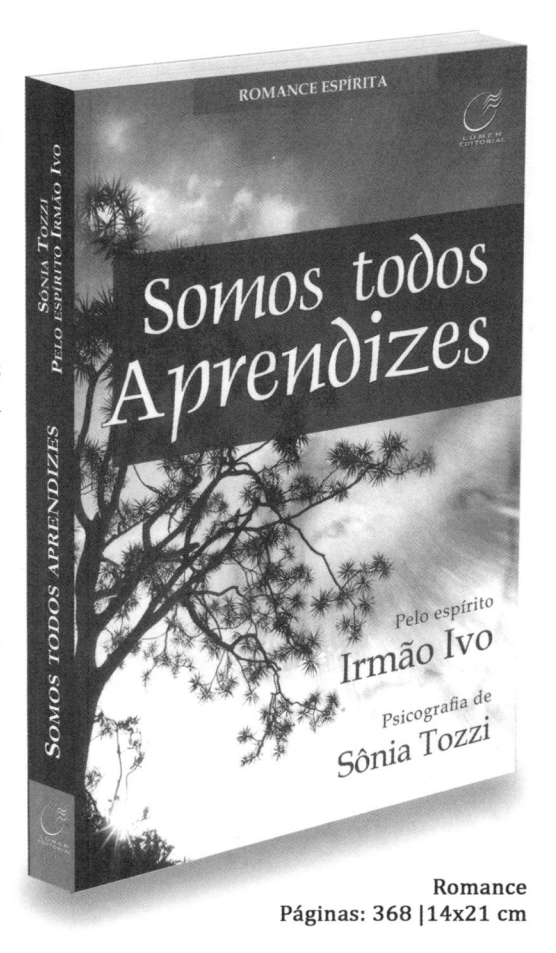

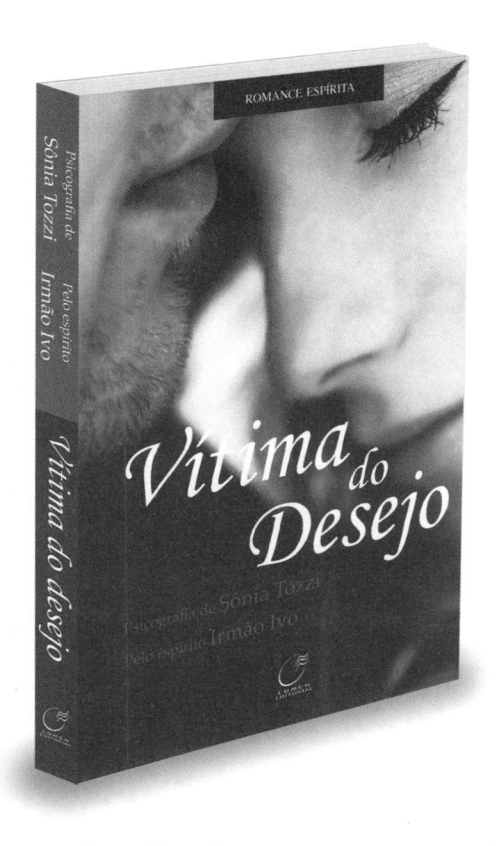

Vítima do Desejo

Psicografia de Sônia Tozzi
pelo espírito Irmão Ivo

LÚMEN
EDITORIAL

Romance
Páginas: 312|14x21 cm

Nada melhor do que nascer em uma família estruturada, com pais amorosos e bases sólidas na ética e na educação. Este era o caso do casal Jonas e Sílvia, um lar tranquilo e de boa moral. Mas este não era o caso da filha Sueli, uma jovem impulsiva e disposta a viver todos os seus desejos e caprichos, a despeito das seguras orientações dos pais. Ela trazia na alma as marcas do prazer material a qualquer custo. A situação de Sueli piora quando ela se envolve com Gilberto, um bonito rapaz cobiçado por todas as suas amigas. Agora maior de idade, Sueli sente uma irresistível atração por Gilberto, que a leva a vivenciar experiências desastrosas no campo do desejo desregrado. Sueli se torna uma refém emocional de Gilberto. Desesperados e sem mais saber o que fazer para controlar a jovem Sueli, Jonas e Sílvia contam com a ajuda de Bernardo, rapaz honesto e apaixonado por Sueli. Ela vai então, aos poucos, mudando de vida, até que uma notícia inesperada muda o curso de sua própria história.

📞 17 3531.4444 | 🟢 17 99777.7413

📷 @boanovaed | f boanovaed | ▶ boanovaeditora

LÚMEN
EDITORIAL

Av. Porto Ferreira, 1031 | Parque Iracema
CEP 15809-020 | Catanduva-SP

www.**lumeneditorial**.com.br
www.**boanova**.net

atendimento@lumeneditorial.com.br
boanova@boanova.net

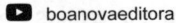

📞 17 3531.4444

🄾 17 99777.7413

📷 @boanovaed

f boanovaed

▶ boanovaeditora

Acesse nossa loja

Fale pelo whatsapp